T0032306

El monstruo de Santa Elena

Albert Sánchez Piñol

El monstruo de Santa Elena

Traducción del catalán de Ivette Antoni

Papel certificado por el Forest Stewardship Council®

Título original: *El monstre de Santa Helena*
Primera edición en castellano: marzo de 2022

Printed in Spain – Impreso en España

ISBN: 978-84-204-6208-0
Depósito legal: B-954-2022

Compuesto en MT Color & Diseño, S.L.
Impreso en Unigraf, Móstoles (Madrid)

A L 6 2 0 8 0

Napoleón Bonaparte

François-René
de Chateaubriand

Delphine Sabran
Marquesa de Custine

Hudson Lowe

Basil Jackson

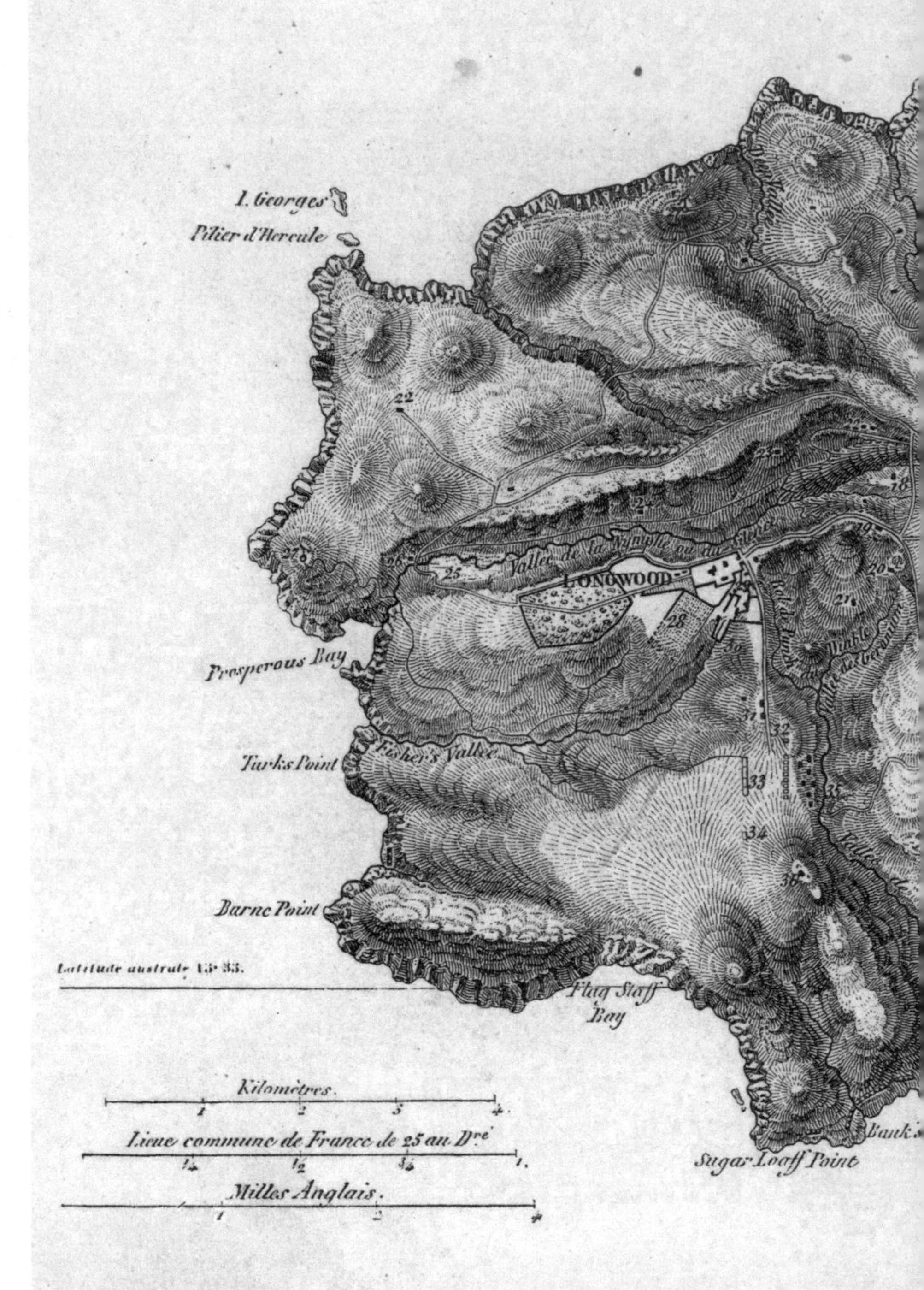

I. Georges
Pilier d'Hercule
Prosperous Bay
Turks Point
Fisher's Vallée
Barne Point
LONGWOOD
Latitude australe 15° 55.
Flag Staff Bay
Sugar Loaff Point
Kilomètres.
1 2 3 4
Lieue commune de France de 25 au Dre
¼ ½ ¾ 1
Milles Anglais.
1 2
Tissiérographie.
Public

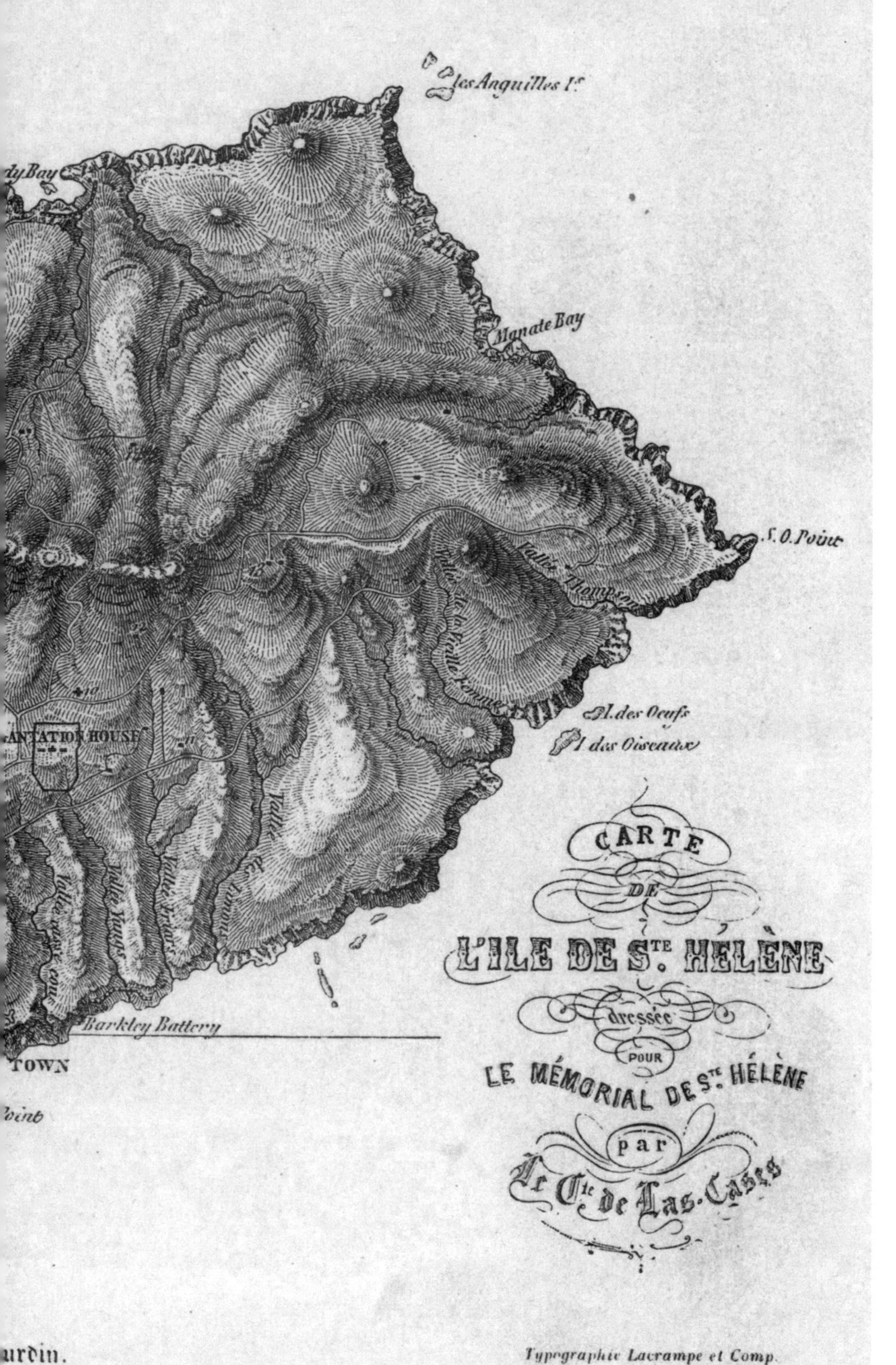

urdin.

Typographie Lacrampe et Comp.

Aquí empieza el Diario de la marquesa Delphine de Custine

1 de marzo de 1819

¿Qué pasaría si reuniéramos en la misma habitación el Amor, la Cultura y el Poder? Creo, Diario Mío, que todo empezó porque un día me formulé esta pregunta, por otra parte tan frívola y banal.

El Poder: jamás un hombre ha sido recluido en una prisión más segura, más lejana y más inexpugnable que Napoleón Bonaparte. Todos sabemos lo que le pasó: que el mundo, harto de sus ambiciones infinitas y sus destrozos inacabables, decidió tratarlo como lo que es, un genio del Mal. Y el candil que diseñaron para encerrarlo y retenerlo se llama Santa Elena.

El Amor: durante toda mi vida solo me ha interesado una faceta humana, ese misterioso efluvio del alma por el cual los seres humanos nos sentimos atraídos por otros. Amo el amor, adoro y venero el amor, y me enorgullece que la lista de mis amantes sea más larga que una calzada romana. El último y predilecto entre todos: François-René de Chateaubriand. ¿A quién amo más? ¿Al amor o a René? Ni yo misma lo sé. Solo sé que quiero poner a prueba los límites de esta virtud superior a la que he dedicado mi vida: el Amor humano.

La Cultura: para una empresa tan osada necesito cómplices que la eleven y la hagan fructificar. Y una sagrada complicidad, en el sentido más extenso del término, es lo que me une a Chateaubriand, el gran autor de nuestro siglo (y probablemente de unos cuantos siglos más). Pensándolo bien, nuestra unión era prácticamente inevitable. Los dos nacimos el mismo año, los dos somos espíritus sensibles y amantes de las artes, y los dos somos hijos de la aristocracia francesa. La Revolución, el Terror, el Consulado, el Directorio, el Imperio, y, en definitiva, todos los regímenes y horrores de nuestra época diezmaron de tal manera nuestras filas, quedamos tan pocos nobles galos, que era prácticamente imposible que no acabásemos topando el uno con el otro.

Respecto a Chateaubriand, ¿qué podría decirse de él que no sea público ya? Es la pluma más afilada y más reconocida de nuestra era. La más artística y la más militante. La más elevada, la más didáctica y la más amena. Su estilo es supremo; tiene sentido y buen sentido, gusto y buen gusto, tono y buen tono. ¿Qué más se le puede pedir a un escritor? Ah, sí: que milite, que viaje, que aleccione y que vitupere. Él lo ha hecho todo, y más, y de manera superlativa. Ya es inmortal en vida. Y a mí me gusta acostarme con la inmortalidad. Le amo, pues. De lo que no estoy tan segura es de que él me dirija un amor de la misma calidad.

Así que hoy, Querido Diario, cuando la tertulia quincenal que convoco en mi castillo ha finalizado y los invitados nos han dejado solos, me he encarado a René y le he dicho:

—Querido: tú que reflexionas sobre tantas cosas, y lo haces antes y mejor que el resto del género humano, seguramente has observado un aspecto de la vida que el arte refleja como un espejo: que los grandes amantes, tanto de la historia como de la literatura, ponen a prueba su amor superando dos grandes obstáculos: una gran distancia y un gran adversario.

—Efectivamente, es una observación tan aguda como exacta —ha confirmado él—. Marco Antonio, por amor, se desplaza hasta Egipto, y se tiene que enfrentar al poderosísimo Augusto. O Romeo y Julieta, capaces de desafiar a sus familias, las más poderosas de Verona. De hecho, Romeo recorre una distancia incluso superior a la de Marco Antonio, porque es exiliado de la polis, si vuelve tendrá que infringir la ley. Él cruza la distancia más decisiva: la frontera de la norma sagrada.

—No te olvides de la reina de Saba, que para unirse a Salomón se adentra en los páramos arábigos que separan Put de Israel, y una vez allí sufre el poder de los fariseos.

—O de Enrique VIII —ha añadido Chateaubriand—, que por amor a Bolena se enfrenta a Roma, al Papa y a la cristiandad entera. ¡Y qué viaje el suyo! Transita de la unidad al cisma, de la ortodoxia a la heterodoxia. De la salvación al infierno.

Entonces ha apurado su copa y ha cambiado de tono:

—Y ahora ayúdame, buen Dios —ha suspirado él—, porque venimos de mantener dos horas de tertulia literaria con amigos e invitados, y esta cuestión no la has mencionado hasta ahora, cuando todos nos han dejado y no nos escucha nadie. De lo cual infiero que estás a punto de exigirme alguna proeza amorosa.

—¡Qué brillantez, de intelecto y de espíritu, concentrada en un solo hombre! —me he reído—. Porque no te falta razón.

Yo también he dado un sorbo a mi copa y he añadido:

—Soy tu amiga y amante, y soy feliz de no ser nada más que eso: delego la aspiración a la insipidez matrimonial en mujeres mediocres. Pero creo que tengo derecho a exigirte dos pruebas de amor.

Cuando Chateaubriand sufre un desconcierto, algo tan poco frecuente como la lluvia en el desierto, o mira al cielo o bien se escancia vino, para ganar tiempo. Y debía estar muy, muy desconcertado, porque ha hecho las dos cosas al mismo tiempo: mirar al techo y llenarse el vaso. (A Chateaubriand, Diario Mío, le gusta exhibir ese tipo de habilidades, tan infantiles como masculinas, del estilo de llenar un vaso hasta el límite, sin mirarlo ni derramarlo).

—Pero, adorada —ha implorado—, ¿qué mayor prueba de mi amor puedo ofrecerte que mi presencia continua y libertina, a pesar de arrastrar las cadenas del matrimonio?

—Los dos retos que acabamos de referir —le he cortado abruptamente—: que por amor a mí cubras una distancia máxima y te enfrentes al rival máximo.

A pesar de la profusión de vino que habíamos consumido esa noche, Chateaubriand se ha quedado tan pálido como el yeso. Porque una mente tan preclara como la suya ya había adivinado las pretensiones que me guiaban.

—Dentro de quince días zarpa un barco con un destino muy concreto. Tengo pasaje a bordo. Y una reserva para ti si, como espero y deseo, decides acompañarme.

Llegados a este punto, Diario Mío, Chateaubriand solo podía balbucear unos sonidos casi cánidos: «No..., pero... no, eso sí que no...».

—Eso sí que sí —le he cortado, firme, por segunda vez—: siempre he deseado conocer a ese fenómeno histórico con forma humana, a ese individuo que ha condicionado tantísimo mi vida, la tuya y la del mundo entero. Una criatura, ahora, recluida como una fiera monstruosa. En efecto: como ya has adivinado, el barco se dirige a Santa Elena. Tú eliges: satisfacerme o defraudarme, acompañarme o tolerar que me entregue a la compañía de Napoleón Bonaparte.

Las exasperaciones de Chateaubriand siempre tienen un punto melodramático. Se ha puesto de pie, manteniendo las dos palmas sobre la mesa, los brazos extendidos como pilares. Ha vociferado:

—¡Ah, no! ¡Jamás, señora de Custine! ¡Estás confundiendo el amor con la temeridad, el deseo con la excentricidad! ¡No! ¿Me oyes? ¡No! La palabra más rotunda de la lengua francesa solo tiene tres letras: *non!*

Me he mantenido imperturbablemente silenciosa. Pero a una mujer no le hace falta hablar cuando su actitud, su cuerpo y sus ojos, todos a la vez, afirman y confirman que no cederá. (En estos casos, Diario Mío, hay algo que una mujer no debe hacer jamás: parpadear).

Chateaubriand ha cambiado de estrategia. Ha tomado mis manos y me ha tratado dulcemente por mi nombre de pila, algo muy inhabitual incluso en los momentos más íntimos, «Delphine, Delphine...», para acto seguido, de golpe, volver a elevar el cuerpo y el volumen de la voz:

—¡No! ¡Jamás! ¡Incluso el amor y la pasión tienen límites que está prohibido cruzar! ¡Ese hombre es el horror! ¡Más que eso! Un infierno le habita, una vanidad criminal le guía. Lo lamento, querida, pero las fuerzas más imperiosas me obligan a declinar. No puedo ir, no quiero ir, no debo ir, y no lo haré. *Non!* ¡No me embarcaré!

—Si me quieres, lo harás.

—¡No! No, no y no. ¡Jamás!

16 de marzo de 1819

Tal como estaba previsto, hoy hemos embarcado en Marsella, en una nave que lleva Bosphorus por nombre. Estamos yo, mi sirvienta de confianza, Fidèle, y, sí, por supuesto, François-René de Chateaubriand. (¿Te ha parecido graciosa la elipsis, Diario Mío?).

Y ahora me permitirás, Estimado Diario, cuatro líneas sobre el objeto real de este viaje tan imprudente y extravagante. Una mujer como yo siempre sabe si un hombre está enamorado de ella mucho antes de que él mismo lo sepa. Así es. Yo quiero a René, y lo sé. Y él me quiere igualmente a mí, efectivamente, pero todavía no lo sabe. Al menos no del todo. Lo que espero y deseo es que este viaje haga cristalizar su amor por mí. Cuando tenga delante a Napoleón Bonaparte, el Emperador del Mundo, y este me desee, cuando René vea que la potencia humana más grande que ha existido jamás se deleita conmigo, quizás, por fin, sus auténticos sentimientos afloren a la superficie. Créeme, Diario Mío: los caminos que llevan al Amor son infinitos, y los celos quizás no sean el camino más virtuoso, pero sí el más directo.

Somos amantes, somos amigos, somos pareja, de hecho. Desea mi cuerpo y mi intelecto, ambos veteranos de mil batallas de lecho o de salón. Eso es cierto y no tengo ninguna queja al respecto. Y ahora mismo, cuando tomo notas mientras observo a Chateaubriand, de pie en la cubierta, su presencia me deshace y humedece cuatro labios: su figura esbelta, sus cabellos negros, fustigados y enloquecidos por el viento marino, y esa expresión aguda, como de alguien que imagina abismos. Admiro su mentón afilado, sus dedos de pianista, la parsimonia total y concentrada de su cuerpo. Muero de amor por él.

Pero ¿y él por mí? A René siempre le ha faltado cruzar la última frontera; la última reticencia que implica el amor verdadero: nunca le he visto rendido, entregado, felizmente consciente de la inmensa grandeza de lo que nos une. Permíteme, Diario Mío, que te exprese esta carencia con una estampa: después de hacer el amor nunca deposita la palma de su mano en mi mejilla, mirándome con un infinito de ternura en los ojos. No. Se vuelve de espaldas para leer a Racine, y llama al servicio para que le traigan café y brioches.

Quizás te preguntes, Diario Mío, si un detalle tan fugaz, que el amante nos musite un «te adoro» definitivamente sincero, se merece que emprenda el más arriesgado y extravagante de los viajes. La respuesta: naturalmente que sí.

Yo soy Delphine Sabran, marquesa de Custine. Toda mi vida ha sido una imprudencia y una extravagancia, cosidas por la única cosa sustancial que existe en el universo: el Amor.

Querido Diario:

Nunca he admirado tanto como en estos días a los autores capaces de escribir relatos amenos sobre travesías marítimas. ¿Por qué? Pues porque en mi experiencia todo lo que se puede decir de un viaje por mar es que no hay nada que decir. Cada ola es idéntica a la anterior, y el color del mar es igual al del cielo: gris, gris y más gris.

Solo me distraen los juegos carnales con F. R. (Desde que hemos embarcado me refiero a mi amante por las siglas de su nombre, ya que tememos que «Chateaubriand» sea demasiado conocido, incluso para una marinería groseramente inculta). Pero, como puedes suponer, estos placeres no son ninguna novedad, y menos a nuestra edad.

Supongo que te preguntarás, Diario Mío, cómo podemos conservar en secreto el adulterio dentro de un lugar tan diminuto como un navío de línea. Muy sencillo: porque el barco dispone de unos espacios pensados para salvaguardar la hipocresía pública. Las cabinas son pequeñísimas. Pero hay dos de ellas que son contiguas y están comunicadas por una puerta en el tabique que las separa. Al anochecer, F. R. entra castamente en su cuarto y yo y Fidèle en el mío. Pero una vez dentro me desplazo por la puerta común hasta su cama. La discreción tiene un precio: cada noche una humilde sirvienta, Fidèle, duerme el doble de ancha que dos aristócratas de la más granada solera. Y te aseguro una cosa, Diario Mío: si el viaje dura mucho más, odiaré los codos y las rodillas de Chateaubriand, que cada noche se empotran en mis caderas.

La comida, espantosa. Ni Fidèle, que visita la cocina (si es que merece ese nombre) para dignificar nuestros platos, lo consigue. Además, el capitán nos ha conminado a comer limones, y no admite excusas, dilaciones ni excepciones. ¿Te lo puedes creer, Querido Diario? El capitán alega unos estrambóticos motivos de salud relacionados con el escorbuto, que ni creo ni comprendo. Los plebeyos, desde los tiempos de los hermanos Graco, siempre están buscando ocasiones para pinchar a los nobles, eso es lo que yo creo.

Solo una estampa de interés: por si necesitábamos entender el terrible destino de Bonaparte, el segundo día de navegación nos ha ofrecido una muestra. Cuando pasábamos por delante de una islita balear llamada Formentera, minúscula, el capitán nos ha comentado:

—Fijaos: Santa Elena no es mucho más extensa que esto. El Ogro, cuya ambición no estaría satisfecha ni conquistando toda la tierra del planeta, ahora descansa en un lugar tan reducido como este. Quien siembra vientos recoge tempestades.

F. R. me lee un resumen enciclopédico que ha embarcado: Santa Elena ocupa, exactamente, 121 kilómetros cuadrados. En el cenit de su imperio, Bonaparte controlaba 2.500.000 kilómetros cuadrados.

A bordo del Bosphorus

Cierta madrugada me encontraba en cubierta, en la parte más delantera del barco, admirando un tibio sol naciente. ¿Y quieres saber en qué pensaba, Diario Mío? La respuesta es: en alguien que no conozco, una tal Marguerite D'Humblié.

Entre las cortesanas del mundo entero esta mujer es un mito, una auténtica leyenda, sí, y muy brumosa, lo cual incrementa todavía más el hálito de misterio que la rodea. Todo lo que se sabe a ciencia cierta es esto: que es la única mujer que realmente le rompió el corazón a Napoleón. Sí, ella. Ni princesas polacas ni Josefina, que era una pánfila y tenía los dientes torcidos: D'Humblié. Por ella perdió la cabeza, ejércitos y fortunas. Se rumorea que detrás de algunas invasiones napoleónicas, detrás de algunos de los derrocamientos dinásticos efectuados por el gran corso, no había altas estrategias, sino el deseo de contentarla a ella. Tanta era la influencia de esta mujer. (O de su vagina). Hoy, en todos los palacios del mundo, cuando alguien pide a la preferida del rey que interceda para conseguir un favor real, y esta quiere excusarse, siempre tiene a mano una frase hecha: «Eso solo lo haría el rey por una D'Humblié».

Y yo me hago la siguiente pregunta, Diario Mío: si quiero tentar a Bonaparte, para generar la reacción de F. R., ¿tendré que estar a la altura de D'Humblié? ¡Qué mujer! Dime, Diario Mío: ¿quién es más grande? ¿El hombre que posee el mundo o la mujer que posee al hombre que posee el mundo?

Estaba sumida en estos pensamientos cuando ha aparecido Chateaubriand. Cuanto más nos acercamos a Santa Elena, más adquiere la cara de F. R. el color de las olas y el cielo, perennemente grises. Creo que el malestar no se debe tanto al zarandeo de la nave como a la proximidad de su enemigo, hecho que, naturalmente, me llena de felicidad femenina.

Ha hecho una observación de las suyas:

—Avanzo sin remedio al encuentro con mi enemigo. Y fíjate en la paradoja: aunque ahora caminase desde la proa, donde nos encontramos, en línea recta hacia la popa, en realidad no me estaría alejando de él, sino acercándome, porque el barco me arrastra en dirección contraria y a una velocidad superior. ¿No es esta la más perfecta definición del destino?

Un gesto de despecho, un cambio de tema:

—Querida mía, cada vez estamos más cerca de Bonaparte, y, sin embargo, todavía no has especificado las normas de esta justa de amor que has organizado. ¿Cómo se supone que debo derrotar a Bonaparte, con la cabeza o con los puños? ¿Debo impedir que él caiga en tus brazos o tú en los suyos?

—Las pugnas de amor —he manifestado—, cuanto menos se concreten, mejor. Quizás no pase nada, quizás pase todo. Ignoro si sentiré atracción por Bonaparte, ni si será recíproca. Y, en cualquier caso, yo soy el trofeo: ¿desde cuándo la Victoria dicta la Estrategia en cualquiera de los bandos?

—¡Mujeres! —se ha indignado F. R.—. Lo que quieres decir, para resumir, es que en la guerra todo vale, y en el amor aún más.

—Exactamente.

—Y, en lo que se refiere a tu interés por Bonaparte, ¿no podrías conformarte con un libro de historia? Pronto será una reliquia.

—Como todos, querido, como todos... Ya tenemos una edad. ¿Acaso te has embarcado sin espejos? —he replicado—. Pero te confesaré que los grandes hombres siempre me han atraído. Como amante que fui del Papa, me convertí, en cierta forma, en espíritu santo. Como amante vuestra, el gran literato, me convierto en musa. Y, si ahora me ama Bonaparte, seré, en parte, emperatriz. Ninguna mujer, que yo sepa, ha conseguido reunir las tres condiciones en un cuerpo, en una sola vida.

Chateaubriand ha inspirado y suspirado bien fuerte, una irritación equina en las narinas:

—Pues ahora te explicaré una anécdota sobre este hombre a quien dedicas un interés tan superlativo.

»Como ya debes saber, en las batallas existe lo que se suele conocer como “balas perdidas”. Proyectiles que, por azar, llegan más lejos de lo previsto y a un lugar imprevisto. Suelen ser balas de fusil, aunque también hay balas perdidas de cañón, infinitamente más temibles.

»Pues bien, en cierta batalla, Bonaparte observaba las vicisitudes del combate encima de su caballo y rodeado de un grupo de oficiales, también a caballo, cuando la fatalidad quiso que un enorme proyectil fuese a parar entre los congregados. La esfera de hierro escogió a un jovencísimo teniente, un muchacho gascón. Cuando la humareda se disipó, ahí estaba el pobre chico, en el suelo. El cañonazo le había arrebatado las dos piernas y las caderas. El joven y abatido oficial vio aquella hórrida estampa: su cuerpo desintegrado y un charco de sangre, la suya, sobre la cual flotaban sus vísceras, sus intestinos blandos y retorcidos, y astillas de huesos. Esa sería la última visión que tendría en vida. ¿La última? No. El chico miró a su emperador, el estupor y un dolor infinito reflejados en sus ojos. Las dos miradas se cruzaron. ¿Y queréis saber cuál fue la reacción de Bonaparte? Partirse de risa.

»El ataque hilarante fue tan fuerte que se tuvo que agarrar el bajo vientre con los dos antebrazos, por lo cual acabó resbalando por el flanco del caballo. A la risa enloquecida se añadió un hipo agudo y contentísimo, de tal manera que, momentáneamente incapacitado para dirigir el ejército, le llevaron a su tienda de campaña».

Chateaubriand ha dirigido su mirada hacia el sol naciente. El astro y la tristeza hacían brillar sus ojos cuando ha sentenciado:

—Y por ese hombre estás cruzando medio mundo.

8 de junio de 1819
Hoy la nave llega a Santa Elena

Qué emoción, Querido Diario, tocar tierra, por fin, después de casi tres meses de navegación, y tras hacer escala en Cádiz, Madeira y Tenerife. Y qué alivio, la verdad. Ahora bien, que Santa Elena se resiste a los intrusos lo demuestra el largo y penoso prólogo que ha antecedido al desembarco propiamente dicho.

Porque debes saber, Diario Mío, que para vigilar a Bonaparte no se consideran cadenas suficientes la distancia, el aislamiento y una fuerza militar de tres mil hombres, sino que a todo eso se le añade un poderoso escudo que navega, llamado «flota inglesa»; cuando ya divisábamos Santa Elena, nos han flanqueado y abordado dos fragatas. Los oficiales ingleses han sido correctos, pero exhaustivos. Con nuestras personas se han contenido, con el pobre barco, no: los soldados han revuelto bodega y compartimentos, incluso han desclavado tablones, buscando cargas ocultas, armas, misivas secretas, libros prohibidos, lo que fuese. Problema añadido: la inspección aún duraba cuando ya anochecía.

—Atracar con tan poca luz sería de lo más dificultoso —ha dicho el oficial inglés—. Les recomiendo que anclen fuera de la bocana y desembarquen mañana.

Pero nuestro capitán se ha opuesto con la misma vehemencia, o más, con la que nos exigía chupar limones:

—¡Ni hablar! —ha bramado—. Haré lo que sea para ahorrarme una noche en esta isla del demonio. Ustedes saben tan bien como yo que se acerca la temporada del Bigcripi.

Y esa, Diario Mío, ha sido la primera mención que hemos oído sobre eso, sobre el Bigcripi.

—Tonterías —ha negado el capitán inglés.

—¿Ah, sí? Pues venga —le ha retado el capitán del Bosphorus—, conteste a una pregunta: ¿acaso zarparán sus magníficas fragatas cuando llegue la luna nueva? ¿Harán la ronda alrededor de la isla, como de costumbre? ¿O quizás las esconderá, en la dársena más oculta de la bahía?

Y aquí un detalle muy significativo, Querido Diario: el oficial inglés no ha replicado. Cuando se retiraba me he dirigido a él con mi mejor inglés:

—¿Bigcripi? ¿He entendido bien la palabra, señor? ¿Qué significa?

—Nada —se ha excusado, irritado—. Supersticiones de taberna. ¿Acaso conoce a algún marinero que no sea supersticioso y borracho?

Pero lo ha dicho evitando mirarme a los ojos, y se ha retirado. Yo, inquisidora, me he dirigido al capitán:

—¿A qué se refiere con esa extraña palabra, «Bigcripi»?

El hombre me ha esquivado con su estilo habitual:

—Usted coma limones.

Así pues, el Bosphorus ha encarado la bahía, que tiene forma de embudo, cuando la poca luz que quedaba en el mundo ya era un crepúsculo agónico, una franja de color violeta hundiéndose en el horizonte. El mar estaba insólitamente calmado, sin vida, y, al fondo, el puerto de Jamestown, que se anunciaba con unas pocas luces, muy amarillas y muy tristes.

Sí, qué escalofriante, fantasmal entrada a Santa Elena: entre la oscuridad que nacía bailaba una niebla fina y muy húmeda, como si las gotas de lluvia danzasen ante nuestros ojos. Todas las redes y cordajes del Bosphorus crujían, como si se lamentaran. El Bosphorus ha entrado en el puerto lentamente, como la barca de Caronte cruzando la laguna Estigia.

Todos los barcos allí anclados compartían una curiosa característica: parecían mucho más viejos de lo que eran. Ese efecto seguramente lo causaba la luz crepuscular, pero el hecho era que sus grandes velas lucían arrugadas y marrones, como la ropa del cadáver de un féretro antiguo.

Te lo puedo asegurar, Diario Mío: cuando, por fin, alguien ha colocado la pasarela para bajar de la nave, me he sentido como si cruzase las puertas de una tumba acuática, un mausoleo rodeado de agua en lugar de mármol.

Primer día en Santa Elena

Querido Diario:

Santa Elena es a las islas lo que los cementerios son a los edificios públicos. No puedo imaginar un lugar más lúgubre, la esencia vital mortecina, decaída. Como atracamos tan tarde, hemos pasado la noche en unas habitaciones de fortuna, en el mismo puerto, en una casa de madera de dos pisos.

A primera hora Chateaubriand, Fidèle y yo hemos intentado dar un paseo, ahora que por fin estamos en tierra firme. Por desgracia, en la puerta había dos soldados y un sargento que nos han recordado nuestra condición de prisioneros eventuales. Y aquí, Diario Mío, ha quedado bien claro que, a la hora de afrontar este tipo de situaciones, el género femenino está mucho mejor armado que el masculino. Porque, al ver a los soldados y sus fusiles, F. R. se ha limitado a emitir un resoplido, dar la vuelta y volver a reunirse con su pobre desayuno. Yo, en cambio, he mirado al sargento fijamente, como quien observa un gusano especialmente desagradable, y he dicho:

—¿Y qué piensa hacer al respecto? ¿Ordenar a sus soldados que claven sus bayonetas en las carnes de la marquesa de Custine?

Y, naturalmente, nos ha abierto paso, a mí y a Fidèle.

Por desgracia, ha sido una victoria contraproducente, porque en realidad no tenía dónde ir, más allá de recorrer las pasarelas de madera que entariman el puerto. Entre los tablones, sucios y mojados, sobresalían fango fétido y cadáveres de ratas en descomposición. Cuerpos peludos y andrajosos, colas largas. Eso bajo nuestros pies. Sobre nuestras cabezas, la niebla de la noche anterior persistía, insidiosa, escondiéndonos el cielo y mojando nuestras vestimentas como si fuesen toallas. Lo malo es que no podía volver atrás, por dignidad. ¡Qué situación tan ridícula! Por fortuna, el mismo sargento que tenía que confinarme ha venido en mi salvación: me ha advertido que me preparase, porque el gobernador de la isla nos citaba en su despacho.

Un rato después cruzábamos Jamestown para reunirnos con un tal Hudson Lowe, el mandatario inglés de Santa Elena.

La población de Jamestown es tan fea como remota. Santa Elena, de hecho, solo fue colonizada por cuestiones prácticas: su excelente posición estratégica, justo en el centro del Atlántico. Pero no ofrece ningún encanto. Más bien al contrario. Jamestown es una de las aldeas más raquíticas que pueden existir. Imaginaos un torrente que circula enclaustrado entre dos montañas muy altas y que desemboca en el mar. Pues bien, sobre el cauce de un torrente, así parece construida Jamestown: toda la localidad se limita a dos largas filas de casas que recorren una calle tan larga como estrecha que avanza hacia el mar.

Lo peor de todo es que al visitante no se le ofrece ninguna novedad para los sentidos: a pesar de la ubicación extrema de la isla, aquí no hay alegrías tropicales, ni olores, ni colores, y se diría que los ingleses, al conquistar Santa Elena, importaron con ellos el tiempo detestable, frío, lluvioso, húmedo y perpetuamente empapado de esta maldita niebla atlántica, densa y fría. Sí: aquí la niebla es como el sombrero de la isla, que flota siempre sobre su superficie, unos vapores lánguidos y fúnebres. Niebla, niebla, niebla: estoy segura de que en el infierno no hay humo, hay niebla.

Una cosa puedo asegurarte, Diario Mío. Y es que en Santa Elena todo, absolutamente todo, gira alrededor de su recluso. Toda la población, toda la guarnición, todos los individuos que habitan la isla, o sea tres mil soldados y unos pocos centenares de civiles, viven pendientes de los movimientos de un solo hombre, Bonaparte, al cual, espléndida ironía, han recluido aquí para que no se mueva en absoluto.

Que no exagero, que la sombra del corso todo lo domina, lo demuestra la delirante entrevista que yo y Chateaubriand hemos mantenido con el gobernador Lowe y su asistente, un tal sargento Basil Jackson o Jackson Basil, no me ha quedado claro. No puedo recriminar a los ingleses que, en lo que se refiere a nuestra presencia, esgriman unas precauciones más que lógicas. Al fin y al cabo, somos dos compatriotas del exemperador. ¿Qué hacemos aquí? La pregunta es legítima. Pero no me preocupaba: antes de embarcarnos, yo había pedido y obtenido todas las autorizaciones y salvoconductos pertinentes. No. El problema ha sido diferente. Se llama locura.

Pero antes, Querido Diario, me permitirás que te ponga en antecedentes, al menos en lo que respecta al gobernador Lowe y sus relaciones con Bonaparte.

Como es universalmente conocido, después de Waterloo el mundo decidió expatriar a Bonaparte a la prisión más hermética: este peñasco, remotamente alejado de cualquier costa habitada. Instalaron a Bonaparte en una casa del interior, junto con cinco o seis incondicionales que habían decidido compartir su última penuria. Un exilio tan riguroso no podría ser cómodo para nadie, menos para un alma tan intrépida. Pero todo empeoró, y mucho, con la llegada de un nuevo gobernador: Hudson Lowe.

Lowe, un militar tan veterano como mediocre, llegaba a Santa Elena con la misión explícita de convertir la isla en un fortín inexpugnable. Su Majestad británica le había encomendado una misión trascendental: era imperativo que Napoleón no huyese. Ya existía un precedente, cuando se escapó de otra isla, Elba, y las consecuencias habían sido devastadoras: una turbulencia política a escala continental y los cuarenta y cinco mil muertos y mutilados de Waterloo. ¡Y todo en menos de cien días!

El conflicto entre Lowe y Bonaparte era tan previsible como inevitable. Lowe aumentó las medidas de seguridad y constriñó aún más los movimientos de Napoleón, a quien prácticamente no se le permitía salir de su finca de Longwood, la casa de campo que le habían adjudicado a unos seis kilómetros de Jamestown, en el interior de la isla. Y aún peor: el guardián ofendió al preso, ya que Lowe se dirigía a Napoleón como «general Bonaparte», negándole el título imperial. Eso era lo mismo que robarle la legitimidad y la gloria. Napoleón nunca podría aceptarlo. Las entrevistas que mantenían ambos hombres eran agrias, crispadas. Con un añadido perfectamente estrambótico: Lowe no hablaba francés ni Bonaparte inglés, pero Lowe sí sabía italiano de la época en que había ejercido el mando de un batallón integrado por corsos monárquicos. Y ahora, Diario Mío, imagínate la escena: un inglés y un francés gritándose en italiano, en dialecto corso para ser exactos, rodeados de una pequeña audiencia que no entiende ni jota de lo que se dicen, y todo eso en el fin del mundo. El ser humano tiene una extraordinaria capacidad para inventar los odios más raros.

Pero ahora, Diario Mío, aunque sea por un instante, pongámonos en el lugar de Lowe. El pobre Hudson Lowe era tan prisionero de Santa Elena como Bonaparte. Quizás más, porque mientras Bonaparte, en su residencia de Longwood, se daba unos relajantes baños con el agua a punto de ebullición, los nervios de Lowe estaban sometidos a una presión tan constante como colosal. ¿Y si, a pesar de todo, el Gran Corso se escabullía? Allí estaba el pobre hombre, obligado a un combate diario contra alguien respecto del cual se sabía cómicamente inferior: como militar, Lowe era la representación del perfecto oficial mediocre, mientras que su preso era el genio más grande de todos los tiempos. De hecho, ¿qué es, exactamente, Napoleón Bonaparte? ¿El Genio? ¿El Poder? ¿La Maldad? ¿La Gloria? ¿La Espada del Destino o el Destino de la Espada? Sea lo que sea, ¿quién puede encerrar y retener a un arquetipo?

Además, a Lowe no le faltaban motivos auténticamente racionales para temer lo peor: cada nave que recalaba en Jamestown llevaba con ella nuevos rumores, más o menos sólidos, pero siempre angustiosos. Ahora los masones de Brasil orquestan un complot liberador; ahora un corsario yanqui quiere cobrar una recompensa por Bonaparte, asaltando la isla con nocturnidad. Después es el turno de antiguos militarzuelos franceses, siempre irredentos, que se preparan para atacar la jaula de su querido emperador. La lista de enemigos de Lowe crece y crece. Un día son los patriotas sudamericanos, que aspiran a reclutar al mejor general de todos los tiempos para sus guerras contra la corona española, y que preparan una flota para invadir Santa Elena. Al día siguiente se habla del sultán turco, que quiere una alianza con Bonaparte. Incluso algunos políticos tories verían con buenos ojos que el viejo enemigo reviva, lo cual les sería útil en las intrigas de poder. Pobre, sí, ¡pobre Hudson Lowe! Encerrado en una isla tenebrosa, de vegetación primitiva, y obligado a un duelo cotidiano contra un enemigo tan poderoso que solo pudo ser vencido por toda Europa unida, ¡más Rusia! Cada noche que Bonaparte duerme en Santa Elena no puede considerarse una victoria. Y, en cambio, si una noche desaparece, su derrota será total y absoluta. Seamos indulgentes: ¿a quién no le destrozaría los nervios una tarea así? Lowe es mediocre, sí, pero tiene luces suficientes para comprender su mediocridad. Hemos cruzado la puerta de su despacho, nos hemos sentado frente a él, y me ha bastado un vistazo para comprenderlo: este hombre ha enloquecido.

El despacho del gobernador es como todas las estancias de Santa Elena: un lugar insano, estrecho y reducido; techo bajo y forrado de listones, como el suelo, listones que crujen a cada paso. Las ventanas, como las mirillas de una fortaleza, no dejan entrar mucha luz. Y como, además, fuera reinaba la sempiterna niebla atlántica, nos abrumaban unas tinieblas irreales, como de artificio; sobre la mesa descansaba un quinqué encendido, ¡y eso que no era ni mediodía!

Sentado justo detrás de Lowe, como los diablillos que susurran al oído de los santos, Basil Jackson. Cuando hemos entrado, no se han dignado a levantarse, ni uno ni el otro. El tal Basil vestía uniforme de sargento mayor, pero su aspecto hacía pensar en alguien más exótico que un soldado: una especie de ser albino, los cabellos asombrosamente blancos y largos, como los de una bruja de cuento, a pesar de su relativa juventud. Seguro que la disciplina castrense no toleraba ese corte de pelo, pero Santa Elena está muy lejos de todo, también de los reglamentos militares. Exhibía unos labios más viciosos que sensuales y unos ojos que no parpadeaban, como los dementes, aunque, a diferencia de su amo, Jackson no estaba loco, ni mucho menos: controlaba perfectamente su mirada, que buscaba despreciarnos e intimidarnos. Tiene unas piernas muy largas y bonitas. Sin el uniforme, bastante descuidado por cierto, uno tendría la impresión de estar tratando con un delincuente, morralla extraída de los peores barrios londinenses. Eso también revelaba una de las debilidades primordiales del gobernador: la guarnición era el único instrumento de Lowe para contener a un monstruo superior como Napoleón, y Basil era su correa de transmisión con la tropa. Basil le garantizaba que en aquella isla perdida, donde era tan fácil que la disciplina se relajase, los hombres le seguirían siendo fieles y obedientes. En consecuencia, sin Basil el gobernador Lowe no sería nada. Por eso, como enseguida hemos sabido, Lowe mimaba y consentía tantas cosas al «querido Basil». ¿Por qué había elegido Lowe como segundo a un granuja como Basil Jackson? Seguramente porque los mejores guardabosques siempre son cazadores furtivos reconvertidos. Este, como ya he dicho, nos observaba con gesto burlón, entre divertido y arrogante. Y con los dedos jugaba con un curioso objeto, un largo cilindro de cuero que colgaba en el lugar donde los oficiales suelen llevar un sable o una espada y su correspondiente funda.

En lo que respecta al mismo Lowe, no podía causar una impresión menos favorable.

Era muy poco agraciado. La culpa recaía sobre ese hueso que tenemos los humanos justo detrás de las cejas. En el caso de Lowe era de lo más prominente, como una visera, con lo cual su mirada parecía eternamente emboscada, como una araña al fondo de su guarida. Tenía una boca corta y casi sin labios que anunciaba crueldad. Pero insisto: no creo que se pueda acusar de maldad a Lowe de la misma manera que no tiene mucho sentido acusar a un demente de sus crímenes.

Santa Elena, constato y afirmo, le ha hecho enloquecer. Sus actos y sus pensamientos no se apartaban ni un átomo de Bonaparte, que le poseía y consumía. Napoleón estaba más presente en esa habitación, de hecho, que yo o F. R. Mucho más. En la corta audiencia que nos ha concedido, de la boca de Lowe no ha salido ni una palabra que no estuviese vinculada al corso, de la misma manera que las anclas lo están al barco, y sin el barco pierden el sentido de su existencia.

No nos había dado tiempo ni de sentarnos cuando nos ha espetado:

—Así pues, han venido hasta el último dominio de Su Majestad armados con el propósito de entrevistarse con el general Bonaparte...

Y ha dejado la frase en el aire, inconclusa, como si esperase que nosotros mismos consumásemos ese principio de acusación. Chateaubriand, que obviamente se consideraba superior a un batallón entero de Basils y Hudsons, ha replicado:

—Ah, pero ¿es que acaso hay alguien más en Santa Elena?

La espina dorsal de Lowe se ha puesto todavía más tensa. Basil, sin embargo, se ha relajado aún más en su silla, como quien está a punto de disfrutar de un espectáculo. Yo he tenido miedo: F. R. no quería entender que su inteligencia solo ratificaría las sospechas maniáticas de Lowe. Este ha leído unas notas que le habían proporcionado:

—Me informan de que usted, señor François-René de Chateaubriand, escribe. ¿Puedo preguntarle qué tipo de escritos?

F. R. solo podía tomarse como un desaire que Lowe no conociese al autor más famoso de Francia, así que ha replicado con un sardónico, escueto:

—Sublimes.

Una pausa y Lowe ha continuado impertérrito:

—Infórmeme: ¿conserva muchos partidarios en Francia el general?

—Depende

—¿De qué?

—De si gobierna o no gobierna —dijo Chateaubriand y se ha explayado—: Cuando huyó de Elba, los periódicos publicaban: «El Monstruo se ha escapado». Al día siguiente: «El tirano ha desembarcado. Su destino perecerá en las montañas, como los bandoleros» Al día siguiente: «Bonaparte se acerca a París». Al día siguiente: «El Emperador entra en la capital. El júbilo es universal». La opinión del populacho es voluble.

—No tanto como la suya —ha dicho Lowe, en una réplica que verdaderamente sorprendía, por aguda, que proviniese de una mente tan pequeña como la boca por la que se expresaba—.

Antes de que Bonaparte accediese a la púrpura, usted le odiaba y le combatía. Cuando ocupó el trono, usted fue ni más ni menos que uno de sus ministros y apoyos principales. Y ahora que la Fortuna le ha abandonado, por lo que dicen mis informes, vuelve a odiarlo.

F. R. ha enrojecido. Incluso bajo la triste luz de aquella habitación podíamos apreciar el rubor de sus mejillas. Ha alzado peligrosamente la voz:

—¡Yo solo amo a Francia! Secundé a Bonaparte en la medida en que su obra se correspondía con los intereses y la grandeza franceses. Cuando divergieron, cuando se convirtió en un ególatra suicida, le combatí.

Basil Jackson, al menos, hacía preguntas más precisas. Ha dicho, el tono desganado:

—¿Y por qué carajo quieren entrevistarse con él?

—Asuntos privados.

—Eso, aquí, no existe —ha respondido Basil, y por primera vez ha borrado su sonrisa burlona.

La temperatura subía. El giro culminante: cuando la insania mental de Lowe ha quedado al descubierto. En cierto momento, se ha llevado el pulgar a los labios, como un niño pequeño. ¿Te lo puedes imaginar, Diario Mío? ¡El gobernador se chupaba el dedo mientras atendía a unos perfectos desconocidos! Hablaba sin mirarnos, las palabras obstruidas por la uña y la mayor parte del dedo. Divagaba, errático. Escucharlo era confundirse. He mirado a Basil, silenciosamente alarmada, pidiéndole explicaciones con los ojos. Este se ha reído, discretamente, en voz baja, como quien contempla el famoso número de un payaso, siempre gracioso, pero cuya reiteración cansa y asquea. De hecho, creo que buscaba nuestra complicidad. Lo que venía a decirnos era: «¿Veis a qué tipo de César loco estoy obligado a servir, no?». Pero yo empezaba a tener miedo de verdad. Si dejaba que F. R. se enzarzase en un combate dialéctico, no tenía dudas sobre el resultado: la retórica de F. R. resultaría ganadora, y nosotros perdedores.

Chateaubriand no se percataba, pero estábamos a un paso de acabar junto a Napoleón, sí, pero para siempre. F. R. seguía ofendiendo a Lowe con unas fintas retóricas de un nivel intelectual astronómico. ¿Por qué lo hacía? Porque los hombres superiores no suelen entender el peligro que significan los hombres inferiores, cuando, de hecho, son los únicos a los que deberían temer. El dedo de Lowe entraba cada vez más adentro de aquella boca sin labios. Y eso era muy mal presagio.

Hasta aquel momento, y por mi condición femenina, me habían excluido del interrogatorio debate. Me he levantado abruptamente de la silla, reclamando sus ojos. Y he proclamado:

—Como pueden constatar, excelencias, el señor de Chateaubriand y mi persona se conocieron a una edad en que los amantes se esfuerzan más por mitigar sus dolores que por excitar sus placeres.

Basil y Lowe, y también F. R., me han mirado, sorprendidos por esa confesión de las relaciones que manteníamos. He hecho una pausa y acto seguido he alzado lentamente una mano teatral, el puño cerrado:

—Pero llegados a este punto, señores, debo admitir y confesar el propósito real de nuestra presencia: liberar al emperador.

A Chateaubriand por poco se le desencaja la mandíbula inferior. Basil y Lowe se han quedado mudos. Se ha hecho un silencio tal que podíamos oír toda la carcoma de la casa. (En mi opinión, Amigo Diario, las leyendas inglesas que versan sobre casas encantadas tienen un origen puramente arquitectónico: edifican sus casas de madera, techos y escaleras, y la madera siempre transmite crujidos misteriosos que inevitablemente llevan a pensar en presencias sobrenaturales).

Basil ha sido el primero en reaccionar. Ha cruzado las manos sobre el vientre y me ha preguntado, distendido:

—Mira por dónde. ¿Y cómo piensan hacerlo?

—Estimado señor, los planes de acción, cuanto más simples, más eficaces. Los registros no nos han desposeído, ni a mí de mi abanico ni al señor Chateaubriand de su pluma. Unidos, nos abriremos paso armados con nuestros poderosos instrumentos, diezmando las filas de la soldadesca a golpes de viento y tinta. Cuando hayamos derrotado al regimiento que ocupa la isla, abordaremos el barco más digno del emperador, y volveremos los tres a Francia, ufanos y triunfales. Eso es.

Aunque parezca mentira, Diario Mío, el silencio se ha prolongado durante un rato eterno. Ñic-ñic-ñic-ñic, decía la carcoma. Basil ha demostrado que tenía las luces más claras, porque se ha puesto a reír, por fin. Una risotada de taberna, escandalosa y grosera.

Lowe se ha quitado el pulgar de la boca. Ahora observaba a su edecán, pendiente de su criterio, como si el auténtico gobernador fuese Basil Jackson. Este, indolente, se ha rascado el cuello de la guerrera, bajo la mejilla derecha, y ha dictaminado:

—Hagan lo que quieran.

Así ha construido la frase, sin el «que» delante del «hagan».

En la fonda

Te preguntarás, Diario Mío, por qué continuamos residiendo en esta fonda miserable del puerto, repleta de legiones de carcoma ruidosa, en vez de dirigirnos directamente hacia la residencia de Bonaparte, Longwood. La respuesta, Querido Diario Mío, es que Bonaparte continúa actuando como un emperador: primero hay que pedirle audiencia, y después esperar su augusta convocatoria.

Acabamos de enviar una nota a Longwood, anunciando nuestra presencia y pidiendo cita.

Al día siguiente

Bonaparte no contesta.

Al día siguiente

Sin respuesta. Llueve. Carcoma. Mucha carcoma. Puedo oír sus chillidos, insidiosos y muy agudos, como mil violines sordos.

Vuelvo a pensar en la señora D'Humblié. Es posible que solo sea un mito, he pensado. Su apellido, Humblié, parece una contracción de las palabras «humilde» y «olvidar». ¿Y si esa amante prodigiosa solamente fuera una invención del populacho?

No contesta.

¿Qué estará meditando? ¿En serio tiene algo mejor que hacer, en este presidio húmedo? Pocas veces recibe visitas de tan alta calidad.

—Me odia —se explica F. R.—. Y disfruta haciéndonos esperar.

Quizás sí. Pero no podemos saberlo a ciencia cierta. Es Napoleón Bonaparte: siempre está presente, aún más cuando no está.

Un día más. 13 de junio de 1819

Sin noticias de Longwood.

¿Para esto hemos hecho un viaje tan largo? Sí, Diario Mío, lo sé: quien hace esperar se manifiesta superior al que le espera. De hecho, cuando alguna amiga me solicita consejos de amor siempre le digo lo mismo: «Haz que espere». La espera incrementa el deseo del amante y desenmascara a los farsantes. A lo largo de mi vida amorosa he hecho esperar a docenas y docenas de hombres. Nunca habría creído que un día me infligirían, a mí, ese dulce martirio. Y constato, a regañadientes, un hecho poco loable: que con las mujeres también funciona. Quiero ver a Bonaparte, lo quiero y lo deseo, y al final el deseo de que se acabe la espera se confunde con el deseo por el que nos hace esperar.

F. R. reniega cada día más.

Todavía en la fonda

Sin respuesta de Longwood.

No sé si aguantaremos muchos más días en esta fonda portuaria. Aquí todo está mohoso: alimentos, paredes y colchones. Las sábanas están siempre húmedas. Todo lleno de hongos. La comida es repugnante. La carne, dura, tendones y nada más que tendones; la verdura, acuosa. La casa apesta a col hervida. F. R. ha tenido una idea: dejar Jamestown y alquilar habitaciones en alguna granja cerca de Longwood. Al menos nos libraríamos de las humedades portuarias.

Estoy de acuerdo con él. Sin embargo, para salir de la localidad, necesitaríamos el permiso del gobernador. Y fíjate qué golpe de suerte: durante uno de nuestros paseos hemos coincidido con Basil Jackson. Él y cuatro soldados se dirigían a los almacenes del puerto, a cargar suministros con un gran carro. No llevaba espada ni funda. En lugar de eso, he observado, transportaba esa funda cilíndrica que siempre lleva con él, a la espalda, atada en bandolera por una cinta. Curiosa posición militar, Santa Elena, donde los oficiales juzgan más eficaz un catalejo que un sable.

Le hemos explicado nuestras cuitas. Ha bajado del carro, las largas piernas enfundadas en unos pantalones tan blancos como sus cabellos, ha estirado los brazos perezosamente y ha dicho, sardónico y desentendido:

—Su Majestad les garantiza una total libertad de movimiento. Eso sí: solo en el interior de la isla.

Los soldados que lo acompañaban han estallado de risa.

Mudanza de Jamestown

En Santa Elena la naturaleza vive un otoño eterno. Mientras el coche que hemos alquilado avanzaba lentamente hacia el interior de la isla, yo, F. R. y Fidèle miramos por las ventanas, ansiosos de novedades paisajísticas. Por desgracia, la luz apaciguada de este país apenas nos permite ver más allá del borde del camino. Lo peor de todo: a duras penas sabemos dónde vamos. El cochero nos ha informado de que hay una casa, ruta arriba de Jamestown y muy cerca de Longwood (o sea, de Bonaparte), donde no tendrán inconveniente en alquilarnos habitaciones y prestarnos servicios. Al menos eso dice.

Llegamos antes de lo previsto: ciertamente, en Santa Elena las distancias siempre son cortas. Es una casa rectangular, de madera: a la hora de construir domicilios, se diría que los ingleses tienen fobia a la piedra. En Europa no llegaría ni a barraca grande; aquí no es desagradable del todo, al menos para los parámetros locales. El cochero nos ha dejado en la puerta, y cuando descargaba nuestro voluminoso equipaje no se ha ahorrado una ironía muy fina, si juzgamos la finura según los parámetros locales:

—¡Caramba! —ha exclamado cuando bajaba del techo el último baúl—. Ahora ya sé qué es un aristócrata francés: alguien que carga con el equipaje de seis personas.

Acto seguido, fíjate qué sorpresa, ha chasqueado las riendas y se ha ido sin más dilación. ¡Talmente! Comprenderás, Diario Mío, las incomodidades y perjuicios que eso nos suponía. Ni siquiera habíamos llamado a la puerta de aquella casa solitaria, aislada en un claro de un bosque de vegetación extraña. ¿Y si no nos abría nadie? ¿Qué haríamos si no nos ofrecían hospitalidad o prestaciones? Chateaubriand ha perseguido el coche un buen trecho, gritando unos indignos y lamentables «eh, eh, eh» y sacudiendo un gran pañuelo en el aire. Inútilmente.

Todas nuestras esperanzas se resumían y concentraban en un rectángulo de listones que hacía de puerta. Vista de cerca, la casa era aún más humilde de lo que nos había parecido en un principio. Las casas, como las personas, nacen y un día mueren, y aquella se diría que estaba en la última vejez.

Hemos llamado a la puerta. Nada. «¡¿Hola, hola?!», ha dicho F. R. Sin respuesta. Curiosamente, la que ha tomado la iniciativa ha sido Fidèle:

—¿Es que no lo ven? —ha dicho—. Está abierta.

Ha empujado la puerta y ha entrado decididamente, como si fuese su casa.

Dentro, los claroscuros isleños eran todavía más intensos, porque las ventanas son diminutas y porque de los laterales defectuosos de la chimenea, extremadamente primitiva, escapaban hilos de humo. Pisábamos un ámbito muy pobre, rozando la ruina. Y por todos lados los ñic-ñic-ñic de la carcoma, un ejército de carcoma, tan invisible como omnipresente. El humo, la niebla que entraba por una ventana, la carcoma, el conjunto empezaba a intimidarme, cuando nos hemos dado cuenta de que la barraca tenía un habitante.

Una mujer, la piel de color café. Muy pequeña, frágil como una muñeca, y un pañuelo en la cabeza. Vieja, muy vieja. Manipulaba una olla al fuego y aún no nos había descubierto. Fidèle ha entendido que era sorda. La mujer se ha girado, mirándonos mientras se secaba las manos con el delantal. A pesar de que tres extraños habían invadido su domicilio, no consideraba el hecho, en absoluto, como una intrusión.

—Tiene más arrugas que el culo de un elefante —me ha dicho Chateaubriand, sin preocuparse lo más mínimo por si la mujer podía entenderle o no. Hablaba una especie de argot, mezcla de inglés, francés colonial y alguna lengua africana. Y se expresaba en voz muy alta, como si nosotros también fuésemos sordos. (Es curioso, Diario Mío, que la sordera sea un defecto que los que lo sufren siempre extrapolan al resto del género humano).

—¡No, no! —ha exclamado—. ¡Casssa de monsié Boney más arriba! ¡Arriba, arriba!

Y señalaba la dirección con un dedo increíblemente largo.

—Sí, ya estamos informados —ha cortado Chateaubriand—. Lo que queremos es alojamiento. Comida y habitaciones. Con sábanas limpias. ¿Me entiende? ¡Sábanas!

Ciertamente, Diario Mío, yo no había visto nunca a una persona con la piel tan sumamente arrugada. Era como si todo su cuerpo fuese una pasa reseca. Y además de sorda estaba medio ciega. Encogía los ojos como un chino, intentando discernir quiénes eran aquellos curiosos visitantes. Sencillamente no podía creer que fuera ella el objeto de nuestra presencia, y ha insistido:

—¡Boney arriba, milla más arriba!

Por segunda vez, Fidèle ha acudido en nuestro rescate. Ya sabes, Diario Mío, que las personas de la misma condición intiman más fácilmente. Ella y la vieja negra se han sentado juntas, una al lado de la otra. La mujer se ha insertado un caracol de mar en la oreja, como una trompetilla, y ha escuchado las pacientes palabras de Fidèle. Esta nos lo ha resumido:

—Se llama Umbé. Nos alquilará la casa, si queremos. No sabe qué precio pedirnos, pero tiene sábanas de recambio y orinales.

—Gracias al cielo —ha suspirado Chateaubriand—. Por lo menos dormiremos bajo techo. Miserable, pero techo.

Mientras decía esto, ha depositado su sombrero sobre una mesita arrimada a la pared. Y entonces, Diario Mío, ha sucedido un fenómeno insólito: ¡el sombrero ha empezado a moverse solo! No podíamos creer lo que veíamos: se arrastraba por la mesa, impelido por una fuerza tan misteriosa como errática. Y oíamos los ñic-ñic-ñic habituales de la carcoma, ahora más fuertes que nunca.

Dirigido por el instinto del propietario, Chateaubriand se ha apoderado del sombrero, levantándolo de la mesa. Y el misterio ha quedado al descubierto: una rata, de la medida de medio conejo. Libre del sombrero, se ha levantado sobre dos patas y nos miraba, insolente, entre el humo que se escapaba de la chimenea, entre la niebla que invadía la estancia. Sus narinas se contraían y expandían, olfateándonos; su sucio pelaje se fundía y se mistificaba con el ambiente que nos rodeaba.

Ratas.

Querido Diario, esos ruidos, esos ñic-ñic-ñic omnipresentes en la fonda, en la casa del gobernador, en casa de Umbé, no son de carcoma, son ratas. Tras cada tabique, sobre cada techo, bajo los suelos de madera, y aquí todo es de madera... Ratas. Toda la isla está infestada. Ratas.

Tercer día en casa de la señora Umbé

Por extraño que suene, Diario Mío, la humilde casa de Umbé parece ser el único lugar de Santa Elena más o menos libre de demencia. Quizás porque la vieja Umbé ignora quién es Napoleón, al que aplica el cariñoso diminutivo inglés de «Boney», y vive al margen de su asfixiante presencia. Todo lo que sabe es que comparte vecindario con él. ¡Quién lo iba a decir! Aquel que un día fue el hombre más poderoso del universo ahora tiene por vecina a una mujer negra, vieja, sorda, medio ciega y exesclava. Y, por cierto, Diario Mío, un apunte de interés: esta mujer, que está hecha de amabilidad y hospitalidad del mismo modo que el resto de humanos estamos hechos de carne y huesos, solo esconde una pasión y un rencor: contra el gobernador Lowe. Te preguntarás por qué. La respuesta: porque Lowe, siguiendo las instrucciones del gobierno inglés, abolió la esclavitud en Santa Elena. En la práctica, eso solo afectó a un número limitadísimo de individuos. Entre ellos Umbé..., para su desgracia:

—¡Libre! ¡Yo! —llora y se lamenta a gritos—. Cuando era esclava, el amo, al menos, tenía la obligación de mantenerme. Pero el mismo día siguiente a la abolición, alegando que era libre, ¡me echó a la calle! ¿Y cómo voy a valerme yo, pobre de mí, a mi edad? ¡La libertad es odiosa!

Pero sus palabras contrastan con su energía: detrás de la casa Umbé tiene un huerto y un modesto corral, integrado por tres cabras y cuatro gallinas. Obtiene unos ingresos exiguos, pero suficientes, vendiendo leche, huevos y verduras a los soldados que custodian a Bonaparte.

Tengo que admitir, Diario Mío, que la compañía de Umbé no me resulta ingrata, a pesar de su ínfima condición. No pueden existir dos mujeres de orígenes más lejanos y dispares: una marquesa francesa y una exesclava negra y criolla. Nunca me había mezclado con gente de su condición, y debo decir que como experiencia resulta sumamente instructiva.

Por ejemplo: yo lo ignoraba todo acerca de las gallinas. Y en el corralito de Umbé hay una graciosísima. Se llama Trofy, un diminutivo criollo para «a-*Trofy*-ada», porque la naturaleza adjudicó al pobre animal un cuerpo más pequeño y contrahecho: tiene unas patas tan cortas que solo puede caminar a saltitos, pero la minusvalía ha hecho que espabile. Es muy vivaz y se deja coger y acariciar como un gatito. Hoy tenía a Trofy en brazos, Umbé estaba cerca, y no me he contenido:

—¡Qué gallinita tan bonita!

Como todas las personas sordas, más que entender lo que le dicen, Umbé lo interpreta. No podía creer que una marquesa simpatizase con una gallina, así que ha sacado un cuchillo:

—¡Sí, sí, como usted desee, señora! —ha exclamado—. ¡Comeremos gallina a la salsa de cacahuete!

He necesitado muchos aspavientos para salvar la vida de la pobre Trofy.

Por lo demás, el contacto con la clase servil puede incluir algunas lecciones de lo más pedestres: cuando he visto que Umbé esparcía excrementos humanos por el corral, se me ha escapado una observación muy directa:

—No sabía que las gallinas se alimentaban con las deposiciones de los granjeros.

Umbé me ha mirado, los labios entreabiertos. Y me ha aclarado gentilmente:

—No es mi mierda, señora —se ha explicado—, son las suyas, de todos ustedes.

Y así he entendido dónde acaba el contenido de nuestros orinales y palanganas. Y dónde comienzan los huevos revueltos que desayunamos cada mañana.

Después está mi amor, F. R. Le noto más enfrascado de lo que es habitual en él por su naturaleza de escritor. Puedo entenderle. Es inevitable que se pregunte: «¿Qué hacemos aquí?». Y tiene razón. De todas maneras, se esfuerza por ser atento con su amada. No lo consigue: quiere ser amoroso conmigo, pero cuando lo intenta aparece el espectro de Bonaparte: imagina y especula continuamente sobre lo que sucederá cuando nos reunamos los tres. Prevé y planifica la batalla, a golpe de puño, o a golpe de lengua.

Si F. R. entendiese que la finalidad de este viaje no es su rivalidad con Bonaparte, sino el amor que compartimos, podríamos regresar ahora mismo. Si me dijese con ojos refulgentes: «Ni eres mi amiga, ni mi amante, eres el amor de mi vida», nos embarcaríamos hoy, no mañana, y no me importaría ningún emperador: el amor verdadero no puede acabar mal porque el amor verdadero no tiene final.

Pero no es lo que hace. En vez de explorar nuestros sentimientos comunes, para que exploten definitivamente, lo que me dice es:

—Le pegaré un guantazo que le dolerá más que Waterloo.

Ay, la masculinidad. Pero la agitación de F. R. demuestra que mi estrategia es correcta y avanza: no apreciamos del todo lo que tenemos hasta que estamos a punto de perderlo.

En el bosque

Quiero establecer contacto con Longwood, sea como sea. Si he viajado hasta Santa Elena es para enfrentar al humano más poderoso que jamás ha existido con el amor más poderoso que he experimentado, y las circunstancias hacen que, estos días, solo me relacione con Umbé, la más humilde de las personas que jamás ha nacido.

Me siento cada vez más melancólica. Doy paseos por los bosques que rodean la granjita de Umbé. No te lo creerás, Diario Mío, pero Trofy me sigue como un perro fiel. Me adentro por una vegetación exótica y arisca. Y grandiosa: las plantas que aquí predominan reciben el nombre de «helechos arborescentes», porque son como helechos, pero del tamaño de un árbol, bosques enteros de estas plantas, tan primitivas como inquietantes. Tienen hojas enormes, de un verde intenso oscuro, oscurísimo. Y cuando digo que son hojas grandes quiero decir muy grandes: algunas tienen el tamaño de un violín, y las más excesivas, de un violonchelo. Pero lo más revelador, descorazonador y a la vez angustioso, es que en el bosque de Santa Elena hay tantas arañas y telarañas como en un viejo gallinero. Toda la isla es como una especie de tétrico caserón natural que flota. Me siento en troncos forrados de musgo, con Trofy en el regazo, y, si no fuese por ella, tendría miedo. El pico de Trofy, en cambio, devora cualquier araña que se nos acerca con una energía firme y rítmica. Pero son paseos breves: el bosque da demasiado miedo como para disfrutarlo.

En cuanto a F. R., en él se demuestra que la cultura siempre es ciudad y artificio, nunca naturaleza ni naturalidad. Odia el campo, los animales y todo tipo de ciclo agrícola. Es muy gracioso verle sentado en una roca, con un libro en las manos, y Trofy picoteándole los cordones de los zapatos, que confunde con gusanos.

Todavía en casa de Umbé

Hoy Chateaubriand se ha levantado de la cama con un ánimo de lo más beligerante.

—¡Basta! —ha exclamado—. He escrito un ultimátum a Bonaparte. Y si persevera o reincide en su silencio, volveremos a Francia.

Es tan graciosa esa tendencia de los hombres, siempre proclives a hablar en nombre de las mujeres como si fuésemos niñas o no estuviéramos presentes.

—Pues yo me encuentro mejor de lo que jamás imaginé, en casa de Umbé —he contestado, acariciando a Trofy y haciendo un pareado totalmente improvisado.

Y he definido mi postura:

—Escribirle, sí; ultimátums, no.

Me parece lo más lógico: si Bonaparte se siente presionado nos mandará a paseo, por dignidad, y adiós cita. F. R. me grita, ¿por qué, alega, su dignidad debería valer menos que la de un criminal a escala cósmica? Fidèle, que se ha hecho muy amiga de Umbé, le ha traducido, a gritos, el tema de la polémica. Y nuestra anfitriona ha intervenido, toda decidida:

—¿Escribir a Boney? ¿Una carta? ¿Qué demonios una carta? —Ha hecho un chasquido bucal de desprecio y ha añadido—: Puedo decírselo yo misma, que ustedes están aquí y se aburren mucho.

Todos, incluso Trofy, nos hemos callado, atentos a ese giro de la situación:

—¿Usted? —se ha interesado un incrédulo F. R.

—Sí, claro. A menudo llevo huevos a la cocina de Longwood —se ha explayado Umbé—. Y hablo con monsié Boney, somos viejos conocidos. ¿Quieren saber una cosa? —ha dicho con un tono más confidencial.

—Diga, diga —la ha animado Fidèle.

—Antes de instalarse en Longwood, viajó muchísimo. ¡Incluso pasó una temporada en Rusia!

—¡Rusia! —ha exclamado Fidèle—. Algo he oído.

—Rusia es un lugar más grande que el mar —ha dicho Umbé, y con un tono más afligido ha precisado—: pero hacía mucho frío y por eso volvió.

—Claro... —ha corroborado Fidèle—. El frío es muy malo para la garganta.

—No, no —ha replicado Umbé—. Monsié Boney solo sufre del vientre, como su madre. Yo le preparo infusiones, que le calman los dolores y que aprecia muchísimo.

Umbé ha preparado una cesta con huevos, Chateaubriand ha pretendido introducir allí su misiva, escrita con una caligrafía exquisita.

—¡Deje, deje! —ha insistido Umbé—. Yo le convenceré más que cualquier papelucho.

—¡Me he pasado toda la noche escribiéndolo! —se ha indignado Chateaubriand—. Es mi texto más fino, con un estilo de golondrina y depurado como la esencia del sándalo. ¡Incluso un ogro como Bonaparte se sentirá conmovido con su lectura! ¡Y usted se lo llevará!

Poderoso caballero es don Dinero, dicen los burgueses, y Umbé finalmente ha tolerado que la sagrada misiva de F. R. compartiera espacio con los huevos de Trofy. Y, un instante después, ella y Fidèle han partido juntas. Las dos mujeres ya comparten una amistad eterna, solo comparable con la que yo he iniciado con Trofy.

Lástima, eso sí, que nadie haya inventado los pañales para gallinas.

Querido Diario:

He esperado el retorno de Fidèle y Umbé sola, apartada de Chateaubriand, con quien no quería reanudar una disputa.

Me he adentrado por un caminito estrecho, paseando sin rumbo y entre árboles de troncos retorcidos como cuernos de carnero. Aquí el cielo es gris, gris y gris. Como el purgatorio. Siempre he imaginado el purgatorio como un lugar sin colores. Así es esta tierra tan poco amable: bosques que dan miedo y cielos que desesperan. Un rato después, el cielo ha mudado del gris al marrón, unas nubes color rata. Muy apropiadas. Un viento agresivo removía hojas y ramas de estos helechos primitivamente grandes. Me he sentido sola, sola y rodeada por entes invisibles. Detrás de cada tronco imaginaba bestias, espectros, lobos fantasmagóricos. Son miedos irracionales: aquí no hay lobos. Pero saber que un miedo es infundado no disminuye el temor que nos causa. Odio Santa Elena. Lo limita todo; todo menos la parte maligna de nuestra imaginación. Tengo miedo. Corro. En este paseo, a diferencia del de ayer, me faltaba Trofy. Es increíble que podamos intimar tan deprisa con un animal tan simple.

He vuelto a casa, ofendida por mi debilidad, airada contra el poder de la isla. Como estábamos solos, F. R., más sociable, ha acercado su cuerpo al mío. Le he rechazado. Ha insistido, amoroso. Le he gritado. Él me ha agarrado del codo. ¡A mí! ¡A la marquesa de Custine! F. R. me ha tocado, me ha retenido sin permiso. Bofetada. Sonora. Mi palma contra su mejilla. Con el golpe, seco, se ha incrementado el volumen de los ñic-ñic-ñic que nos rodean, como si la violencia entre humanos excitase a las ratas que se esconden, invisibles, detrás de cada tabique.

¡A estos extremos he tenido que recurrir! ¡Y con mi amante! Nos hemos insultado mutuamente, yo más a él que él a mí. Me escuchaba a mí misma y no era yo. ¿Así trato a quien me ama y me acompaña hasta el fin del mundo? ¿Nos volveremos todos locos? ¿Como el resto de habitantes de Santa Elena? A Umbé la sordera y la ignorancia la protegen del maleficio de la isla. Pero ¿y nosotros? ¿Acaso no estamos sucumbiendo? Cada día más irascibles, cada día más sometidos a una realidad deforme...

En esos momentos, gracias al cielo, Fidèle y Umbé han vuelto, hecho que ha aplacado y aplazado la batalla con F. R.

—¿Y bien, y bien? —ha saltado un impacientísimo Chateaubriand—. ¿Cómo se ha manifestado?

—¿Qué, qué? —pregunta Umbé, poniéndose el caracol de mar en la oreja para oírle mejor.

—¡La cita! —grita F. R. en la boca del molusco—. ¿Sabe Bonaparte que verle ocupa nuestro centro vital? ¡¡¡Nuestro centro vital!!!

—Sí, sí —responde Umbé—. ¡Monsié va de vientre en el orinal!

F. R. se desespera. Yo, más dulce, acompaño a nuestra anfitriona a sentarse, en un ángulo del interior de la casa. Le pregunto, amable, si ha hablado con el gran hombre. Si le ha entregado la carta de F. R.

—¡Ah, eso! Boney apenas ha leído la letra. Ha dicho: «Cuando alguien pide audiencia al emperador de los franceses, su tono debe ser dulce y suave como el balido de un corderito en la lejanía, no esto».

—¿Eso es todo? —se ha interesado un ofendido F. R.

—Después lo ha roto en veinte trozos, muy enfadado, y me los ha regalado —ha continuado Umbé—. Dice que en Europa, después de purgar el vientre, es costumbre limpiarse con papel fino. Me cuesta creerlo. Si así es, ¿para qué llenó el mundo de hierba Nuestro Señor?

He sentido un vacío en el corazón. ¿Para esto he cruzado medio mundo? Y el despecho, sí, noto la fuerza del despecho creciéndome por dentro, imparable, como una semilla maligna y prodigiosa. No me quiere ver ni en pintura. Es un hecho: Bonaparte me ignora. Y, cuando un gigante nos ignora, nos sentimos enanos.

Mientras tanto, Umbé, laboriosa como una hormiguita, ha ordenado los trozos de la carta, para su uso privado. Páginas inmortales de la vanguardia literaria que encontrarán su destino en la más plebeya de las retaguardias. No tengo claro si es un suceso trágico o cómico, deplorable o aleccionador. Me quedo cabizbaja. ¿Así pues, eso es todo? Mi viaje, mi aventura, tanta inquietud amorosa, todo termina de una forma innoble, rastrera y, sobre todo, patética: quería venir a enamorar a Napoleón para que Chateaubriand me quiera, y al fin y al cabo el primero me odia, el segundo me desprecia y los dos sienten repugnancia hacia mí.

Pero, cuando estaba a punto de llorar, Umbé se ha dado la vuelta:

—Ah, por cierto: le he hablado de ustedes al señor Boney. Al principio no quería saber nada, pero yo le he dicho que, si no les atendía, se habían terminado las infusiones para el vientre.

Y ha concluido, con la indiferencia de quien habla del tiempo:

—Dice que pasen a visitarlo. Pasado mañana, después de desayunar.

20 de junio de 1819
Falta un día para la cita con Napoleón Bonaparte

Hoy es la jornada de la gran espera. No puedo bautizarla de otra manera. ¡Ojalá no existiese! Diario Mío: ¿por qué no podemos pasar de largo un día, de la misma manera que pasamos una página de una novela cuando nos interesa tanto que queremos llegar al núcleo de la trama? Pues no. Eso no es posible. Tengo que vivir esta jornada inútil, la frialdad isleña. Las ratas.

A mediodía he salido de la casa. Pero ya no me atrevo a pasear sola por los bosques; son demasiado sombríos, demasiado inquietantes. En vez de eso, he hablado con Umbé mientras reforzaba el huerto con la ayuda de Fidèle; por lo que me explica, la abundancia de ratas es tal que, si no rodease el huerto y el corral con una barrera de listones, las ratas devorarían las verduras e incluso las gallinas. En esos momentos yo acariciaba a Trofy, a la que llevaba en brazos, y Umbé me ha explicado mientras clavaba estacas:

—Su Trofy es la única superviviente del último ataque. Me olvidé un agujero y, ¡zas!, adiós gallinas. No dejaron ni los huesos.

— ¿Y Trofy? ¿Cómo sobrevivió?

—Se escondió en el lomo de la cabra más grande. Las ratas no pueden con las cabras.

Cuando ha clavado la última estaca, y Fidèle nos ha dejado solas porque tenía que ir a la cocina, Umbé me ha hablado en un tono de confesionario:

—Dense prisa. Hablen lo que tengan que hablar con Boney y váyanse a casa. De hecho, ya es tarde.

Yo no entendía nada.

—¡Bigcripi! —ha querido explicarse—. ¡Se acerca la temporada del Bigcripi! Más vale que no estén cuando aparezca.

Tampoco he entendido nada. Quería pedirle más explicaciones, pero en ese momento ha vuelto Fidèle, y las dos mujeres se han sumergido en una animada discusión culinaria. Fidèle defiende el perejil, Umbé la cúrcuma. En eso son tan irreconciliables como lo serán siempre Oriente y Occidente.

Por la noche habría encendido un cirio a santa Marguerite D'Humblié, patrona de las putas reales, para que me oriente y me proteja en la decisiva jornada de mañana. (Es broma. Querido Diario, que un texto sea íntimo no implica que siempre tenga que ser grave. Me llamo Delphine Custine, no Marco Aurelio).

Estoy en la cama. Yo escribo estas líneas, Chateaubriand ronca. De repente, se despierta. Me dirige la palabra, grave:

—Quieres verle porque es un genio.

—No —me he confesado—. Quiero conocerle porque, si me dirige su amor, vuestro amor por mí se incrementará aún más.

Creo que no me ha escuchado. Ha seguido, a la suya:

—No me da miedo. ¿Sabes? No es tan espabilado como dicen.

Y ha imitado la voz de Bonaparte:

—«¡Yo siempre prevengo mis campañas desde la peor de las expectativas!», eso afirmaba siempre. Pero por lo que parece un genio tan grande no previó que en Rusia hacía frío... Buenas noches.

Avanzada la noche.

Me despierta un sueño tan extraordinario como espantoso, temiblemente retorcido. El siguiente.

Estoy en la cama. Siento el tacto de unas patitas sobre la manta. Me despierto. Es una rata, paseándose justo por encima del punto en el que confluyen mis piernas. Levanto medio cuerpo, asustada. Pero era un sueño... No hay ninguna rata sobre la cama, ninguna rata visible, solo audible: entre las oscuridades de nuestro pequeño cuarto puedo oír los sempiternos ñic-ñic-ñic; ratas, ratas escondidas bajo la cama, tras los tabiques, en el techo de madera... Ñic-ñic-ñic. Pero no las vemos. A mi lado, F. R. ronca. Eso me tranquiliza. Vuelvo a cerrar los ojos. Los abro de nuevo, y sobre la manta hay una alfombra peluda: son ratas, centenares y centenares, una oleada de ratas. Y dirigiéndolas, un gato, negro y sucio, que corre por los laterales del dormitorio, arriba y abajo. El miedo que le tienen las ratas genera sus movimientos. El gato lo sabe y puede conducirlas, como los movimientos de un perro pastor controlan los movimientos de los rebaños. El gato parece feliz de acumularlas sobre mi cama, sobre mi cuerpo. Me fijo en él: lleva un bicornio militar, tiene unas facciones medio felinas, medio humanas. Recuerda a Bonaparte.

Me despierto.

Longwood no está a más de ochocientos pasos de la casa de Umbé, distancia nada desmesurada para hacer a pie. Eso sí: es un camino en ascenso, y yo temía que mis caros perfumes se disipasen con la caminata. Pero ¿qué podía hacer? No hemos podido encargar ningún coche.

Los boscajes que se abren a ambos lados del camino me inspiran más miedo que nunca, y me agarro con las dos manos al brazo de F. R. Él no puede evitar ejercer su habitual humor cínico:

—¿Te agarras a mí para sostenerte o para sostenerme? ¿Porque tienes miedo o para darme ánimos?

Hacemos un recorrido terriblemente lúgubre: no vemos el cielo ni la tierra. El cielo porque nos lo impide un techo vegetal, los helechos gigantes que flanquean el camino cruzándose sobre nuestras cabezas. Sus hojas son de un verde oscuro intensísimo. Al mismo tiempo, nuestros pies son casi invisibles, sumergidos en una especie de niebla ceñida al suelo, fenómeno propio de la isla. Una niebla terrícola que recuerda a ese humo que, según dicen, precede a las apariciones fantasmales. Nos cruzamos con árboles enfermos: desde sus troncos se proyectan grandes hongos en forma de pico. Parecen tumores. Y padecen un exceso de carne, como las noches de amor demasiado largas. Siento escalofríos.

Por fin, llegamos a una explanada, donde se erige la casa en la que habita Napoleón. Y al respecto diré, Diario Mío, que los ingleses son verdaderamente pícaros: como lugar donde recluirlo, ni ofende su dignidad (con lo cual no puede quejarse del trato que recibe), ni la eleva en absoluto (con lo cual el huésped pierde toda su magnificencia imperial). Porque Longwood no tiene nada de especial, ni para bien ni para mal. Por lo que respecta a la arquitectura: imaginemos dos rectángulos unidos en forma de T, el techo en dos alas. Un inmueble normal, sin lujos ni miserias. Una propiedad que, en Europa, podría ser la residencia de un contable rural bien retribuido. Así es la casa donde el mundo ha decidido que el gran Bonaparte consuma sus últimos días.

Pero cuando todavía nos estábamos aproximando, cuando ni siquiera habíamos llegado a la puerta, se nos ha hecho evidente que Longwood, como el resto de la isla, también estaba habitado por la insania, y de la especie más perturbadora. Esto es lo que ha pasado, Diario Mío.

Un viejo criado nos abre, nos hace pasar a un recibidor, el espacio cuadrado, y nos ruega que esperemos. El criado, sin abrir la boca, se sienta en una silla mucho más pobre que las destinadas a los visitantes, unos asientos ricamente aterciopelados, estilo Luis XIV. Mano sobre mano, mudo. No nos mira, no respira. Su trabajo se limita a abrir y cerrar la puerta, nada más. F. R. y yo, por hacer algo, admiramos unos cuadros que cuelgan de las paredes, mediocres, y una mesita sobre la que descansa una porcelana de plata, magnífica. De repente, la puerta por donde hemos entrado se abre ruidosamente. Aparece un hombre, ricamente vestido, pero siguiendo una moda caduca, un individuo maduro que chilla como un jabalí herido por lanzas y jabalinas. El hombre huye por el pasillo, tapándose los oídos con las manos; corre y al mismo tiempo aúlla, alocado, la boca abierta y redonda como un pozo. De inmediato, y persiguiéndolo, aparece un segundo hombre, vestido con piezas de ropa igualmente anacrónicas. Y lo más estrambótico: ¡armado con una especie de pequeño alfanje otomano!

—¡Montholooon! —grita el perseguidor—. ¡Te mataré! ¡Criminal! ¡La justicia será mía!

El criado no ha dicho ni ha hecho nada, por lo que deducimos que está más que acostumbrado a escenas como aquella. Pero, como le mirábamos pidiendo explicaciones, ha dicho:

—El señor Gourgaud mantiene una grave disputa con el señor Montholon, a quien acusa de entrar antes que él en el comedor a la hora de las comidas —se ha explicado, la voz átona—. Según el señor Gourgaud, esa es una grave infracción de la etiqueta imperial.

Chateaubriand no daba crédito:

—¿Y el hecho de entrar antes en una habitación justifica que el tal Gourgaud pretenda decapitar al tal Montholon a golpe de cimitarra?

Pero el criado no se siente obligado a contestarnos. Mira las baldosas, los pensamientos muy lejos de nosotros. Volvemos a oír gritos, pero ahora de otra calidad y procedentes de otra dirección. Son chillidos femeninos. Sacamos la cabeza por una ventana. Vemos a una mujer madura, los brazos levantados, y gritando como una mártir cristiana a los leones. Por lo que parece, intenta impedir el asesinato, porque ahora Montholon y Gourgaud están en el exterior, persiguiéndose bajo las ramas de los árboles gomeros que puntúan el terreno de la finca.

—La que grita es la señora de Montholon —nos explica el criado, sin moverse de su silla de servicio—. Defiende a su marido de la furia del señor de Gourgaud.

La escena da un giro. Ahora Gourgaud cae de rodillas a los pies de la mujer, implorando algo que no nos llega. Clava el alfanje en el suelo. Lloriquea. Montholon, agotado por la persecución, se apoya en un árbol gomero. Se dicen cosas que no podemos entender, por la distancia, y porque hablan los tres a la vez. De repente, es Montholon el que desclava el alfanje del suelo... y ahora es él quien persigue a Gourgaud, ¡que huye pies para que os quiero!

—Vaya —comenta el criado, todavía sentado pero con el cuello girado para mirar a través de la ventana—: Por lo que parece, el señor de Montholon acaba de descubrir que el señor de Gourgaud y su mujer son amantes.

Gourgaud corre y aúlla, detrás de él Montholon corre, también aullando, y tras ellos la señora de Montholon también corre y también aúlla, siguiéndolos. Se pierden por una brecha del terreno. F. R. y yo nos miramos, estupefactos: no estamos seguros de si debemos reír o huir de esta casa enloquecida.

Chateaubriand, en un arrebato, se encara con el criado apático:

—¡Basta de escenas! Estamos aquí para mantener una entrevista con Napoleón Bonaparte.

Pero todo lo que ha conseguido es que el criado se ponga de pie de un salto, reemplazando su indiferencia anterior por una justa indignación:

—¡Señor! —ha clamado el viejo criado—. ¡Yo no soy el *valet* del emperador y en consecuencia no me corresponde esa alta función!

Y acto seguido, muy ofendido, se ha marchado, dejándonos con la única compañía de los cuadros malos y la porcelana buena. ¿Y quieres saber una cosa, Diario Mío? Esa reacción todavía me ha parecido más loca, más insana, que la pelea a golpe de arma otomana, porque la primera escena era propia de unas almas excitadas hasta el delirio, la segunda, de una mente fósil, una actitud estancada y una vida momificada.

Abandonados, F. R. y yo no sabíamos muy bien qué hacer. Él me ha propuesto una digna y más que justificada retirada. Es obvio: Chateaubriand se sentiría muy feliz si tuviera una buena excusa para suspender el duelo amoroso. Pero yo he replicado que no habíamos llegado tan lejos para desistir ahora. Para ganar tiempo, le he pedido que me hablase de Bonaparte.

—Admiro su genio —ha comentado—, y detesto su despotismo.

—Es sobradamente conocido todo lo que os separa. ¿Por qué no me refieres lo que os une?

Chateaubriand ha mirado el techo:

—Ciertamente son muchas cosas, y para nada menores —ha reflexionado con sinceridad en un ojo y melancolía en el otro—. Los dos nos consideramos el ombligo del mundo. Los dos apreciábamos a Rousseau y los dos dejamos de apreciarle. Él es corso y yo bretón, dos almas periféricas que han querido conquistar el cielo, pero con destinos cruzados: yo habría querido ser político, él habría querido ser literato.

Hablaba como si él y Napoleón todavía se pasearan por las Tullerías. Sin embargo, sus recuerdos han sido interrumpidos por la llegada del *valet* de Napoleón, ahora sí. Un hombre menudo, vivaz como un pajarillo enjaulado. De entrada me ha parecido un ser nervioso, pero sensato. Error: si en una leprosería solo habitan leprosos, en Santa Elena solo pueden convivir locos. Después de la escena del matrimonio exaltado, y del criado huidizo, el *valet* nos ha ofrecido una cata de la tercera categoría de demencia que habita en Longwood: el loco que no piensa lo que dice y que, al mismo tiempo, dice todo lo que piensa. De repente su mirada ha mutado a un tono acuoso, fuera del mundo, y nos ha inquirido cándidamente:

—Porque ¿no seréis espías a sueldo de los ingleses, ¿no?

Era una acusación tan absurda, tan fuera de lugar, que F. R. se ha ofendido. Ha cerrado los puños a la altura de la ingle y ha exclamado, furioso:

—¡Hombre de Dios! Si lo fuéramos, ¿cree que se lo diríamos?

Yo he entendido mucho mejor que F. R. el estado de ánimo que impera en Longwood; he entendido que el *valet* de Bonaparte y el gobernador Lowe son perfectos vasos comunicantes, donde el líquido que se comunica es un recelo enfermizo. He apartado a F. R. y con una sonrisa he dicho:

—Es usted muy sagaz. Dígale al emperador que, efectivamente, estamos a sueldo de todas las potencias enemigas de Su Majestad, pero que nos comprometemos a no hacerle preguntas indiscretas.

El *valet* ha soltado un:

—¡Ah!

Y ha sido, Diario Mío, uno de los «¡ah!» más ambivalentes que haya escuchado jamás, porque tanto podía expresar sorpresa como conformidad, incredulidad, compañerismo, escepticismo, desprecio, tolerancia, comprensión, irritación o indiferencia. «¡Ah!». Sea como sea, nos ha pedido que esperásemos un momento, que el emperador nos atendería enseguida, y se ha retirado.

Por fin. No me lo podía creer. Por fin, por fin, Diario Mío, estaba a punto de ser recibida por él, por Napoleón Bonaparte. ¿Qué debía de sentir Marguerite D'Humblié el primer día que estuvo en su presencia? ¿Lo mismo que yo en aquel instante?

Cuando ya estábamos en la última espera, mirando la puerta por donde debería entrar el gran hombre, Chateaubriand me ha aleccionado:

—Solo hay algo que Napoleón odia más que los banqueros ingleses: los prolegómenos.

Me costaba entender a qué se refería. Él ha precisado:

—Cuando aparezca en escena, lo hará súbitamente, para impresionarnos después de una larga espera. Hablará antes de que tengas tiempo de completar una reverencia, e irá directamente al grano, abrumándonos con su tono militar, urgiendo a tu obediencia para que preceda a sus órdenes. Él es así.

Y, mientras se entregaba a esta esmerada descripción, los ojos de F. R. brillaban como los de un hoplita esperando a los persas. Ahora bien, he constatado que F. R. estaba a punto de iniciar una batalla con un importante déficit. Porque dentro de Chateaubriand lo único que está a la altura del odio que dirige a Bonaparte es la admiración que siente por el personaje. Por contradicciones más pequeñas se han hundido imperios. Y ahora dime, Diario Mío: ¿cómo podemos defendernos de un enemigo al que adoramos? Y aún más: ¿acaso no me encontraba yo en una posición similar a la de Chateaubriand?

Bonaparte ha aparecido vestido con su famosa casaca verde, la cabeza descubierta, manos y brazos a la espalda. Su actitud era grávida, como si meditase sobre graves cuestiones de Estado o planificase una batalla futura. Ha entrado de golpe, como había predicho Chateaubriand, pero, en contra de su predicción, no ha hablado. Y te diré una cosa, Diario Mío: cuando Napoleón avanza directamente hacia ti, la sensación que experimentas es que no le mueven las piernas, sino que le impulsa una especie de espíritu eólico.

Sus enemigos le acusan de ser hombre de talla corta. Falso. Tiene una altura superior a la media, y solo puedo imaginar que este rumor se extendió porque siempre estaba rodeado de sus soldados de élite, la guardia imperial, que eran elegidos, precisamente, por su gran estatura y, en contraste con el entorno, él parecía un hombre menudo. O, simplemente, sus enemigos querían infamarle, y, como no pueden criticar unos méritos inmortales, denigran su cuerpo mortal. Acusar a gigantes de enanos no es una práctica que haya inventado la prensa inglesa. En otras palabras: cuando los ingleses difaman a Bonaparte tachándole de pequeño, no atacan tanto su magnitud como su magnificencia.

Se ha plantado a tres pasos de nosotros, mudo, escrutándonos, como si fuésemos soldados pasando revista.

—Les recibo —ha empezado— única y exclusivamente por intercesión, demanda y solicitud de una vieja amiga. Si tienen algún buen motivo para interferir en mi ostracismo, será mejor que se expliquen, y deprisa.

Pero Chateaubriand no se ha dejado intimidar por esa entrada:

—Como puedes apreciar, querida, Bonaparte no comenzó su carrera militar en el cuerpo de intendencia —y dirigiéndose a él, ha añadido—: Siempre será usted un maldito sargento de artillería, que a su paso todo lo destroza.

—*Accidenti!* —ha reído Bonaparte—. ¡Pero si es usted! ¡Chateaubriand! Está cambiado... Por lo que veo, la tinta hace envejecer más deprisa que el exilio —y ha añadido, mintiendo descaradamente—: No le había reconocido.

Sobre la presencia física de Napoleón Bonaparte: ni la edad ni las derrotas, ni Elba ni Santa Elena le han estropeado unas facciones para nada desagradables. Adustas pero uniformes, si exceptuamos una papada de pelícano. El labio superior es sorprendentemente más fino que el inferior. Tiene unos ojos bonitos, melosos, nada militares, por así decirlo, y poco cabello, pero sedoso como el de un bebé. En cuanto a la parte mala, estos son los aspectos criticables de su rostro y de su cuerpo: tiene las mejillas amarillentas, de color cera, y por las ventanas de la nariz le aparece una vegetación boscosa. El vientre luce inflado, aunque uniformemente redondeado. En general, le sobra carne, que es flácida por todos lados menos en el pecho: si se pone de perfil, su cuerpo recuerda un estuche lleno de tabaco. Muestra unos dientes nada marfileños, cubiertos de una pátina oscura. El culpable sobresale de sus bolsillos: regaliz de palo.

—¿Así pues, Chateaubriand? —ha dicho Bonaparte—: ¿Qué le trae hasta mis dominios?

F. R. ha hecho un gesto galante, poniéndose de medio lado, como cediéndome el paso, y mostrando un brazo gentilmente abierto:

—Esta dama, la marquesa de Custine, quería conocerle.

Pero aquí, Diario Mío, ha sobrevenido la catástrofe en forma de malentendido: Bonaparte se ha tomado la declaración de F. R. como una finta retórica o diplomática. Y en cierta manera, visto en perspectiva, era una confusión casi inevitable, porque a la natural incredulidad de Bonaparte se le sumaba una reconocida misoginia:

—¡Venga va, Chateaubriand! ¿Qué me está diciendo? —Ha sido su reacción—: ¿Que ha hecho el trayecto más largo, el viaje más tortuoso y por la senda más arriesgada, la marítima, todo por un esfuerzo galante? No me lo creo. ¡Nadie siembra trigo para cosechar paja!

Y ha añadido:

—Es usted el monárquico más enardecido que jamás ha visto el mundo. ¿Qué tiene para mí? ¿Un mensaje del Borbón que ahora gobierna a los franceses? Y, en todo caso, ¿qué quiere de mí ese sapo podrido?

En honor de Chateaubriand debo decir, Diario Mío, que ha intentado mantenerse firme en la verdad:

—Insisto: comparezco en su presencia como simple acompañante de la marquesa Delphine de Custine.

—Todo el mundo sabe —le ha interrumpido Napoleón— que los ingleses requisan todo tipo de material escrito que llega a Santa Elena si tiene a mi persona como destinatario. En consecuencia, el único motivo que justifica que se presente aquí usted, el más monárquico de los monárquicos, es que alguien le haya dictado un mensaje para que me lo transmita de viva voz.

Y así, como es propio de los hombres de Estado, han acabado liándose en una trifulca que ni querían ni buscaban, y que no tenía nada que ver con el motivo real de nuestra presencia.

—No le traigo ninguna carta de ningún soberano —se ha impacientado F. R.—, ¡porque ningún soberano del mundo quiere saber nada de usted!

—¡Los reyes son la rama más infecta que conforma el árbol francés, y los Borbones la manzana más podrida de la rama más vieja! —ha replicado Bonaparte—. ¡No son una dinastía, son un tumor!

Aquí Chateaubriand ya ha dado un paso adelante, olvidándose perfectamente de mí, como un caballero medieval que en el campo de batalla solo piensa en el combate, no en la amada que le ha llevado allí.

—¡Ja! ¡Buen espécimen es usted para criticar a la realeza! ¿Acaso gobernó dirigiendo métodos más humanos? ¡Le recuerdo que bajo su régimen solo eran perceptibles dos sonidos! —ha gritado Chateaubriand—. ¡El miserable cuchicheo de los delatores y los chirridos de las cadenas!

—¡Oh, oh, oh! —se mofa Bonaparte—. Fíjese si era tiránico mi régimen que después de que llenase usted la prensa de artículos difamatorios, donde me trataba de Tiberio y de Calígula, de Atila y de Gengis Khan, este tirano, este déspota y este autócrata que ahora le habla ¡le nominó, personalmente, para que dirigiese la sagrada Academia de las Letras Francesas!

Esto ha indignado a Chateaubriand todavía más. Sulfurado, se ha opuesto:

—¡Efectivamente! ¡Eso es cierto! ¡Tan cierto como que tuve que renunciar a ese cargo sagrado porque usted, personalmente, me censuró el discurso inaugural que debía declamar!

Aquí F. R. se ha vuelto hacia mí, solo porque necesitaba un testigo:

—¿Y sabes por qué, querida Delphine? ¡Porque mi discurso tenía por título un lema de una sola palabra: «Libertad»!

—¡Hipócrita! —se le ha encarado Bonaparte—. ¡Las libertades, o la falta de libertad, solo le preocupan cuando le afectan a usted! ¡Mi obligación era procurar por toda Francia, y no solo por un intelectual mimado, pedante y pretencioso!

Aquí Napoleón también ha recurrido a mi persona, usándome como testigo y como juez. Se ha girado hacia a mí alegando:

—En aquellos días toda Francia era un polvorín. Y el señor Chateaubriand, guiado por un espíritu maniáticamente egotista, ¡quería lucirse paseando una antorcha! ¿Qué gobernante prudente no habría detenido el brazo incendiario?

Como los dos, por fin, me concedían un poco de atención, he aprovechado para intervenir, dirigiéndome a Bonaparte:

—¿Por qué ha acabado usted aquí? —ha sido la pregunta, y mi tono de voz, pacífico, era todo lo contrario del que ellos habían usado en su agria disputa—. Es usted un espíritu magnificente. ¿Cómo ha podido acabar en una maceta perdida en medio del océano?

Ese giro ha apaciguado los ánimos, al menos un poco:

—¡Bah! —ha soltado un despreciativo Napoleón—. La respuesta es una palabra: Waterloo. Mi ejército estaba cansado. Mis generales habían envejecido.

Y, dicho esto, se ha sentado en una butaca, como si el cansado y envejecido fuera él.

—Demasiadas victorias..., sí..., eso fue... —evocaba, pasándose una mano por la cara y por el cráneo—. Todo cansa..., todo... Incluso la gloria. Es curioso: morí de éxito.

Cuando Chateaubriand ha retomado la palabra también lo ha hecho en un tono más calmado, más reflexivo:

—Se escuda usted en Waterloo, pero, si no hubiese perdido esa jornada, habría sido la siguiente. Olvida que toda Europa le odiaba. ¿Y cómo podría ser de otra manera? Alfombró los campos del continente con muertos y mutilados, desde Cádiz hasta Moscú.

—La guerra no es una de las bellas artes, la guerra es un arte magna, la más grande de todas, en pureza, y yo he sobresalido en ella —ha alegado Bonaparte, sin moverse de la butaca—. Por otro lado, no conozco a ningún hombre de Estado, ni uno, para el cual el dolor o la tragedia humana hayan sido nunca obstáculos para su obra de gobierno. ¿Por qué no habría podido yo labrar mi destino? Y, al fin y al cabo, en política no se castigan los crímenes, solo los errores.

—¿Quién afirma esa atrocidad moral? —ha exclamado Chateaubriand.

—Usted.

La respuesta ha dejado a Chateaubriand muy afectado.

—Creo que puede encontrar la cita en *El genio del cristianismo* —ha remachado un pérfido Bonaparte—, o quizás en alguna otra de sus obritas.

—Si fuese usted justo —se ha irritado Chateaubriand—, admitiría que mi obra ha sido dictada por una fuerza superior:

el mismo curso de la Historia, que exigía y clamaba por mis libros.

—En efecto: esa es la diferencia entre usted y yo —se ha impuesto Bonaparte—: que usted es un producto de la Historia; yo, en cambio, hago la Historia.

Esa lápida retórica era el segundo gran golpe que F. R. recibía en unos pocos instantes de lidia. Yo creía que F. R. no sabría reaccionar. Pero es uno de los grandes. Ha avanzado lentamente hacia la butaca donde se sentaba Bonaparte, y le ha dirigido unas palabras cargadas de sinceridad y emoción:

—En vida fue derrotado por el mundo; pero, cuando se extinga, el recuerdo de sus proezas conquistará ese mismo mundo. Hágase un favor.

Y, antes de anunciar ese «favor», F. R. ha tomado aire, pero, en vez de estallar violentamente, ha soltado una palabra suave, comprensiva, el tono casi amoroso:

—Muérase.

Los tres hemos callado. Solo ha sido un instante, aunque solemne. Acto seguido, Bonaparte se ha levantado de la butaca, lento pero decidido. Ambos hombres, ambos genios, han topado sus frentes, exactamente igual que dos carneros en celo. ¡Qué escena, qué punto de paroxismo! Te juro, Diario Mío, que veía venir un estallido de pura violencia física. Así que me he visto obligada a intervenir con urgencia:

—¡Acabo de recibir noticias del señor Bernadotte! —he comentado, como quien cotillea en una agradable reunión entre amigas—. Por lo que parece, los suecos son sumamente felices bajo su reinado. Por desgracia, la enfermedad que padece se agrava, y mucho.

Permíteme aquí, Diario Mío, una brevísima aclaración.

Jean-Baptiste Bernadotte era un general de Bonaparte y, por cierto, de un pasado revolucionario de lo más enardecido. Después de cierta batalla fallida cayó en desgracia a ojos del emperador, que le acusaba de haber actuado con negligencia. Pero el destino es voluble: unos años antes, Bernadotte había tratado con suma delicadeza a unos prisioneros de guerra suecos. Cuando Suecia se quedó sin rey, le propusieron a él, de quien tenían tan buen recuerdo, que aceptase fundar una nueva dinastía en Estocolmo. Y así, por una carambola de la historia, un general desmovilizado fue promovido a soberano real. No deja de ser gracioso, especialmente si tenemos en cuenta que, de joven, Bernadotte era un ferviente partidario de guillotinar a cualquier miembro de la realeza, sin excepciones.

Bonaparte y Chateaubriand seguían inmóviles, unidos por las dos frentes y mirándose con rencor. Pero yo notaba que me escuchaban. He continuado:

—Como amante que fui del ahora rey de Suecia, puedo constatar un detalle de lo más peculiar: que en la nalga izquierda Jean-Baptiste tiene un tatuaje que dice «Muerte», y en la nalga derecha otro, complementario, donde se lee: «a los reyes».

Los dos hombres estaban atentos a mis palabras. Y he concluido:

—Los dos tatuajes son perennes. Y yo me pregunto: cuando embalsamen a su alteza real, ¿qué harán con el tatuaje en el que pone «Muerte a los reyes»?

Bonaparte tiene más sentido del humor que Chateaubriand; ha empezado a reírse antes, la animosidad desvanecida. Se reía como un hipopótamo, por así decirlo, si es que los hipopótamos ríen. Me miraba, me señalaba con un dedo y, con lágrimas en los ojos, iba diciendo, de una manera inconexa: «El culo..., muerte a los reyes, Bernadotte..., muerte a los reyes». Las carcajadas le impedían hablar con coherencia.

Poco a poco se ha calmado. Él, F. R. y yo ocupábamos la salita, de pie, equidistantes. Se ha hecho un silencio, que ha roto Bonaparte:

—Ahora lo entiendo... Sí... Ahora entiendo de qué trata esta singular visita: de reunirnos los tres en una habitación. Eso es.

Y ha seguido reflexionando en voz alta:

—Mira que están aburridos en París. Casi como yo aquí.

Después, se ha oído una campanilla, y ha aparecido el *valet*.

—*Sire* —ha anunciado con la campanilla en la mano—. Es la hora de la conferencia.

—Ah, sí —ha dicho Bonaparte, fingiéndose desganado.

No hemos tenido ninguna duda de que la tal «conferencia» era una mera excusa. Seguro que el *valet* estaba escondido tras las cortinas, desde donde observaba, y que él y Napoleón tienen concertado un gesto (por ejemplo, un movimiento de la mano, que Bonaparte a menudo mantiene detrás de la espalda), para aparecer y suspender la entrevista cuando a él le plazca.

—Por desgracia —ha dicho—, mis obligaciones me llaman. De todas maneras, por mi parte, no tengo inconveniente en retomar esta cordial visita mañana, a esta misma hora.

Dicho esto, ha dado media vuelta y se ha ido, dejándonos con la palabra en la boca.

Y cuando ha desaparecido, en el interior de Longwood, iba repitiendo, riendo:

—¡Ja! Reunidos entre cuatro paredes, a tres bandas, Yo, Chateaubriand, ella... ¡Ja!

Mismo día, por la noche

Querido Diario:

Es difícil hacer un resumen cabal de mis emociones después de un encuentro tan apasionado, como inconcluso, con Napoleón Bonaparte. El resto del día Chateaubriand se ha sentido muy afectado, aunque no podría afirmarse, en absoluto, que el gran corso le haya vencido en ningún aspecto. Por la noche Umbé ha encendido la chimenea, más por combatir la humedad que el frío, y él ha disertado mirando las llamas:

—Bonaparte se acercó a mí cuando escribí *El genio del cristianismo*. Recuerda, querida, que salíamos de la fiebre revolucionaria, que odiaba a Dios. Yo me creí capaz de hacer de puente entre Roma y París, entre Francia y el papado.

Y, después de un silencio, F. R. ha hecho una pregunta que, por el tono en el que la ha formulado, Diario Mío, más que una inquietud, parecía una llaga:

—¿Tú crees, ahora que le has conocido, que si en aquella época hubiese insistido más, Bonaparte habría cambiado el rumbo de su política? Que mis críticas le afectaban, eso me consta. En su círculo íntimo se confesaba, irritado: «¡Tengo en contra la alta literatura, y solo tengo a favor la pequeña!». Eso me corroe el alma. Quizás debería haber hecho frente común con los otros buenos autores, unirnos y, todos juntos, rodearle y conminarle así: «La Francia elevada, la Francia culta, todas las plumas francesas, le conminan: no ceda a la tentación tiránica. ¡No!». El rumbo de la historia quizás habría sido diferente. Pero ¿me habría escuchado? ¿Qué opinas?

Yo también miraba las llamas de la chimenea:

—No lo sé —he dicho, sincera.

Entonces Chateaubriand se ha puesto de pie enérgicamente, abordando un asunto totalmente diferente:

—Bien, en cualquier caso, tu deseo se ha cumplido: has venido hasta la guarida del ogro y nos hemos entrevistado con él. Ya podemos partir. Mañana nos dirigiremos a Jamestown para abordar el primer barco que zarpe.

Yo, estupefacta, no me podía creer lo que oía: mañana estamos citados de nuevo en Longwood, de manera que esto no se ha acabado, ni mucho menos. Y, cuando así se lo he manifestado, Chateaubriand ha pasado, en un suspiro, de la melancolía política a la exasperación amorosa:

—¿Por qué tenemos que permanecer un día más en esta isla maldita? ¿En serio puedes exigirme algo? —ha exclamado—. ¡Por ti he pugnado con Bonaparte! ¿Es o no es cierto?

—Cierto es, querido —he reconocido, pero inmediatamente he añadido—: Tan cierto como que en esta lucha no te guiaba tu amor por mí, sino tu odio por él.

Por fortuna, en ese instante nos ha interrumpido un ruido poco habitual en casa de Umbé: el de un coche y dos caballos, frenando delante de la puerta de la casa. Me he interesado, más que nada, por alejarme de F. R. y así evitar una nueva discusión.

He salido fuera. Era un coche de pasajeros muy pequeño, viejo y sin pintar. Yo no entendía qué hacía, en aquella hora nocturna, en casa de Umbé. Se ha explicado.

Por lo que parece, Basil Jackson ha enviado coche y cochero a buscar huevos a casa de Umbé, para hacerse un buen desayuno de buena mañana. Los huevos de las gallinas de Umbé tienen muy buena fama, o quizás son las únicas gallinas con un gallinero suficientemente fortificado como para que no las devoren las ratas. Pero, como comprenderás, Diario Mío, al cochero no le hacía ninguna gracia recorrer los cinco mil metros que separan Jamestown de la barraca de Umbé, y menos a esas horas. Sin embargo, como segundo de la isla, Basil puede ejercer este pequeño abuso de poder.

—Yo aquí, cargando huevos frescos —criticaba el cochero—, y él tan feliz, emborrachándose con gin.

Al oír eso me he interesado:

—¿Sabe dónde está el señor Basil?

—¡Ya lo creo! —me ha dicho el cochero—. Le acabo de dejar en la puerta de la taberna, momento en que me ha ordenado que venga aquí a buscar huevos. ¡Y pobre de mí si se rompen a la vuelta! ¡Como si no hubiese sacudidas en este camino!

—En lo que respecta al éxito de la misión —he querido consolarle—, tengo un plan perfecto que evitará cualquier desastre.

Dicho y hecho: he entrado en el huerto y he salido con un capazo de mimbre y Trofy en brazos. La idea era transportar los huevos en el fondo del capazo, con la gallina sentada encima, desplegando su plumaje, para protegerlos con su instinto natural. Y con un añadido: yo también me he subido al coche. Y, al hacerlo, todas las fuerzas humanas que me rodean han intentado impedirlo: Umbé, Chateaubriand, Fidèle y el cochero. Todos.

Fidèle no quería que saliera de la casa, el cochero que no entrase en la taberna. Por su parte, tanto F. R. como Umbé han insistido en la necesidad, imperiosa, de regresar a Francia; Umbé quería que volviéramos por miedo al Bigcripi y F. R. porque sí. Los clamores de Umbé han sido especialmente estridentes:

—¡No es a una taberna donde debe ir, sino a casa! ¡Embarquen, embarquen! —Y a causa de su sordera aún gritaba más—: ¡Ustedes no se van, y el Bigcripi se acerca! ¡El Bigcripi!

Mi respuesta para los cuatro la he dirigido solamente al cochero:

—Arranque.

¿Puedes imaginarte, Diario Mío, cómo es una taberna de Santa Elena?

Un antro pestilente, el techo muy bajo, con lo cual la humareda del tabaco creaba una especie de nube que volaba sobre las cabezas sentadas. Todo eran hombres, menos una prostituta. Y, como es costumbre en esta isla, no se veía alegría por ningún lado. Los bebedores no se sentaban juntos, cantando canciones de borrachos, sino en mesas individuales y muy solitarios, por única compañía sus pensamientos tristes. Ni el hecho de que entrase el personaje más inadecuado en un lugar como ese, o sea una marquesa francesa, ha conmovido el interés de los parroquianos, que solo hablaban con sus jarras.

No me ha costado nada localizar a Basil Jackson. Sus cabellos blancos y leoninos, su considerable altura, que sentado aún le hacía destacar más. También bebía, en solitario, y fumaba con una pipa de cazoleta cuadrada. Su única compañía: esa funda de cuero cilíndrica y alargada, para guardar un catalejo. No es la primera vez que le veo con ella. Siempre le acompaña, de hecho. Cuando se desplaza la lleva cruzada al pecho con una cinta, como un fusil, y cuando descansa, como en la taberna, la sienta en una silla, siempre cerca y a la vista.

Al verme venir no ha podido evitar maravillarse, aún más porque llevaba conmigo el capazo y a Trofy. Me he plantado delante de él dejándole los huevos en la mesa, esperando permiso para sentarme. Me lo ha concedido con un gesto más considerado de lo que esperaba de él. Trofy, oportunista, enseguida ha empezado a picotear las hebras y fibras de tabaco que Basil le ofrecía con dos dedos.

Basil Jackson es el hombre mejor informado de Santa Elena:

—Así que por fin ha podido ver al bueno de Boney —ha dicho—. Qué gran hombre, ¿no es cierto?

Yo no he contestado, porque no quería conceder ni asentir. Él tampoco ha añadido nada, y con razón: he sido yo quien me he sentado a su mesa; debía ser yo quien le explicara el motivo de mi presencia, que sin duda excedía el hecho de llevarle unos cuantos huevos frescos. Al final me he decidido:

—Me ronda la curiosidad —he comenzado—. Un hombre como usted, de naturaleza perspicaz, y que observa a diario a Bonaparte, por fuerza ha de conocerle bien.

Él no entendía mis pretensiones, y me ha animado:

—Continúe.

Yo he prescindido de los circunloquios:

—Mañana vuelvo a Longwood. Y, si quiero que esta entrevista prospere más que la de hoy, necesito conocerle mejor.

Él ha cambiado la prudencia por el humor.

—¡Por todos los santos! —ha exclamado un divertido Basil—. ¿Pero exactamente qué pretende, señora?

He meditado la respuesta. Por un lado, no quería confiarme a alguien como Basil Jackson. Por otro, no podía pedirle que me explicara intimidades ajenas sin confesarle alguna mía. He dejado que mi expresión hablase por mí. Él, que no es idiota, me ha entendido.

—¡Uf! —ha exclamado—. ¡Uf y uf! No puede ser... Ha venido hasta este peñasco perdido de la mano de Dios, y solo lo ha hecho... ¡para enamorar a Boney!

—¡Claro que no! ¿Por quién me ha tomado? —me he indignado yo—. ¡He venido para que me enamore a mí!

Basil ha resoplado, sorprendido y abrumado. Ha reclinado el cuerpo hacia atrás. Me miraba, desarmado por mi audacia. Al fin y al cabo, había tenido el valor de ir a buscarlo hasta un antro nocturno y masculino, donde solo había dos mujeres, yo y una prostituta, tan bebida que caminaba a trompicones, de mesa en mesa. Al verla, me ha resultado inevitable pensar en Marguerite D'Humblié. Y he dicho:

—Los hombres siempre quieren superar a otros hombres, nunca a una mujer. Nosotras hacemos lo mismo: no aspiramos a superar a ningún hombre, sino a otras mujeres. Existe una cortesana, mítica, que es la única que enamoró a Napoleón Bonaparte, el rey del mundo. Si yo consigo que me dirija sentimientos iguales, o superiores, ¿acaso no me convertiré en la reina del mundo?

Basil ha hecho una mueca:

—Pero, aunque así fuera, ¿qué conseguiría realmente?

—Que mi amor, François-René de Chateaubriand, se enamore más de mí.

—Y complacer su vanidad —ha replicado él, veloz como el rayo.

Yo me he defendido:

—¿Acaso buscaba algo más Bonaparte, cuando se proclamó emperador?

Ha tomado aliento, para preguntarme:

—¿Y qué quiere de mí?

—Se lo repito —he insistido—: seguro que el habitante de Longwood no tiene secretos para su guardián.

Como Basil dudaba, he subido el tono:

—¡Venga, va! Usted es la inteligencia que verdaderamente rige esta isla, no Lowe. Cualquiera puede verlo.

Me ha mirado a los ojos, y ha afirmado:

—Aquel día, en el despacho del gobernador, usted también me pareció más espabilada que su acompañante.

Me lo he tomado como una alabanza. Y como una declaración de compañerismo. Al fin y al cabo, Basil y yo teníamos algo en común: la fraternidad de los que son eclipsados por una jerarquía inmerecida, él porque es sargento y yo porque soy mujer.

—Por favor, dígame —he insistido—: ¿cuál es el eslabón más débil de Bonaparte? ¿Qué hace latir su corazón? ¿Qué ilumina sus ojos?

Basil ha bebido y ha sonreído. Era sincero cuando declaraba:

—¿Sus sentimientos y los puntos débiles de sus sentimientos? ¿Eso quiere saber? Pues bien, lamento defraudarla: no tiene. El requisito, raíz y alimento de los sentimientos, es la sensibilidad. Y a Boney la guerra le ha insensibilizado. ¿Cómo cree, si no, que pueden dirigirse esas mortandades en masa, también denominadas «batallas», incluso hasta cien veces? Boney perdió la sensibilidad en Wagram, en Jena, en Austerlitz. Oh, ya lo creo, Austerlitz, ¡su mayor victoria! Le gusta mucho hablar de ello. ¿Y qué cree que recuerda? ¿A los mutilados? ¿Los gritos de horror de aquella jornada? Señora de Custine: una bala de cañón puede atravesar los cuerpos de veinte soldados en formación. ¿Puede imaginar tantas mutilaciones instantáneas? Ahora piense en una escena así, ininterrumpida, repetida y multiplicada por seis horas seguidas de combate inclemente. Pues bien, en lo que respecta a Austerlitz, Boney solo recuerda una cosa: el sol.

—¿El sol?

—Sí. El sol de Austerlitz. Salió a tiempo para dispersar la humareda, o la niebla, o secar el barro, no sé, y así los franceses pudieron atacar de manera decisiva. —Suspiró—. Ese hombre no tiene sentimientos débiles, simplemente porque ya no tiene sentimientos. Si alguien llega a la cima del poder, y un poder tan universal, a la fuerza los ha abandonado o perdido por el camino. —Y ha continuado con otro tono, ahora mucho más admirado—: Y, sin embargo, qué hombre, qué genio... Guerreó durante veinte años seguidos y solo perdió una batalla, Waterloo, y no fue culpa suya, sino de sus generales, que eran idiotas. ¿Sabe qué? Comparado con Boney, Wellington solo es un zurullo estirado.

Ha pedido otra jarra y ha seguido bebiendo y hablando. Estaba un poco ebrio. Todavía lúcido, sí, pero su lengua se aferraba a los «¿sabe qué?» de los cornualleses.

—¿Sabe qué? En 1813 luché en Francia, al final de la guerra. Éramos una coalición de siete países, y a Boney solo le quedaba un ejército de muchachos, tan jóvenes que apenas se habían hecho dos pajas. ¿Y sabe qué? Siempre nos ganaba. Siempre. Batalla tras batalla. Prusianos, rusos, austríacos. Ingleses. Podía con todos nosotros, juntos o separados. ¿Sabe qué tuvimos que hacer para derrotarle? Un traidor. Un ministro francés, o alguien semejante. Se entrevistó en secreto con el zar de Rusia. ¿Y sabe qué le dijo?

Aquí he contestado, recitando de memoria:

—«Nunca derrotaréis a Napoleón, porque el genio militar de su cabeza, en solitario, supera el de todas vuestras cabezas juntas».

—¿Cómo lo sabe? —se ha sorprendido Basil.

Yo he continuado:

—«No le combatáis, distraedlo. Mientras alguno de vuestros ejércitos le entretiene, que todos los demás corran hacia París y lo ocupen por sorpresa. Con su capital perdida, Bonaparte será un cuerpo guillotinado».

Y después de una pausa he contestado a la pregunta de Basil:

—Lo sé porque el que pronunció estas palabras era un pariente lejano mío.

—Así pues, ¿qué puedo añadir yo a lo que usted ya sabe de Boney?

—Yo me refería al hombre, no al general.

—No es un hombre —me ha interrumpido—. Lo que tenemos encerrado en Longwood no es un ser humano. Es una fuerza sin nombre.

Él ha dado un trago, largo, ha medio contenido un eructo y se ha explayado así:

—Como ya habrá visto, en la finca de Longwood hay coches, pero no hay caballos. Quizás se pregunte por qué. La explicación es muy sencilla.

»Cada mañana, Bonaparte solía dar un paseo por la isla a caballo. Como es natural, fuera del perímetro de Longwood había una guardia bien nutrida, una cuarentena de soldados fuertemente armados. Bien, pues, cada vez que Bonaparte salía de la finca montado en su caballo negro, mis hombres se cuadraban. Talmente.

»Al saberlo, Lowe enfureció: "¡Basil!", me gritó, "ordene a sus hombres que no rindan ningún tipo de honor a Bonaparte. Es el enemigo, ¡recuérdelo siempre". Así lo hice. Pero ¿sabe qué? Los soldados, pese a las amenazas de castigo, seguían cuadrándose a su paso. "No podemos evitarlo", se excusaban. Yo fui testigo: tanto daba que se arriesgasen a cien latigazos, cuando aparecía Boney, ellos se ponían firmes como tablones. No hacía falta ni que Boney los mirase. ¿Y sabe qué? Le juro que no he visto jamás una tropa tan recta. Igualito que si tuvieran un palo de escoba en el culo.

»Preferí requisar el caballo de Bonaparte. Sin montura no saldría a dar sus paseos. ¿Y sabe qué? A la mínima ocasión, el animal se escapaba y volvía fielmente a Longwood. Lo sacrificamos, con una excusa inventada. Le regalamos otro, en compensación. Me aseguré de que fuese el caballo más salvaje que jamás hubiera pisado Santa Elena, para que Napoleón no pudiese montarlo. Un potro, loco desde que un herrero colérico le había golpeado la cabeza con un martillo.

Aquí Basil he reído, encantado:

—¡Ja! ¿Y sabe qué? Al tercer día, Boney ya se paseaba encima del potro loco, ahora más pacífico que un corderito. También lo requisé. Y también se escapó en dirección a Longwood. También lo sacrifiqué. Y por eso la finca está vacía de caballos.

Ha dado un sorbo largo:

—Boney es así —y ha seguido hablando, mirándome como si yo fuera transparente—: Él..., Boney..., sí... El tipo del matadero que mató al caballo de Napoleón, y al potro loco, es el hombre más insensible que he conocido jamás. Tiene un zueco por corazón, se lo aseguro. ¿Y sabe qué? Mientras sacrificaba al potro me decía, refiriéndose a Napoleón: «No se merece que le encierren. Si hubiese una colecta para pagar su libertad, aportaría cinco libras». ¿Y sabe qué? Ese hombre tiene un sueldo de cuatro libras.

Y Basil ha concluido:

—Es Boney. Genera este tipo de efectos, en las personas, en los animales, en el entorno... Su influencia raya lo sobrenatural. ¿Se ha fijado en el tipo de árboles que hay alrededor de Longwood?

—Árboles gomeros —he contestado—. El bosque lo forman helechos gigantes, pero el claro de Longwood está salpicado de árboles gomeros. Es imposible no fijarse. Los gomeros prácticamente no tienen hojas, sus ramas recuerdan a un paraguas sin tela. Y sobre todo su inclinación. Los troncos de esos árboles se inclinan casi cuarenta y cinco grados, como en una reverencia servil. Supongo que a causa de los fuertes vientos isleños.

—No es el viento —me ha cortado Basil.

Y de repente su tono se ha vuelto misterioso. Incluso me ha parecido que algo le intimidaba. Te lo puedo asegurar, Diario Mío: él, el sargento mayor más rudo del ejército inglés, intimidado.

—¿No? —he dicho yo.

—No. El viento sopla del noroeste, y, si se fija, los gomeros no se inclinan hacia el sudeste, sino hacia Longwood.

Basil ha mirado a derecha e izquierda, como si tuviera miedo de que le escuchase alguien. Incluso Trofy ha dejado de picotear tabaco, prestándole atención. Los largos cabellos blancos le caían sobre la cara como un velo. Después, Basil ha acercado el torso hacia mí, por encima de la mesa, y ha añadido en tono confidencial:

—Cuando Bonaparte entró en Longwood, Lowe todavía no estaba, pero yo sí. ¿Y sabe qué? Le puedo jurar una cosa: esos árboles no estaban inclinados. Ni uno.

Dicho esto se ha tirado otra vez hacia atrás, como si se hubiera liberado de un peso, y ha alzado un palmo su gran jarra.

—El cuerpo de Napoleón es un envase que contiene, a rebosar, el poder y la gloria, exactamente de la misma manera que esta jarra contiene agua o aguardiente.

Me he rendido, Basil Jackson nunca podría informarme de una debilidad de Bonaparte. Cuando me levantaba de la mesa, él me ha retenido, tomándome del antebrazo con la mano. Me temía lo peor, aunque estábamos en público. Me equivocaba. Solo quería advertirme:

—No vaya —ha dicho, terminante—. Mañana no vaya a ver a Boney. Una cosa es ir y otra es volver.

Yo me he liberado fácilmente de él, estirando el brazo con la gracia y desenvoltura que solo una aristócrata francesa puede mostrar.

—Todo el mundo vuelve a Longwood —me he burlado yo—. Incluso los caballos.

—Es cierto —ha admitido Basil, extremadamente serio—. Y ahora esos dos caballos están muertos.

Ha dado un largo sorbo de su jarra, ha mirado la pared, pero traspasándola con los ojos, como si hablase con alguien del otro lado, y ha añadido:

—¿Qué cree que es Santa Elena? Un presidio flotante; la celda más grande y más hermética que el género humano ha podido concebir. Tenemos tres fragatas rodeando el perímetro de la isla las veinticuatro horas del día, hemos cercado con fortificaciones grandiosas las playitas más pequeñas. Y si, a pesar de todo, alguien hostil consiguiese evadir el bloqueo y poner un pie en la isla, tendríamos un regimiento entero, tres mil soldados fuertemente armados, que yo comando. No se ha visto jamás un dispositivo penitenciario tan poderoso. ¿Y por qué se ha creado y existe todo eso? Para vigilar a un hombre, a uno solo. Y créame: no se escapará. Mi existencia no tiene otro sentido ni finalidad que esa: impedir que Boney salga de Santa Elena. Y ahora piense: ¿de verdad cree que todo este montaje, toda Santa Elena, se creó para vigilar al niño Jesús? Mire mis cabellos, tan blancos. No nací así.

—¿Ah, no? —me he interesado.

—No. Yo de joven lucía unos cabellos más negros que el gato del demonio.

—No puede ser —he dicho—. Entiendo de cabello, y un cambio tan radical es imposible, ni a lo largo de una vida mucho más larga que la suya, señor Jackson.

Se ha reído:

—Pues ¿quiere saber algo? Mutaron del negro al blanco en un solo día.

Y ha añadido una sola palabra:

—Waterloo.

—Por lo que tengo entendido —he objetado—, un horror repentino puede emblanquecer un cabello, o dos, nunca una cabellera tan profusa y densa como la suya.

—Waterloo. Waterloo y los dentistas —se ha limitado a repetir.

Yo no he entendido ese añadido:

—¿Perdone?

—Al terminar los combates —ha aclarado él—, el campo de batalla se llenó de saqueadores. Lo que no es tan conocido es que muchos de esos individuos no eran civiles belgas, sino dentistas ingleses.

—¿Dentistas?

—¿De dónde cree que salen las piezas de las prótesis dentales? De cadáveres. Y, si puede ser, de cadáveres de hombres jóvenes y sanos. Todo el mundo sabía que habría una gran batalla, así que la retaguardia del ejército estaba llena de dentistas esperando su ocasión. Y la tuvieron. Fueron los primeros en asaltar a los muertos. Docenas, centenares de dentistas de Londres con uno, dos, e incluso tres ayudantes cada uno. El dentista señalaba los muertos: «Ese, aquel», y sus ayudantes extraían dientes y muelas con alicates. Para ellos era el paraíso: ¡una explanada infinita repleta de muertos jovencitos y con la dentadura intacta! Habría disparado contra sus culos. Pero ¿sabe qué? Ya no me quedaban fuerzas. Y, al fin y al cabo, ¿de qué habría servido? Boney solo ha habido uno, pero siempre habrá dentistas.

Ha hecho un ruido con la garganta, conteniéndose o gimiendo hacia dentro, no lo sé, y ha dicho:

—Sí..., dentistas... En el fondo, eso es lo que no le perdono a Boney: que después de Waterloo perdí la fe en el género humano.

Ha hecho una larga pausa, ha pasado una mano por delante de sus ojos, como quien espanta una mosca, y ha cambiado de tema:

—Yo soy un hombre civilizado. Pienso que todo el mundo tiene derecho a tomar sus propias decisiones. Por eso me mortifica mi posición: puedo impedir que Napoleón salga de Longwood, pero no puedo impedir que usted entre.

No he contestado. No quería escucharle, creo, y he concluido el diálogo. Le he dejado el capazo y los huevos, pero he cargado a Trofy bajo un brazo. Sin embargo, cuando había dado dos pasos en dirección a la salida de la taberna, me he girado.

—Una última pregunta, que no tiene nada ver con nuestro negocio —he dicho—: ¿Qué le sugiere la palabra «Bigcripi»?

Él me ha contestado con el tono del que admite que habla de un gremio que no es el suyo:

—Una superstición de la gente de mar. No sé gran cosa. Nací en Cornualles, pero soy más de tierra que las patatas. Por lo que dicen, el Bigcripi es una especie de pez muy grande.

—¿Cómo de grande?

—¿Conoce los krakens? Unos pulpos gigantes. Si la pata más pequeña de un kraken entrase por la puerta de esta taberna, llegaría hasta donde están ahora usted y su gallina. Pues bien, dicen que en la antigua lengua del mar «Bigcripi» significa «comekrakens». ¿Por qué lo pregunta?

Mañana, Querido Diario, nos espera Longwood. No sé si podré dormir.

En blanco. No puedo escribir y describir lo que pasó ayer, no puedo. Llevar un diario nos desahoga y libera, en efecto. Pero este placer se convierte en tortura cuando se trata de explicar la peor experiencia del género femenino.

No puedo.

Anotación en una página nueva del diario de la marquesa de Custine

Sin ánimo.

Anotación en una página nueva del diario de la marquesa de Custine

En blanco, sin ánimo.

Diario Mío: lo que más quisiera en la vida es escribir lo que pasó en Longwood, pero no puedo. Todavía no.

Delphine de Custine ha recuperado fuerzas suficientes, y por fin se detalla la segunda, y terrible, visita a la residencia de Napoleón Bonaparte

Retomo, en efecto, el relato suspendido. Y no lo hago por placer, como hasta ahora, sino para que conste y no se olvide.

Al día siguiente, tal como habíamos acordado con Napoleón, estábamos delante de Longwood y a la hora prevista. Fuimos con el coche que la noche anterior me había llevado a la taberna, y que contraté. Esta vez quería que nos viesen llegar con un vehículo, por destartalado que estuviese. ¿Hay algo más vulgar que ser transportados a pie a una cita con un emperador?

Por lo que respecta a Chateaubriand, no abrió la boca en toda la mañana. Desde que salió el sol hasta que subimos al coche, mantuvo la misma actitud, ofendido, enfurruñado como una criatura. Apenas me miraba. No quiere estar donde está. Odia la isla y odia a Napoleón, añora escribir y añora los cenáculos literarios. Durante el trayecto hasta Longwood, dentro del coche, F. R. no me dirigió la palabra en ningún momento.

Esta vez el *valet* imperial nos esperaba en la puerta. Y constato que el *valet* de Napoleón es una especie de réplica disminuida de su amo: viste casaca verde, como él; y, como Bonaparte, suele esconder las manos tras las caderas. Es sabido que los perros tienden a parecerse a sus amos. El hombre nos hizo pasar, y esta vez nos llevó mucho más adentro de los dominios de Bonaparte. Él nos guiaba, mudo y ceremonioso, dos pasos por delante de nosotros.

Hace unos días, Diario Mío, te explicaba que Longwood es un edificio en forma de T.

En nuestra visita del otro día no pasamos del recibidor, pero ahora podíamos constatar que la estructura interior del inmueble es mucho más compleja. Hay una gran abundancia de pasillos estrechos, como dentro de una pirámide, y techos sin luz. Longwood inquieta: los tabiques viejos y falsos, la decoración pasada de moda, todo. Cuando ya habíamos traspasado tres dentículos, F. R. se interesó: «¿Adónde somos conducidos?». A lo que el *valet* respondió, sin pararse ni girarse:

—A la sala de billar. —Y añadió una nota aclaratoria—: Sepan que es un altísimo honor. Su Majestad no lleva a la sala de billar ni a las visitas más distinguidas, solo a las más placenteras.

Lo dijo en tono severo, casi irritado, como si no confiase en nuestras capacidades para apreciar una deferencia tan elevada. Llegamos a nuestro destino, el *valet* abrió la puerta y nos dejó solos.

Ciertamente: la «sala de billar» no tenía ese nombre porque sí. Una sala rectangular, con una mesa de billar justo en el centro. Ahora bien, no creo que Bonaparte la haya utilizado para su uso original: la mesa estaba empapelada con mapas, de Europa, de Asia, de los dos hemisferios, como si el hombre estuviese preparando una campaña para invadir el Turquestán o Tombuctú.

Chateaubriand, por fin, me dirigió la palabra, aunque con un tono distante, sarcástico. Miraba el tapete verde, y dijo:

—¿Y bien? Bonaparte y yo quizás podríamos disputarnos tu corazón en un duelo de carambolas. Los palos de billar siempre hacen menos daño que las lanzas.

—Más que a una noble lidia, parece que te hayan llevado a un triste patíbulo —le respondí. Y, con toda sinceridad, añadí—: François, si ya no me quieres, vete. Que todas las maravillas que hemos compartido no las estropee una despedida amarga.

Pero él replicó:

—El peor dolor que puede padecer un amante no lo causan los celos, ni el rechazo, ni el abandono. No. Lo que puede herir más, querida, son los malentendidos.

Dio un paso hacia mí, y dijo las siguientes palabras:

—¿Realmente crees que he dejado de amarte? ¿Que te he seguido a través de puertos y océanos, de islas y exilios, desde palacios a barracas, y que, al final de este camino, el amor que siento por ti me abandona, así como una mosca, saciada de fruta, reemprende su vuelo?

Y elevó el tono:

—Qué fácil es que un amante diga «te amo», y qué excepcional que las palabras se traduzcan en actos y hechos. Pero aquí estoy. Por ti. En la habitación del peor criminal que el género humano haya conocido.

Y continuó:

—Quizás me derrote, con su perfidia o con su inmenso talento. Es posible, porque no soy ni el más poderoso, ni el más perfecto de los mortales. Pero ahora mírame a los ojos, querida mía, y contesta la siguiente pregunta. Aunque en unos instantes pueda ser vencido y derrotado, ¿crees que hay alguna fuerza en el mundo, humana o sobrehumana, que pueda obligarme a salir de esta habitación sin ti?

Y, dicho esto, tomó mis manos entre las suyas. Y a esas alturas de su soliloquio, Diario Mío, yo ya estaba deshecha. Porque el que había hablado no era el autor de libros inmortales, el Chateaubriand que diserta con Júpiter y Virgilio, no. Era, precisamente, el hombre a quien había venido yo a buscar, el motivo de mi viaje hasta el fin del mundo: «Solo saldré de esta sala contigo», repitió, y por mí habríamos podido irnos en ese mismo instante y volver a casa. Y permíteme, Diario Mío, la presunción: aquel largo viaje se había demostrado útil e incluso necesario, porque sin él el amor de Chateaubriand quizás nunca hubiera eclosionado con esa fuerza y esa pureza.

Pero el destino, Querido Diario, siempre juega y consuma: yo quería decirle exactamente eso, que ya podíamos embarcarnos, cuando Bonaparte irrumpió en la sala de billar, impetuoso como un toro sin desbravar. El cuerpo ligeramente inclinado hacia delante, las manos detrás del cuerpo. Y en esa ocasión, sí, su conducta se ajustó al protocolo que, ayer, F. R. había previsto: vociferando como si fuésemos reclutas, exigiendo obediencia incluso antes de emitir órdenes que cumplir. Y anunció:

—Ayer la marquesa de Custine nos propuso una cordial reunión a tres bandas, entre mi persona, la suya y el señor de Chateaubriand. Bien, pues, aquí me tienen.

Vestía una ropa elegante, pero casera. Vino directamente hacia mí. F. R. dio un paso, un dedo hacia arriba, como un abogado que quisiera hacer alegaciones.

—Creo, *sire*, que la primera regla consiste en establecer las reglas de este galante y extraño juego que...

Pero Bonaparte le interrumpió y le hizo callar, cruel y despectivo:

—¿Reglas, señor? ¿Quiere establecer reglas? En el amor y en la guerra no hay reglas.

No sonrió, se acercó aún más a mí. Se paró justo delante de mí, mirándome sin parpadear. De hecho, sus ojos y los míos solo estaban separados por un palmo; no, por menos distancia. Y la criatura que habitaba en el interior de su mirada, Diario Mío, no hay palabras que puedan describirla. ¿Qué era? ¿Un cuerpo sin alma o un alma sin cuerpo? Fuese lo que fuese, él, o eso, no pertenecía a nuestra realidad, a nuestra concepción de las cosas. Era un ser perfectamente ajeno a la forma humana de entender la vida, el amor o la muerte. Primero sentí un vago interés por eso que me escrutaba, fuese lo que fuese. Y, antes de entender lo que tenía frente a mí, me descubrí fascinada y dominada a partes iguales. Como el individuo que agoniza pero ignora, y al mismo tiempo desea saber, si irá al cielo o al infierno. Pero para saberlo hay que morir. Así de insegura y de poseída me sentía.

Y entonces, sin retirar su mirada, siempre clavada en mí, abrió la boca. Y dijo unas palabras. Estas:

—Ahora, señor de Chateaubriand, tengo que rogarle que abandone mis dependencias.

—¿¿¿Cómo??? —ha explotado F. R.—. Pero eso es..., no es...

Bonaparte ha insistido, sin mover un músculo, el tono demoledor:

—Fuera.

F. R. no salía de su asombro. Yo tampoco. Y en honor de F. R. te diré, Diario Mío, que su indignación se ha traducido en acción y en palabras: se ha acercado a mí y a Napoleón como un Jeremías:

—¡Sus derechos se limitan a sus posesiones! ¡Y no me consta que yo ni la marquesa de Custine le pertenezcamos en ninguno de los sentidos conocidos de la propiedad!

Ante esta nueva diatriba Bonaparte se limitó a replicar con el silencio y la inmovilidad. Percatándose, F. R. optó por dirigirse a mí:

—Delphine, querida... Salgamos de esta casa abominable y de esta isla maldita. ¡Vamos!

Pero ¿quieres saber una cosa, Diario Mío? Yo tampoco moví un músculo ni contesté una palabra. Paulatinamente, F. R. sustituyó la furia por el desconcierto.

—¿Delphine? ¡Por favor, Delphine! ¡Vámonos! —Y más irritado—: ¡¡¡Delphine!!! ¡No caigas! ¡Acabamos de descubrir el más profundo de los amores! ¡Yo te quiero!

Y, sin embargo, yo no podía contestar. ¿Y sabes por qué, Diario Mío? Porque no quería. No quería hablar, y no quería marcharme.

Eso fue definitivo: mi falta de ánimo y el mutismo de gestos, mi consenso tácito a las pretensiones de Bonaparte. Algo se rompió dentro de Chateaubriand; yo podía sentirlo, notarlo, aunque no le miraba, porque mis ojos estaban unidos, ligados, a los de Bonaparte. Y este zanjó la cuestión:

—Ya conoce la salida.

Y así fue, Diario Mío, como François-René de Chateaubriand, el orador más grande desde los tiempos de Demóstenes y Cicerón, enmudeció como una vieja momia. «No saldré sin ti», había proclamado solo unos momentos antes. Pero esta firme decisión no tenía en cuenta el único aspecto que podía refrenarla: mi voluntad contraria.

Se retiró, deshecho. Solo en aquel momento, cuando nos quedamos solos, se permitió Bonaparte relajarse. Se sirvió un borgoña. Que, por otro lado, no me ofreció. Victorioso, se sumió en un monólogo satisfecho:

—Los escritores son a la especie humana lo que los fariseos a la Biblia —dijo mientras bebía—: personajes necesarios en la comedia humana y, al mismo tiempo, hipócritas indomables. No he conocido a uno solo, no ya con un mínimo de valor, sino de dignidad. Os lo aseguro: el más humilde de mis granaderos vale por cien dramaturgos.

—Me parece un juicio demasiado severo —hablé yo.

—¡Ja! —se burló él, divertido—. Venga, va, escoja los tres autores más grandes de nuestra época, según su criterio.

—Goethe —comencé.

—Buena elección —se conformó Napoleón—. Durante la campaña de Egipto llegué a leer el *Werther* hasta siete veces. ¡Siete! Pues bien, cuando entré en Alemania, y coincidiendo con el hecho de que mis ejércitos pasaban bajo su ventana, le llamé a mi presencia.

—Desconocía la anécdota.

—Cuando estuvo ante mí, ejercí de crítico literario, un crítico severo, pero justo. Le dije: «Señor mío, ¿por qué ha escrito este párrafo, y este, y este otro? Su protagonista experimenta una morbosa tendencia a todos los desencantos: en el amor, la creatividad y la existencia misma». Y le recriminé: «¡Señor! ¡Eso es perfectamente contrario a la naturaleza humana!». Pues bien, la reacción de su autor preferido quizás la sorprenda: ¡lloriquear como una niñita! Eso hizo. Llorar e implorar, admitir sus errores, y alabar mi buen gusto literario. ¡Sí, eso hizo! ¡El gran Goethe! ¡Él! ¡El faro moral de Europa!

Sacudió su gran cabeza, dio un trago largo al borgoña. Después:

—En efecto, eso son los autores de hoy en día: ¡faros de mantequilla! Yo, un militarcillo, riño al gran Goethe. ¿Y qué hace él? Postrarse a mis pies. ¿Se imagina que fuese al revés? ¿Que un autor de obritas dramáticas me dijese, a mí, cómo tengo que dirigir mis ejércitos? Antes de que terminase de hablar, colgaría del árbol más cercano. Un hatajo de cobardes, vendidos y llorones, así son sus héroes literarios.

—Chateaubriand —le interrumpí.

—¡Ja! —exclamó—. ¡El peor de todos! Un bravucón con los débiles, un mezquino con los poderosos. ¡Mientras estuve en las Tullerías no pasó ni un solo día, ni uno, sin que me pidiese cargos y prebendas! ¿Amo de las letras? ¡Maestro de la lisonja!

—Si no le guiase a usted el rencor, admitiría que acaba de salir de esta sala el autor más grande de Europa.

—No la contradigo. A mí no me ciega ninguna capillita. Soy justo, creo. Pero usted solo juzga la obra como espectadora, y yo, en cambio, por mi elevada posición, puedo ver el génesis y las bambalinas.

—No le sigo.

—¿Por qué cree que Chateaubriand es tan sumamente famoso?

—Por su talento indomable. Por su trabajo constante. Por su obra inmortal.

Impaciente, Bonaparte soltó un resoplido más largo que el de un burro, y se explicó:

—Chateaubriand, en los inicios de su carrera, escribió un libro sobre el ateísmo. Bastante bueno, por cierto. No entendía que todos los impresores se lo rechazasen. Hasta que, un día, un librero se lo explicó: el ateísmo ya no estaba de moda. La demanda, ahora, volvía a ser de libros religiosos. Y le sugirió: ¿por qué no escribe una obrita sobre santos y milagros? De manera que se encerró en su escritorio, y de un tirón, deprisa y corriendo, redactó *El genio del cristianismo*.

—Obra que ha deshecho millones de corazones y ha elevado millones de espíritus.

—Quizás sí. Pero esa no es la cuestión.

—¿Cuál puede ser, pues?

—Que el éxito de *El genio del cristianismo* no vino de la mano de Chateaubriand, sino de la mía. —Hizo una pausa para acabarse el vaso y volver a llenarlo de vino, y continuó—: En aquella época Roma nos odiaba. Y yo siempre lo he dicho: «Puedo conquistar el mundo con el Papa o sin el Papa, pero nunca contra el Papa». Así que empecé a establecer puentes con el papado. ¿Y qué mejor instrumento que la literatura? Cuando un ingeniero edifica un puente de piedra, dura mil años; si un gobernante crea un puente con libros, será eterno.

—Quiere decir que instrumentalizó a Chateaubriand.

—En política solo hay instrumentos.

—Niégueme, si se atreve, el genio del hombre.

—No lo haré. Solo aplico la tan latina *conditio sine qua non*. *El genio del cristianismo* se eleva por encima de las nubes superiores, de acuerdo. ¿Pero realmente cree que si Chateaubriand, en vez de francés, fuese búlgaro o groenlandés, habría tenido éxito? ¿O que sin mi intervención sus libros habrían logrado superar un vuelo gallináceo? ¿Quién cree que publicitó *El genio del cristianismo*, y hasta el extremo, sino yo? Si quería que el libro triunfase en Roma, antes tenía que hacerlo en París. ¿Y qué cree que hizo su adorado Chateaubriand? ¿Rechazar mi ayuda tiránica, mi inversión despótica en el libro? ¡No! ¡Tuvo la desfachatez de quejarse de que el Estado no le concedía suficientes subvenciones!

Tomó aire:

—Por otro lado, nuestra disputa, señora, no radica en si hay autores buenos o malos, sino en su naturaleza. Yo solo conozco autores de dos tipos: los sumisos y los serviciales. Y, créame, su amigo se incluye en las dos categorías.

Y gritó, en italiano:

—*Sbirro siciliano!* ¡Es lo que es ese hombre! ¡Lame cirios y viste terciopelo, pero es un *sbirro*!

Nuestra disputa no tenía más recorrido, así que tomé un atajo:

—Ya que argumenta usted que los escritores de nuestra era son solo ornamentos fatuos e inflados, ridículos y risibles en su presunción, tengo una auténtica curiosidad por saber con qué criterio juzga la que yo considero como la tercera gran pluma de nuestro tiempo.

—Para emitir mi opinión necesito saber el nombre.

—Napoleón Bonaparte.

Fue, Diario Mío, como si un pequeño rayo le hubiese entrado por el cenit del cráneo. Toda su humanidad dio una sacudida, de una manera casi imperceptible, porque es un hombre que ha aprendido a controlarse, pero su copa derramó borgoña, y no estaba llena.

Porque has de saber, Diario Mío, que sí, que de joven Bonaparte escribió, y mucho. Ensayos y, sobre todo, novelas. ¿Qué pensaba de sí mismo? Una voz neutra siempre podría alegar que Bonaparte, ciertamente, ha sido la pluma más transformadora del siglo, aunque su obra haya sido más militar que artística. Pero ¿quién podría negar que la espada de Napoleón tiene por origen y empuñadura una pluma?

Creía que mi interés por su obra despertaría el suyo. Que se sorprendería gratamente, vanidoso, y podríamos iniciar un animado coloquio sobre sus escritos, bastante desconocidos por el gran público y poco valorados por los entendidos. Creía, pues, que estábamos a punto de iniciar un debate animadísimo, íntimo y revelador. No fue así.

Su respuesta me fulminó. Porque todo lo que hizo, Diario Mío, fue limpiarse los labios con la manga, empezar a desabrocharse todos sus botones, y ordenar:

—Acércate a la mesa de billar e inclínate.

No me lo podía creer. Me tuteaba. A mí, la marquesa de Custine. Y su orden era tan sórdida y grosera, tan prostibularia, que llegué a pensar que me fallaba el oído y no había comprendido bien sus palabras. Pero no era un malentendido. Yo, naturalmente, me opuse. Primero con un gesto puramente arrogante: alcé el mentón, como diciendo: «¿Pero qué se ha creído?». Acto seguido, me agarró de un codo. Lo estiré, para liberarme. Pero la captura era firme, sólida como un cepo. Tenía los dedos cortos, pero fuertes. Eso ya era un acto de violencia explícita. Sí, Diario Mío: el prolegómeno de una violación siempre es la captura de un brazo, de la misma manera que los países inician las hostilidades con una declaración formal de guerra. Y, por fin, aterrorizada, entendí en qué situación me encontraba: di un grito tanto de indignación como de auxilio. Él me dio la vuelta, reclinándome sobre el billar.

Allí estaba yo, la marquesa Delphine de Custine, doblegada sobre una tela verde con un cuerpo encima, montándome como hacen los perros. Resopla, me insulta y gime; me ataca, yerra, insiste, me arpona, sale por donde se entra y entra por donde se sale.

Me hace tanto daño la humillación como el dolor, me ofende tanto la fuerza que aplica como la dirección que está tomando el asalto. Yo, ignorante de mí, creía que la desesperación es propia de la mujer violada, no del hombre violador. Me equivocaba. Es casi al revés. A mi atacante lo posee una especie de frenesí desesperado. Se diría que, en sus maniobras de ataque, le va la victoria y la vida. No, más que eso. Me resisto, hago aspavientos como los árboles delgados y jóvenes durante las grandes tormentas; muevo brazos, piernas, todos los miembros quieren huir de mi cuerpo. Incluso le agredo con las uñas y con los puños, pero torpe como soy en el arte de la violencia, y estando de espaldas, poco puedo lastimarle. Por respuesta, él me golpea la nuca y los omóplatos, como un herrero que aplana un metal. Oigo a alguien que grita. Soy yo. Como mi cuerpo no puede huir, mi mente lo intenta. Pero no puede: mientras me penetra y me inunda, mi mente recupera un recuerdo de Senegal, una estampa que presencié y que ahora se ancla en mi recuerdo: una cría de gacela, cazada y devorada por una hiena monstruosamente grande.

Al final terminamos a los pies de la mesa de billar, caídos, entre las poderosas patas del mueble. Con una mejilla pegada al suelo, podía ver ratas y más ratas, que recorrían los zócalos inferiores de las paredes. Un par de espasmos más, y todo se acabó.

O eso creía. Estaba de rodillas, abatida y enroscada, cuando una mano de hierro me agarró por la espalda y me hizo darme la vuelta. Bonaparte me atacó en la cara, a puñetazos.

Cuando lo pienso ahora, Diario Mío, creo que fue la misma impotencia que sentía la que me daba fuerzas para gritar, para insultarle, para mantener una oposición integral. Levanté medio cuerpo, indómita, todavía viva y decidida a vivir, indignada con él y con la mitad de la humanidad que en aquel momento él representaba, y protesté a gritos:

—¡¿Y esto por qué?! ¡¿Por qué los golpes ahora que se ha quedado satisfecho?!

Su respuesta:

—Para que se sepa.

Y con movimientos bruscos, de arriba abajo, me desgarraba la ropa en grandes retales rotos. Yo lloraba, ahora sí, inconsolable.

—¿Por quién me ha tomado? —bramaba él—. ¿Por una mariposa, que podría traspasar con una aguja para añadirla a su colección de amantes pedantes? ¡Soy Napoleón I, emperador de Francia!

Me ofendía y disfrutaba viéndome ofendida. Y, como todos los violadores, soberbio en su mezquindad, transmutando la ignominia que causaba en virtud propia, se dirigió a mí como si estuviera en deuda con él:

—¿Cómo se siente ahora, usted, la gran maestra en artes amatorias? Seguro que a pesar de su largo currículum en los placeres de la carne, todavía no había probado lo que le estoy ofreciendo. Disfrute de la experiencia.

«¡Disfrute de la experiencia!». Eso proclamaba él, ofensor e infinitamente cínico.

«Disfrute, disfrute», repetía con voz animal. Los golpes volvían a llover, como martillazos. Y aquí, Diario Mío, aquí sí que creí morir. Un rato antes la violencia ejercida podía tener por objetivo reducirme y controlarme, pero ahora no le veía más sentido ni objetivo que extinguirme y matarme. Sí, en efecto, creía que ahí se acababa mi vida, y un final tan triste, tan indigno, hizo que implorase una especie de protección religiosa, por así decirlo:

—¡Oh, Marguerite D'Humblié! ¡Sálveme!

Y lo cierto es que al oír ese nombre se contuvo y se paró, casi como de milagro.

—¿Qué sabe de mi querida D'Humblié? ¡¿La conoce?! ¡Ah! Sí. Claro...

Sus ojos se dilataron. Acto seguido se rio. Y no era una risa cualquiera. Imagínate, Diario Mío, la carcajada que soltaría Satanás si viese entrar por la puerta del infierno a los doce apóstoles.

—Pues ya que tanto la admira, es mi designio que me haga usted compañía el resto de mis días, tal como lo hace ella —y ratificó solemne—: La condeno a vivir en Santa Elena, en compañía de Marguerite D'Humblié. A ser ella, a convertirse en ella. ¡Yo la condeno!

En ese momento tan trágico, tan violento, no tenía ánimo para captar el pleno significado de unas palabras como aquellas: «Es mi designio que me haga usted compañía como lo hace ella». Permitió que la carcajada le volviera a dominar, y yo aproveché para recoger trozos del vestido, agrupándolos alrededor de mi cuerpo, y huir.

Una vez fuera de la sala de billar me perdí por los pasillos de Longwood. Mi mente solo tenía una idea: salir de allí, correr desesperada. Imagínate, Diario Mío, un túnel cuadrado. Un túnel de paredes decrépitas. Y ratas corriendo en dirección contraria. A esta imagen de delirio, Querido Diario, debes añadir unos invitados grotescos: los habitantes de Longwood. El señor y la señora Montholon, Gourgaud, el *valet* de la casaca verde, el portero apático. Y más, muchos más. Mi estado de ánimo, confuso, solo podía percibir caras, risas, chillidos y persecuciones. Se burlaban de mí, intentaban aferrarse a mis caderas. La señora de Montholon, en particular, me perseguía, chillando ininterrumpidamente con una voz tan aguda que recordaba la de una rata gigante. Por lo poco que entendí, esa mujer sentía unos celos invencibles de lo que me había tocado vivir. ¡Me envidiaba! ¿Puedes entenderlo, Diario Mío? ¡Me envidiaba! ¿Qué es Longwood, y por extensión Santa Elena? Un manicomio rodeado de agua por todos lados. Y lo peor de todo es que yo estaba dentro de Longwood, con ese hatajo de locos. Y seguramente me lo merecía.

Todavía no sé cómo pude salir del edificio. Me recuerdo corriendo, descalza, por el caminito en descenso que conducía a la casa de Umbé. Llegué hasta allí con la ropa, la cara y los pies destrozados. Qué gran suerte que Umbé no tuviese espejos.

Fidèle corrió a abrazarme. Lloraba aún más que yo. Umbé, más práctica, me trajo una palangana con agua caliente. Entre las dos mujeres me limpiaron la cara y las heridas. Tenía la mejilla y el ojo derechos inflamados. Aun sometida a la natural conmoción, noté una ausencia: ¿dónde estaba F. R.? Fidèle renovó el llanto: despechado por mi rechazo, Chateaubriand se había ido a Jamestown con la intención de embarcar en la primera nave que zarpase. Me abandonaba, en efecto. ¿Pero acaso se lo podía recriminar? ¡Cuántas desgracias en un solo día!

Bien, pues, aunque parezca increíble, Diario Mío, mi destino dio un giro todavía más funesto.

Me curaba y me lavaba como podía, con la ayuda de Fidèle, mientras Umbé me espoleaba para que me reuniese con Chateaubriand.

—¡Bigcripi, Bigcripi! —insistía—. ¡Puede aparecer en cualquier momento!

Pero en aquel instante quien apareció fue otro personaje: el *valet* de Bonaparte.

Al ver venir al pequeño hombre y su casaca verde Umbé salió de la casa. Mientras la pobre Fidèle me remendaba, yo podía observar, por la ventana, cómo conferenciaban Umbé y el *valet*. Y debo decir: de una manera siniestra. Charlaban, y mientras lo hacían Umbé me devolvía la mirada, y era como si ahora observara a alguien sospechoso, es más: a alguien odioso. Después el *valet* se fue por donde había venido. Umbé ya era otra persona.

Su actitud, su rostro negro, todo en ella se había transformado. Y no para bien. La mirada turbia. Los gestos calculados. Y los silencios. Como si ahora fuéramos enemigas. Su vieja piel tenía más arrugas que nunca. Recordaba a una bruja africana.

Inquieta, no pude evitar preguntarle cuál era la novedad. Por respuesta, llenó una olla de agua y la puso a hervir. Yo insistí:

—¿Pasa algo?

—Que no te vas —dijo—. Te quedas.

Yo, pueril, aún temblorosa, solo sabía repetir:

—¿Que me quedo?

—Sí. Para siempre... —Pero ella misma se corrigió—: Bueno, no, para siempre no. Pero al menos hasta que te mueras. Así lo quiere Boney.

Fidèle y yo nos miramos, incrédulas y desconcertadas.

—Ya te acostumbrarás —dijo Umbé—. El problema no es cuando quiere tenerte a todas horas, sino cuando deja de quererte. Sí, es desagradable. Un día eres su preferida y al día siguiente no eres nada. A mí me pasó. Pero le seguí hasta aquí. El perro del poderoso siempre come restos.

—Entonces, ¿usted no es natural de Santa Elena? —se ha interesado Fidèle.

—¡Nadie lo es, estúpida! —ha replicado Umbé con un repentino cambio de tono—. Yo era la amante preferida de Boney, en Francia. Hasta que me hice demasiado vieja. Cuando le trajeron aquí, me ofrecí a acompañarle. Y una vez en Santa Elena, como acto de agradecimiento, me esclavizó. Fue un regalo muy considerado, porque así me tenía que mantener. Pero, como ya saben, el gobernador abolió la esclavitud. ¡Ahí le salgan gusanos por la nariz! Con esta excusa, Boney me echó de Longwood. Y aquí estoy. Ni con él ni sin él.

—Un momento, un momento —la interrumpí—. ¿Eran amantes? ¿En Francia?

—¡Oh, sí! Soy natural de Haití. El ejército francés sofocó una revuelta, y el hermano de Boney, que dirigía las tropas, me llevó con él a la vuelta.

—Nunca había oído que Bonaparte tuviera una amante llamada Umbé —he dicho, con una legítima suspicacia.

—Umbé era demasiado exótico, así que él me puso un nombre más francés: Marguerite. Marguerite D'Humblié.

Yo no fui capaz de articular palabra. Tenía, de hecho, un desierto en la boca. Fidèle reflexionó:

—Señora mía, hemos ido a parar a un lugar más podrido que el ataúd de Satanás.

Y, dicho esto, me tomó de la mano, intentando levantarme.

—Aún estamos a tiempo. Todo lo que tenemos que hacer es reunirnos con el señor Chateaubriand en el puerto y embarcar. El camino es largo, pero es bajada. ¡Vamos!

—Y yo te digo —intervino Umbé (o quizás debería decir Humblié)— que tu ama no se mueve de aquí.

Eso asesinó la amistad eterna que las dos mujeres habían iniciado unos días antes. Fidèle, encendida, le recriminó que siempre nos estaba conminando a marcharnos, «¡Bigcripi, Bigcripi!», y que ahora que pretendíamos hacerlo nos lo impedía. Es más: Fidèle criticó su obediencia ciega a Napoleón, un hombre que no la había querido ni como esclava.

—Obediencia ciega..., obediencia ciega... ¿Qué sabrás tú? —se mofó Umbé.

Y, diciendo eso, agarró las asas de la olla que estaba al fuego, donde hervía agua, y la lanzó violentamente contra la cara de Fidèle. Esta, naturalmente, cayó de rodillas, el rostro y los ojos quemados y requemados, hervidos y requetehervidos. Pero eso no fue todo. Con unos gestos raudos, la vieja bruja saltó sobre su espalda, le inmovilizó el cuello con un brazo y, con la mano libre, cometió una atrocidad insoportable: con una cuchara, le extrajo los dos ojos de las cuencas, como si sacara la yema de una cáscara de huevo. Mis chillidos y los de Fidèle se mezclaron.

—Sois dos, y yo una y medio ciega —se ha justificado Umbé—. Esto equilibra las cosas.

Para acabar de rematar la barbarie, Diario Mío, solo te describiré una estampa.

Trofy, que tiene vía libre por la casa desde que yo me encapriché de ella, acudió a toda prisa. Corría, bamboleando el cuerpo, las patitas tan cortas que el culo le rozaba con el suelo. Ahí donde yo veía el horror, ella veía un festín. Y con gestos veloces, mecánicos, empezó a picotear la gelatina de los ojos desprendidos. Estos conservaban tan bien su esfericidad que la gallina los atacaba con el pico y ellos rodaban por el suelo, húmedo y humeante a causa del agua vertida.

No pude más. Me acuso, Diario Mío: hui desbocada, ignominia eterna, abandonando a la pobre y ahora ciega Fidèle a un cautiverio que me estaba reservado a mí. La bruja de Umbé se armó con un hierro de la chimenea y me persiguió camino abajo. Su figura era la más pura representación del espanto: una mujer de piel negrísima, diez mil arrugas en el cuerpo, delgada y ágil, blandiendo un hierro al rojo vivo y corriendo detrás de mí.

—¡Vuelve, puta, vuelve! —gritaba Umbé, o D'Humblié.

Con un escalofrío añadido: que ese monstruo repulsivo un día había sido la mujer más sensual y seductora de Francia y de Europa. Ahora tomaban forma las últimas palabras que Bonaparte me había dirigido: «Yo la condeno a vivir en Santa Elena, en compañía de Marguerite d'Humblié. A ser ella, a convertirse en ella. ¡Yo la condeno!». Así pues, ¿qué me estaba persiguiendo? ¿Una bruja o mi destino?

Umbé bramaba, el hierro alzado. Y me perseguía, inclemente. Era medio sorda y medio ciega, pero no muda: de su garganta salían unos gruñidos estridentes, como de lobo royendo huesos. Pero aquí se ha constatado una ley que firmaría el mismo Napoleón: que un ejército que huye después de una derrota siempre corre más deprisa que sus perseguidores después de la victoria.

Corrí y corrí hasta perder el norte. Ignoro cuánto tiempo, porque el mismo horror que me propulsaba también me obnubilaba. Después, agotadas las fuerzas, vagué más que hui. Lloraba exactamente igual que caminaba, a trompicones. Sin embargo, en un momento dado, me llegó un sonido que tuvo cierto efecto calmante: el mar. Olas y pájaros de mar.

De hecho, y ya que me encontraba en una isla tan pequeña, lo extraño era que hubiera tardado tanto rato en oírlo. Llegué a una elevación poblada por unos arbustos feos, de ramas gruesas y astillosas. Después supe que a esa altura la llamaban Colina de los Arbustos Leñosos, que en inglés, el más sintético de los idiomas humanos, reducían a Bushy Bushes. Superé la barrera de arbustos, y allí, bastante más abajo, estaba Jamestown y la calle principal y única de la población, flanqueada por una hilera de casas a cada lado.

Caí de rodillas, sin fuerzas. Giré la cabeza. A la derecha vi una figura errante, y más que conocida: él, Basil Jackson. Su cuerpo se recortaba contra el mar gris y un cielo aún más oscuro, más amenazador. Llevaba capa, el viento le removía aquellos exóticos cabellos blancos, en absoluto cortos, mientras el hombre parecía abstraído, perdido en intensas cavilaciones, la mirada más allá del horizonte. Meditaba infinitos.

Le llamé. Pero él se paseaba, enfrascado, y muy cerca de unos terribles acantilados. Las olas golpeaban las paredes de roca con violencia ruidosa, ahogaban mis voces.

Yo ya no podía más. Veía puntos amarillos. Las fuerzas me rehuían, como cae el último grano de arena del reloj. Grité, creo, una sola palabra: «¡Basil...!». Y eso fue todo.

23 de junio de 1819
Después de las excepcionales circunstancias vividas y tras una pausa forzada por la consunción de fuerzas, la marquesa de Custine reemprende la escritura de su Diario y, por increíble que parezca, lo hace transcribiendo unos hechos aún más fabulosos que los narrados hasta ahora

Me desperté en el hostal portuario, aquel en el que recalamos justo después de nuestro desembarco. Descansaba, de hecho, en la misma habitación y en la misma cama donde pasamos los primeros días en la isla, de manera que, todavía confusa, incluso llegué a pensar que lo vivido en los últimos días no había sido más que una larga, horrible pesadilla. Pero no era así. Naturalmente que no.

Me levanté con una extraña sensación. Me dolía todo el cuerpo. Sobre todo la cara. Tenía un ojo morado y la mejilla hinchada. También experimentaba un cosquilleo que me recorría brazos y piernas. Nervios, supongo.

No tuve ninguna duda de quién había sido mi benefactor. Podía oírle, de hecho, desde la cama: una conversación que me llegaba a través de la puerta. Una voz correspondía a F. R., la otra a él, Basil Jackson. Me vestí y salí del cuarto, nada lujoso por cierto.

Al verme aparecer en la salita, los dos hombres acudieron a mí, obsequiosos. Casi competían en galantería. Y los dos sabían lo que había sufrido. ¿Cómo? Porque yo había dormido un día entero, agotada, y hablaba en sueños. Profusamente.

—Lo siento —se ha excusado Basil—. Jamás habría creído al cabrón de Boney capaz de una canallada tan grande.

Yo le absolví: él no tenía ninguna circunscripción, ni sobre mi persona ni sobre mis movimientos. Él ha insistido, negando con la cabeza:

—Tendría que haber impedido que volviese a Longwood, y no lo hice.

—No —le contradije—. No habría podido.

Habitualmente intuyo y adivino el carácter de la gente. En el caso de Basil Jackson, debo admitir mi error total: al principio le tomé por un rufián de la peor calaña, pero, cuanto más le trato, más asciende en mi consideración.

Por lo que respecta a F. R., no podía esperar un hombre más atento: me abrazó, más fraternal que apasionado, y estuvo bien; los dos estábamos de acuerdo en que ese era el tipo de abrazo que requería el momento. Ahora bien: nos miramos a los ojos, la cortesía y la delicadeza no ocultaban que algo se había roto, que entre nosotros se había establecido una distancia que antes no existía.

—No te recrimines nada —dije yo, conciliadora.

—Solo deberíamos pensar en salir de esta isla, infecta de maldad y locura —respondió él—. Pero el señor Jackson alega que, hoy por hoy, nuestra partida no es posible.

Basil tomó el relevo:

—Si tiene la bondad de acompañarme, señor Chateaubriand, constatará que las dificultades que le refiero son exactamente ciertas.

Ambos me imploraron que me quedase, para descansar. Lo rechacé. Los seguí de camino al puerto. Basil y F. R. tenían los cabellos sueltos y largos, al estilo nazareno. Los de François intensamente negros, los de Basil de ese color blanco, irrealmente blancos.

Mientras nos dirigíamos a los amarres de los barcos, tan cerca del hostal, Basil nos puso en antecedentes:

—Resulta imposible embarcarlos. En primer lugar, porque siempre llegan pocas naves, ya sea de Inglaterra, Brasil o el Cabo. Pero es que además hay un problema añadido: la fecha.

Ni F. R. ni yo entendíamos la referencia a la fecha.

—Cada diecinueve años, justo los días antes y después de la luna nueva, la marinería de baja estofa evidencia unas actitudes extrañas. Hay una superstición que les aterra.

—El Bigcripi —he dicho yo.

—Exacto. Creen que el Bigcripi, sea lo que sea el maldito Bigcripi, ronda las islas atlánticas pequeñas, y que después de un ciclo de diecinueve años puede aparecer en cualquiera de ellas unos días antes o después de la luna nueva.

—¿Y eso cómo nos afecta?

—El terror que causa tal superchería es tan grande que muchos marineros enferman. Es una farsa indigna y una vil excusa para no salir a la mar, naturalmente, pero hacen ingobernables las naves, que por ausencia de brazos no se pueden mover del puerto.

Basil Jackson suspiró:

—Si por mí fuera, los conduciría gentilmente a Europa. Pero nadie puede hacer que navegue un barco sin marineros.

Llegamos al pie del muelle. Las únicas naves que había en el puerto eran las tres fragatas militares que patrullaban el perímetro de Santa Elena, vigilando la isla de posibles intrusos. Basil hizo bocina con las manos y gritó:

—¡Ah de la nave!

Allí arriba, un par de torsos aparecieron por la borda.

—¡Alférez de navío, informe! —gritó Basil—. ¿Cuántos hombres a bordo y cuántos disponibles?

—¡Cincuenta y cinco hombres presentes, señor! —informó uno de ellos—. ¡Treinta de servicio, dos de permiso en tierra y veintitrés enfermos, señor!

Basil abrió y cerró los brazos:

—¿Lo ven? Las otras dos naves están igual o peor. Hasta que no pase la luna nueva me es completamente imposible...

Pero no acabó la frase.

Constatar que han sido los días más infaustos y más dolorosos de mi existencia no es suficiente, Diario Mío. Este también ha sido el más insólito, extraordinario y fuera de lo común. Porque a los acontecimientos que habían afectado a mi cuerpo, a mi ánimo y a mi dignidad debemos sumar los prodigios y aberraciones de la naturaleza.

El primer fenómeno fue el temblor del suelo. Como recordarás, Diario Mío, el pequeño puerto de Jamestown lo conformaba una superficie de listones entarimados. Muchos de ellos estaban podridos o separados. Bien, pues, por todas las rendijas y aberturas empezaron a aparecer ratas y más ratas. Si todos los puertos del mundo están habitados por colonias de roedores, imaginémonos el de Santa Elena.

De repente, digo, legiones enteras de ratas salieron del suelo y corrieron entre nuestros tobillos. Te lo aseguro, Diario Mío: era una auténtica sábana, peluda y asquerosa, agitada, movida e impulsada por un pánico sin nombre. Solo podíamos estar seguros de una cosa: que aquel rebaño de bichos inmundos corría en dirección contraria al mar. Sí. Exactamente la contraria.

—Pero qué diablos... —dijo F. R.

Y los tres miramos hacia el océano. El siguiente fenómeno tiene que ver con los tres pobres barcos. A su alrededor, el agua empezaba a experimentar una curiosa efervescencia. Como si desde el fondo del mar Neptuno hubiese abierto cien mil botellas de champán. Después, las tres grandes naves de guerra empezaron a bambolearse como un tapón de corcho en una bañera. Aquí ya no esperamos más; los tres empezamos a correr, y exactamente en la misma dirección que las ratas: en dirección opuesta al mar. Y para mi vergüenza, Diario Mío, añadiré un detalle capcioso: que, una vez que corrimos, lo hicimos a más velocidad que la alfombra de ratas.

Corríamos, digo, hacia arriba, lejos del agua. Aún no nos encontrábamos a gran distancia del muelle cuando un zapato me obligó a detenerme. Y, mientras estaba agachada luchando con los tacones, una visión imposible.

Imaginemos una roca más grande que la luna, que emerge con la fuerza de una erupción volcánica. Eso vimos. Una masa amorfa, dura, rotunda. Un cuerpo cóncavo, con centenares de viejos crustáceos adheridos a la superficie. El Bigcripi, efectivamente.

Esa cosa enorme se elevó, abrió una boca inmensa, y sus mandíbulas se clavaron sobre la borda de una fragata. Muchos marineros salían disparados. Sus cuerpos volaban docenas de metros, mientras aullaban y agitaban las extremidades. Otros habían caído al mar, entre espuma y olas efervescentes, e intentaban huir del ser monstruoso. Desgraciados. En un abrir y cerrar de ojos no quedaba nada de la nave. El ataque levantó una ola colosal que nos dejó empapados.

—¡Corred, corred! —gritaba alguien. Hui, pues, despavorida, por la única calle de Jamestown. Solo sé que un centenar de metros más arriba, cuando volví de nuevo la cabeza, ya no quedaban barcos en el puerto. Las tres fragatas se habían desintegrado. Así de simple y literal. ¿Y el monstruo?

Durante unos breves minutos pareció que se había esfumado. Nosotros habíamos detenido la carrera por el hecho, ineludible, de que necesitábamos recuperar el aliento. Aprovechamos aquel reposo momentáneo para observar los destrozos en el puerto: las naves ya no estaban, y su lugar lo ocupaban los restos típicos de cualquier naufragio: maderas, objetos flotantes de todo tipo y cuerpos muertos. Recuerdo, Diario Mío, que crucé miradas con Basil y Chateaubriand. Nunca habíamos visto algo semejante. Resoplábamos. No tuvimos tiempo de hacer mucho más. ¿Y quieres saber por qué, Diario Mío? Pues porque el monstruo salió del agua.

¡Se internaba por Jamestown! Como ya he descrito, la población se limitaba a una calle flanqueada por casas. Y aquí un detalle: el ancho de la calle debía de extenderse unos veinte metros, mientras que la cabeza del monstruo medía unos veinticinco. La pregunta, pues, sería: ¿cómo podía avanzar la criatura, calle arriba, si la bloqueaban las casas? La respuesta: derruyéndolas.

Su cabeza embestía no como un ariete, sino como un toro, sacudiendo de lado a lado las pobres casas. La mayoría de los edificios, hechos con mucha madera y poca piedra, se derrumbaban levantando nubes de polvo, cal y cascotes volátiles. Los edificios y los escombros alentaban el avance de la bestia, en absoluto lo detenían. Sobra decir que nosotros seguimos corriendo, desorientados, alejándonos tanto como podíamos del monstruo, que no era mucho. Nos seguía muy de cerca.

En ese momento ya no éramos los únicos que enfilaban calle arriba. Se habían unido los vecinos que habitaban las casas atacadas o amenazadas. Todos huíamos, como los habitantes de Pompeya de la lava, o como las ratas hacía tan solo un momento. El caos. Pero enseguida, a esta escena, en realidad más propia del Apocalipsis que del Éxodo, se añadieron otros actores: soldados.

A esas alturas del fenómeno todo Jamestown estaba alerta. Además de los gritos, también resonaban campanas, tambores y cornetas. Soldados de casaca roja venían, en dirección contraria a los civiles fugitivos, y aquí nos separamos de Basil Jackson, sus largas piernas y sus cabellos blancos; este, haciendo honor a su grado, empezó a reunir soldados vociferando órdenes militares. Aquello no nos competía, ni a F. R. ni a mí, y la última visión que tuvimos fue la de Basil, con la espada desenfundada y organizando filas de hombres de casaca roja. Me fijé en que llevaba su cilindro de cuero cruzado al pecho; ni así se separaba de él. Y aquí seamos sinceros, Diario Mío: no nos paramos ni para animarle; admirábamos su valor, pero no lo compartíamos.

Un hombre acababa de sacar un pequeño carro, ensillaba una mula asustada. Nos montamos en él sin permiso. Eso nos alejó más deprisa y más fácilmente. Detrás de nosotros ya oíamos disparos.

Al cabo de poco rato, Chateaubriand y yo llegamos a Bushy Bushes, aquella altura salpicada de arbustos feos y ramificados donde me habían rescatado el día anterior. Desde allí, justo sobre el vértice de la población, teníamos una magnífica perspectiva, tanto de Jamestown como del hecho naturalístico más inverosímil del siglo.

Los últimos habitantes (o sea, los que aún estaban vivos) huían de la localidad en una especie de hemorragia humana y venían hacia nuestra posición. Muchos se paraban en Bushy Bushes con la lengua fuera; otros, aterrados, continuaban la huida, isla adentro. Si repasábamos la calle con los ojos, veíamos que hacia la mitad se había formado una especie de tapón militar, por así decirlo: hasta tres apretadísimas filas de soldados, que disparaban carga tras carga de fusilería contra el monstruo. Basil los dirigía. Se estaba quedando ronco y afónico de tanto gritar órdenes y más órdenes. Y solo una cincuentena de metros más abajo, el gran monstruo. El Bigcripi.

Toda su cabeza era una pantalla irregularmente cóncava, que ocupaba la calle de borde a borde; una masa de apariencia rocosa, de un color marrón muy oscuro y lleno de raras pechinas y moluscos adheridos. En la parte superior de la cabeza, los ojos, que sobresalían como dos bulbos de carne. Y la boca. ¡Por todos los cielos, qué boca! Medio abierta, en forma de arco, tan desaforadamente grande que se extendía ocupando la calle entera, de lado a lado. Lo peor de todo eran los dientes, largos, delgados, afilados y torcidos.

Como habíamos ganado altura, desde nuestra posición nos era dado ver partes del monstruo que antes, y precisamente porque estábamos demasiado cerca, no podíamos observar. Ahora verás.

Recordaba a un simple pez, un rape de dimensiones descomunales: la parte más impresionante y voluminosa era su cabeza, mientras que por detrás de la cabeza el cuerpo disminuía y enflaquecía. Sin embargo, a diferencia de los rapes que conocemos, en los flancos del cuerpo no aparecían aletas, sino unas patas muy similares, en forma y textura, a las de una salamandra. Unas extremidades ciertamente primitivas, los dedos cortos, gruesos y mal definidos, como si el buen Dios se hubiese cansado de su creación cuando todavía era un esbozo.

Aquellas patas, tan poco delicadas, no eran muy competentes a la hora de mover al gran animal. Además, su avance calle arriba se había quedado obturado, tanto a causa de los escombros que el mismo monstruo creaba al arrastrarse como por unas casas más resistentes con las que había topado y que no podía derruir. Los laterales de la cabeza empujaban más y más, pero unas esquinas especialmente resistentes los detenían. Por lo demás, no parecía que el fuego de los soldados le afectase para nada. Y aquí, Querido Diario, añadiré un comentario sobre una temática muy poco femenina: hoy he aprendido el valor de la disciplina militar. Porque aquellos pobres hombres tenían justo delante al Bigcripi, un monstruo que excedía cualquier dimensión bíblica, y ninguno de ellos daba un paso atrás, ni uno. Basil había conseguido formarlos con coherencia, y ahora cargaban y disparaban con perfecta coordinación. Una hilera de hombres de pie, delante de ellos otra de tiradores arrodillados, y por delante una hilera más de hombres extendidos en el suelo. Basil habría acumulado doscientos fusiles, o más, en un espacio sumamente estrecho y reducido. Tantas armas disparando salvas generaban un retumbo continuo.

Ahora bien, todo ese dispendio de energías, de munición y de coraje no parecía ocasionar perjuicios al monstruo. Las convulsiones de la cabeza no las causaban el dolor o las heridas, sino el deseo obsesivo del animal por avanzar. Le contenían las piedras derribadas y las vigas caídas transversalmente, no la pólvora disparada.

—A Basil le convendría retirarse —dijo Chateaubriand.

Había hecho la guerra con los ejércitos realistas durante la Revolución, así que dominaba la técnica militar. Por lo que me explicó, a cincuenta metros de distancia los fusiles no tenían suficiente potencia de fuego ni precisión de tiro, al menos no la necesaria como para perjudicar a una criatura como aquella: la piel de la cara era una auténtica armadura, fortificada con carne sólida y crustáceos, y la gran boca de rape, abierta, deglutía las balas como caramelos.

En esos momentos se reunió con nosotros un viejo conocido, el gobernador Hudson Lowe. Entre tanta confusión, alguien le había sacado del despacho para llevarlo a una altura segura y que presidiese Jamestown. O sea, justo donde nos encontrábamos, aquella pequeña colina de arbustos robustos, Bushy Bushes. Como yo y Chateaubriand éramos las únicas personas de calidad presentes, Lowe se nos acercó amigablemente. Y constato aquí, Diario Mío, que las actitudes sumadas de Lowe y de F. R. me molestaron, incluso me ofendieron: una vez fuera de peligro, una vez que su papel se limitaba al de meros espectadores, solo sentían interés por los aspectos técnicos de la tragedia. Lo más detestable: los dos estaban de acuerdo en criticar la dirección de una batalla de la cual les había alejado la prudencia.

Acto seguido, la catástrofe definitiva.

El Bigcripi consiguió derrumbar el edificio que retenía la parte derecha de su cabeza, y fue como si le diesen un empujón. Ahora sus cuatro enormes patas tenían margen para moverse, para que el cuerpo avanzara; unas extremidades lentas pero poderosas, como las cortas patitas de las grandes tortugas que pueden mover caparazones inmensos.

—¡Basil, retírese! —bramó Chateaubriand, envuelto en su capa. Pero en el fragor del combate, y a esa distancia, era imposible que le oyera.

De repente, el Bigcripi ganó fuerza, empuje y velocidad; ahora se movía por la estrechez de la calle como una serpiente por un intestino. Y, cuando ya estaba justo delante de las filas de soldados, elevó su cabeza colosal y, antes de que nadie pudiera reaccionar, se dejó caer sobre la multitud de hombres.

¿Sabes por qué la casaca del ejército inglés es roja, Diario Mío? Para que el derramamiento de sangre no se vea tanto y no robe la moral. Pero ahora dime: ¿qué tela puede disimular la masacre colectiva, el aplastamiento de los cuerpos?

Aquella porción de calle quedó sumergida en una polvareda densa y blanca de polvo y cal. Durante unos instantes nos escondió incluso la gigantesca figura del Bigcripi. Siempre recordaré los gritos, aquellos gritos de hombres atrapados bajo el cuerpo monstruoso, o masticados y devorados por unos dientes abisales, largos y torcidos como alfanjes. Insisto: la polvareda no nos permitía discernir nada, pero aun así me tapé la cara con las manos.

La escena siguiente tiene aspectos milagrosos. Porque, a pesar de todo, y por increíble que parezca, algunos soldados habían conseguido sobrevivir. Entre ellos, Basil Jackson. Corrían sin armas, calle arriba. No tardaron mucho en reunirse con nosotros.

Mientras tanto, yo me fijé en la escena de los hombres aplastados. Y como suele pasar, Diario Mío, lo más horroroso del horror siempre son los detalles. Porque el Bigcripi solo había atacado aquella barrera humana percibiéndola como un obstáculo, no como un alimento; pero ahora que algunos hombres heridos se arrastraban con los codos, intentando huir de aquella boca cercana y cavernosa, los ojos diminutos y bulbosos del monstruo se fijaron en ellos. Y el Bigcripi se los zampó, tal como haría una rana con unos mosquitos cojos. Pero ese no es el horror que te refería. Viene ahora.

Los humanos son mucho más pequeños que la dieta habitual del Bigcripi, los calamares gigantes, de manera que los largos dientes los herían, pero entraban vivos en el estómago del bicho. En efecto, Diario Mío: vivos. No me lo podía creer: yo miraba los laterales del cuerpo, y si me fijaba bien podía ver las manos de los pobres soldados marcándose en la carne del Bigcripi cuando la presionaban desesperadamente desde el interior del estómago. ¿Es imaginable, Diario Mío, una muerte más horrorosa que ser lentamente consumido, deshecho y deglutido por los jugos intestinales de un monstruo submarino? ¡Oh! Si la Creación es una obra divina, Dios, a la fuerza, ha de ser un artista loco.

Basil llegó a las alturas de la Colina de los Arbustos Leñosos o Bushy Bushes resoplando y desencajado. Ese ascenso era un esfuerzo bastante agotador, sobre todo después de la experiencia que acababa de vivir, tan extrema como terrorífica. Cuando estuvo seguro de que el Bigcripi no le seguía, se dejó caer sobre una piedra plana, sentándose con la cabeza entre las manos. Su uniforme, originalmente rojo, ahora lucía un extraño color entre gris y blanquecino, indiferenciable de sus cabellos.

Hudson Lowe se mostró inflexible y severísimo:

—¡Recupere su dignidad! —le gritó—. Sus hombres le están viendo. Bueno, al menos los pocos que no ha perdido. ¡En pie!

Basil obedeció, todavía resoplando, los nervios deshechos. A duras penas sabía dónde estaba. Sus labios, siempre sensuales, ahora temblaban. Chateaubriand se unió a las críticas de Lowe:

—Cualquiera podía ver que no podría contener a esa bestia con doscientos hombres —exclamó, y añadió, con su tono de voz de superioridad intelectual—: ¿Dónde se creía que estaba, en las Termópilas?

Basil no sabía ni qué decir.

—¡Ni siquiera les ha ordenado que calaran las bayonetas! —insistió Lowe, perfectamente de acuerdo con F. R.—. ¿Por qué no ha intentado, al menos, una maniobra evasiva, haciendo retroceder las filas con relevos?

Aquí Basil recuperó el aliento.

—¿Quiere saber por qué, maldita sea? —exclamó, exasperado y triste a la vez—. ¡Porque me llamo Basil Jackson, no Napoleón Bonaparte!

Yo le consolé:

—No los escuche, sargento Basil. Usted estaba al pie de la batalla, enfrentado al monstruo; nosotros lo contemplábamos desde este palco de la montaña. Gracias al sacrificio de sus hombres, muchos civiles han podido salir de sus casas y escapar a tiempo del monstruo.

Y era cierto. La defensa de Basil no había detenido al Bigcripi, pero quizás lo había retrasado. Y remaché, consoladora:

—Hoy el mundo debe más a los sargentos que a los literatos y a los gobernadores.

Nos rodeaban un centenar de personas, implorando o llorosas. Ahí abajo, al final de la larga calle de Jamestown, el Bigcripi mantenía una enigmática quietud. En el cenit del inmenso cráneo aparecía una apertura carnosa, como la de los delfines, por donde emergían unas burbujas líquidas, densas y sucias. A pesar de la lejanía, el aire nos traía su pestilencia abisal.

Descripción del mismo y terrorífico día;
un rato más tarde

Cuando aún estábamos en la cima de Bushy Bushes, mantuvimos una improvisada asamblea de gobierno, por así decirlo. Se tomaron muy pocas decisiones pero muy poco discutibles.

En primer lugar, todos estábamos de acuerdo en alejarnos del Bigcripi, tan deprisa y tan lejos como fuera posible. Por otro lado, el techo más cercano a nuestra posición era la casa de Umbé. Yo insistí no solo en ir allí, sino en apresurarnos. Recuerda, Diario Mío, que allí había abandonado, forzosamente, a la pobre y ahora ciega Fidèle. Así que todos juntos, los pocos supervivientes de Jamestown más Lowe, Basil, Chateaubriand y una servidora al frente, iniciamos una melancólica procesión.

Ya he referido que la casa de Umbé no estaba excesivamente lejos de Jamestown. Y aquí, Querido Diario, un detalle gracioso, si es que una jornada tan fatídica puede contener una sonrisa. Yo encabezaba la marcha, ansiosa porque me urgía rescatar a Fidèle. Llegué la primera y me topé con la mismísima Umbé, en el exterior de su granjita. Blandía un cuchillo de hoja ancha y perseguía a Trofy con intenciones de lo más malévolas. La pobre gallina me vio y vino directa hacia mí, pidiendo amparo y clemencia. Cuando la vieja y medio ciega Umbé, por fin, me identificó, se limitó a cambiar de objetivo, no de pretensión asesina: corrió hacia mí, el cuchillo arriba y aullando como una caníbal loca. Lo gracioso, Diario Mío, es que no se había dado cuenta de que detrás de mí venía Basil Jackson espada en mano y una veintena de soldados con la bayoneta calada. Como es natural, Umbé pensó que aquel pelotón tan fuertemente armado venía a fusilarla, así que dejó caer el cuchillo y huyó corriendo y aullando.

Dentro de la cabaña, Fidèle todavía respiraba. Hicimos lo que pudimos: taparle las cuencas oculares con algodones y curarle las heridas de la cara. Los refugiados de Jamestown, poco más de un centenar, se fueron congregando alrededor de la casa, bajo la sombra de los árboles. Al menos allí había un pozo con agua fresca para atender a los heridos. En cuanto a Lowe, Basil y Chateaubriand, hicieron un consejo en el interior de la pobre casa de Umbé, ya más reposados los cuerpos y más meditadas las ideas. Yo los escuchaba mientras atendía a Fidèle.

—Lo primero de todo, sargento mayor —dijo Lowe dirigiéndose a Basil—, tiene que ser reagrupar y encuadrar a la tropa superviviente. Y deje una guardia en los Bushy Bushes, que presiden Jamestown, para que nos informe de cualquier novedad relacionada con el Bigcripi.

La segunda cuestión hacía referencia a los damnificados. O sea, a los pocos civiles de la isla. Atender las necesidades básicas de comida y acogida.

—Puedo enviar algunos hombres a hacer forraje —ofreció Basil—. Pero el único techo que hay cerca es este que ahora nos acoge. Quizás deberíamos dejar que entren.

—¿Y qué pretende? —se alteró Lowe, siempre estirado—. ¿Que el gobernador de Santa Elena duerma al raso?

Eso enfureció a Basil. Vi cómo las cejas se le inclinaban, formando una V de disgusto y oposición. Como ya te he dicho, Diario Mío, Lowe y Basil mantenían unas extrañas relaciones invertidas, donde lo aparente era falso y la verdad real se escondía. Y esa verdad era que Basil, a pesar de su subordinación jerárquica al gobernador, tenía un gran ascendente sobre la guarnición militar, ya que la dirección moral y efectiva le correspondía a él. A Basil le costó disimular el tono desafiante de su réplica:

—Pues en ese caso salga usted mismo y explique a los heridos, a los heridos graves y a los familiares de los muertos que todos ellos dormirán al raso, mientras que un solo hombre, usted, disfruta de techo, cama y calor.

Chateaubriand intervino, contemporizador:

—Hay una alternativa que puede conformar a todo el mundo —dijo—. Permitamos a los más heridos el acceso a esta pobre casa, mientras nosotros nos desplazamos a Longwood, que no está muy lejos de aquí. Si esas dependencias pueden acoger a un exemperador, también serán adecuadas para nuestro honor y posición. Y, una vez allí, podremos pensar con la cabeza más clara.

—¿Está sugiriendo —se opuso un indignado Lowe— que pida amparo y refugio al mismo hombre al que encarcelo?

—Usted siempre puede exiliarse a una habitación interior de Longwood —ironicé—. Seguro que Bonaparte accedería gustosamente a cedérsela.

—Venga, va —se interpuso, una vez más, F. R.—. Solo será una estancia estrictamente provisional, hasta que se arreglen las cosas.

—Y yo opino —se alzó Basil, contra todos— que ustedes no acaban de asumir la gravedad de la situación. No sabemos cómo reaccionará este monstruo, si volverá al mar o, al contrario, seguirá arrastrándose hasta donde nos encontramos ahora, aplastándonos a todos. Por otro lado, esta isla es prácticamente yerma, y todos los depósitos de comestibles están en Jamestown, lugar al que, por motivos más que obvios, no podemos volver. ¿Cómo alimentaremos a la tropa y a los supervivientes?

—¡Por la sagrada crucifixión! —protestó F. R.—. ¡Estamos lejos de la civilización, pero no estamos solos en el mundo! Antes o después vendrá alguien a rescatarnos.

—Santa Elena necesitaría seis barcos anuales para ser proveída adecuadamente —le interrumpió Basil—. Pero por motivos presupuestarios esta cifra siempre se ha reducido a dos. Uno de ellos era el Bosphorus, la nave que les trajo a usted y a la marquesa de Custine. Hasta que recale el próximo barco pasará un mínimo de cinco meses. ¡Cinco meses!

Chateaubriand miró al techo, pensativo. La reacción de Lowe fue mucho más indigna: mirar al suelo, chupándose el pulgar.

La realidad, cuando era demasiado cruda, le consternaba hasta un punto en que dimitía de sí mismo. Se recluía en una especie de estado infantil, por así decirlo. Basil siempre se había reído de esa especie de discapacidad temporal. Pero, en nuestras actuales circunstancias, que el gobernador cayese en ese estado, y en público, sulfuraba y alertaba al pobre Basil Jackson; «¿Comandante? ¡Comandante!», repetía.

—Sargento mayor —recapituló Chateaubriand—, usted encárguese de los soldados, de montar un campamento alrededor de la casa y de alojar aquí dentro a los civiles que más lo necesiten. Mientras tanto, el gobernador, yo y la marquesa de Custine podemos acudir a Longwood.

—Gracias por preguntarme qué opino de tu maravilloso plan —ironicé—. Es posible que no se te haya pasado por la cabeza, pero quizás no tengo ninguna intención de compartir techo con el individuo que, no hace ni un día, ha atentado vilmente contra mi cuerpo, mi honor como persona y mi dignidad como mujer.

Paradójicamente, la mención de la violación sufrida lo resolvió todo. Basil desenfundó virilmente la espada.

—¡Señora! ¡Excúseme! Comprenda que el ataque del Bigcripi nos ha hecho perder el oremus. Pero es cierto que nadie olvida que se trata de un crimen gravísimo, cometido en suelo británico. Una mujer violada, y no una cualquiera: una marquesa emparentada con la realeza más granada de Francia y de media Europa. Nosotros somos la justicia competente. ¿Verdad, gobernador?

La lucidez de Hudson Lowe era tan inestable como el sol de Santa Elena, aparecía y desaparecía según lo permitiera la niebla de su insania. En cualquier caso, la posibilidad de perjudicar a su enemigo hizo que volviera a nuestro mundo.

—¿Cree que sería posible condenar a Bonaparte por estupro? —preguntó a Basil.

—Bueno, eso depende precisamente de usted, que es la máxima autoridad en la isla, militar, administrativa y también judicial.

Lowe miró al techo, como si viese una luz, y rio con aires satánicos:

—¡Le encerraremos en la habitación de las ratas!

Y así fue, Diario Mío, como Lowe, Basil, F. R. y yo nos dirigimos a Longwood en un pequeño coche que se había salvado del Bigcripi y con una buena escolta de soldados que nos seguía a pie. Había querido llevarme a Fidèle conmigo. No me dejaron. No cabía en el coche y era una simple criada. En cualquier caso, me aseguraron que volveríamos a por ella cuando la situación y el juicio se hubieran resuelto.

Y lo has leído bien: Basil Jackson también acabó incorporado a nuestra expedición punitiva, por así decirlo. En principio, el mismo Basil se había opuesto: ¿no sería mejor que él se quedara en casa de Umbé, reagrupando las tropas, dispersas por toda la isla, y organizando a los refugiados, que no dejaban de acudir? Pero Hudson Lowe le quería junto a él. La explicación era obvia: Napoleón le intimidaba, y necesitaba tanto a Basil en Longwood como Wellington a los prusianos en Waterloo.

Por lo que respecta a mi pobre persona, Diario Mío, supongo que te preguntarás: ¿después de sufrir una agresión tan infame, con qué ánimo podía volver a casa de ese ogro?

Una vez ante la puerta, Lowe usó el picaporte con una fuerza de lo más imperativa. Cuando aquel viejo portero que parecía una momia nos abrió, el gobernador le apartó de su camino, se plantó en la salita cuadrada del recibidor y exclamó:

—Haga saber al general Bonaparte que estoy aquí, yo y una noble compañía, y que exigimos verle de forma inmediata.

A mí me distraía una pregunta: ¿tendría Bonaparte el valor de hacernos esperar, ahora que nos presidía el gobernador en persona y una escolta armada?

No obstante, para sorpresa de todos, hizo todo lo contrario: Bonaparte apareció de inmediato, el paso urgente, mostrando preocupación, y a la vez abriendo los brazos como un César bondadoso y acogedor.

—¡Señores! ¡Siempre tendrán mi agradecimiento infinito por haber obedecido con tanta presteza a la convocatoria para que acudiesen a Longwood!

Nos quedamos atónitos. Tal como lo planteaba Bonaparte, la causa de aquella reunión se invertía: no era él quien obedecía una orden, sino Lowe. ¡Qué diplomático! ¡Y qué olfato de zorro!

—¡Por favor! Pasen, pasen, el momento es grave —nos espoleó, más que nada para que no tuviésemos tiempo de pensar ni de contestar.

Después, cuando recapitulé, lo entendí: Umbé, en su huida, había ido a Longwood a refugiarse. Bonaparte debía de haber entendido que algo pasaba, de manera que envió exploradores, por así decirlo. Recordemos que él tenía limitada la circulación por la isla, pero su séquito no. Los informantes de Bonaparte debían de haber visto al Bigcripi en una Jamestown destrozada, habían vuelto y se lo habían explicado con todo detalle. Si realmente había enviado un emisario a Lowe, o se hacía el chulo, es irrelevante.

La cuestión es que allí estábamos, en la sala de billar. El anfitrión, Chateaubriand, Lowe, Basil y una servidora. Estarás de acuerdo conmigo, Diario Mío, en que era una situación, como mínimo, extraña, por no decir obscena. ¡La misma sala del ataque corporal! Afortunadamente, compartíamos el espacio una pluralidad de personas, lo cual impedía que mi mirada y la del violador se cruzaran en exceso.

—Infórmenme —comenzó a decir Napoleón—: ¿qué está pasando en Jamestown?

Basil, por inercia militar, estuvo a punto de contestar, pero yo di un paso adelante, impidiéndoselo, y me encaré a Bonaparte:

—Todo lo que necesita saber es que, para su desgracia, no se trata de una tentativa de rescatarle.

Y me giré, dirigiéndome a Lowe:

—Creo que el negocio que nos ha traído a Longwood no es el Bigcripi, sino una ofensa.

Hudson Lowe me miró a mí y a Napoleón. Ahora que estaba ante el gran hombre, dudaba. La animadversión que dirigía a Bonaparte se equiparaba al temor sagrado que este le generaba. Por un momento vi que levantaba la mano, el dedo pulgar extendido, como si fuese a chuparlo. Me alarmé. Él se percató de la dilatación de mis ojos. Y en honor del viejo y loco Hudson Lowe, Diario Mío, diré una cosa: que se puso imperceptiblemente firme, como rindiéndome honores, y le dijo a Basil:

—Sargento mayor, por favor, haga el favor de leerle los cargos al general Bonaparte.

Basil abrió y cerró la boca un par de veces. El magnetismo de Napoleón también le vencía a él. Bonaparte aprovechó aquella vacilación para caminar por la sala, arriba y abajo, como una fiera enjaulada, y hablando sin parar:

—¿Cargos? ¿Qué cargos? ¡Ah, ya lo entiendo! ¡Mujeres! ¿Desde cuándo la palabra de una diletante vale más que la de un emperador? ¿Qué piensan hacer? ¿Encerrarme en mis habitaciones? ¿Acaso padezco una situación muy distinta? ¡Es ridículo! Y, en cualquier caso, *l'amore regge senza legge!*

No obstante, podíamos percibir su malestar y un fondo de inseguridad, que quería esconder tras aquel movimiento continuo por el cuarto. Lo único que le quedaba era el honor y la fama. Y, si una acusación bien fundamentada le robaba el honor, su fama se convertiría en infamia. Aquel paseo peripatético alrededor de una mesa de billar era, de hecho, una especie de autoacusación.

Basil recuperó la firmeza:

—General —dijo Basil a Bonaparte—, es facultad del gobernador iniciar los trámites legales para un juicio en forma. Pero antes, y tal como dictan las ordenanzas, se ofrece al preencausado una posibilidad de declaración, que quizás esclarezca los hechos y evite el juicio. Solo estamos aquí para ofrecerle este trámite. Y ahora queremos saber su versión. Conteste: ¿es cierto que mantuvo relaciones con la marquesa de Custine y contra su voluntad?

Se creó una tensión altísima. Los insidiosos ñic-ñic-ñic de las ratas, siempre omnipresentes en Longwood, subieron aún más de volumen. Bonaparte nos miraba, uno a uno, como alguien que se sabe atrapado por un acto estúpido. Quizás tenía una mirada similar el día que decidió retirarse de Moscú, o cuando la Vieja Guardia reculó en Waterloo.

Pero dicen que el demonio tiene suerte: justo en ese instante oímos unos ruidos, un estruendo de intrusiones, y el *valet* de Bonaparte entró deprisa y corriendo, y tras él unos soldados ingleses.

—*Sire!* —se excusaba el *valet*—. ¡Han irrumpido con violencia!

Pero el hombrecillo exageraba o malentendía: solo eran mensajeros, que habían franqueado la puerta de Longwood movidos por la urgencia, no por la violencia. Se plantaron delante de Basil, no de Lowe (lo cual era muy significativo), y venían sumamente alarmados.

—¡Señor! ¡Es el Bigcripi! ¡Hace cosas!

—¿El Bigcripi? —se espantó Basil—. ¿Qué hace? ¿Qué cosas? ¿Se mueve? ¿Tierra adentro? ¿Vuelve al mar? ¡Explíquense!

Pero solo balbuceaban palabras sin mucho sentido. Eran soldados muy jovencitos, había que excusarlos por no entender la naturaleza de una criatura mítica. Aun así, Basil los abroncaba:

—¡Maldita sea! ¿Qué es lo que hace? —gritó—. ¡O vuelve al océano o progresa tierra adentro!

—Ni una cosa ni otra —decían muy asustados—. Señor, debería venir y verlo usted mismo. ¡Es extraordinario! ¡Y muy alarmante!

Basil expulsó aire por las narinas, como un búfalo, y se dirigió a la salida con zancadas de sus piernas largas, seguido por los soldados. Estaba cumpliendo su deber, pero no había esperado ni las órdenes ni la autorización de Hudson Lowe. Este parecía acostumbrado a que Basil procediera por su cuenta. Para salvaguardar su dignidad, advirtió a Napoleón, levantando un dedo como si fuese un maestro riñendo a un alumno indisciplinado:

—General Bonaparte, la instrucción del caso solo se ha suspendido temporalmente. Mientras tanto...

Pero Napoleón le interrumpió, sulfurado:

—¡Los recientes acontecimientos me afectan tanto como a usted! ¡Exijo acompañarlo en misión militar para saber a qué atenerme!

—¡Ni hablar! —se opuso Lowe, autoritario—. Le conmino a permanecer en Longwood, y queda advertido de las más graves consecuencias si desobedece esta orden directa.

Y dicho esto desapareció detrás de Basil.

—*Cagna rabiosa!* —gritó en corso un frustrado Napoleón para despedirlo.

Como comprenderás, Diario Mío, F. R. y yo nos quedamos en una situación altamente comprometida: habíamos llegado a Longwood con la intención de juzgar a su propietario y apoderarnos de sus estancias, y ahora nuestros protectores armados desaparecían y nos quedábamos en manos, precisamente, de aquel al que habíamos venido a encarcelar.

Pero había dos circunstancias que jugaban a nuestro favor: que Napoleón Bonaparte raramente perdía los nervios (y cuando lo hacía era pura escenificación) y que a ese ánimo templado se le añadía un deseo de conocimiento. Nosotros habíamos visto y sufrido la aparición del Bigcripi, y Bonaparte estaba ansioso de noticias y testimonios directos.

—Oh, sí, ahora os lo explico, ha sido sobrecogedor pero interesantísimo —dijo Chateaubriand, como si estuviésemos en un café de París—. Pero antes, *sire*, ¿no sería pertinente que nos fuesen adjudicadas nuestras habitaciones?

Eso me indignó sobremanera: ¡estábamos en casa de mi violador y Chateaubriand solo pensaba en confraternizar y negociar con él! Era casi como si estableciera los términos contractuales con un editor de sus libros: «Ahora te explicaré una historia soberbia, pero antes fijemos el precio».

Indignada, ofendida, salí de la sala de billar. Ni yo misma estaba segura de adónde quería ir ni de qué quería hacer. Avancé por los pasillos de la casa, a un paso más ágil que los granaderos de Napoleón. De repente, oí algo: a través del ambiente húmedo, rancio, de Longwood me llegaba un sonido melodioso, una voz femenina que cantaba una cancioncilla de cuna. Y te aseguro, Diario Mío, que era una canción inquietante.

Resonaba por las paredes y tabiques de madera, rebotaba por las estrecheces del pasillo. El sonido provenía de una garganta antigua y áspera; si la Esfinge cantase, tendría esa voz. En los ángulos de las paredes, la canción hacía bailar a las arañas en una desusada coreografía de patitas. Tuve miedo: aquellos sonidos me hacían sentir afligida y sola. ¿Quién podía cantar así? A los desequilibrados que vivían en Longwood no los creía capaces de una maldad sonora tan elevada. Hasta que pasé por delante de uno de esos cubículos reservados para las tareas caseras, y dentro vi a alguien conocido: Umbé.

Conque eso era. Estaba cosiendo. Cosía y cantaba, dulce y tétrica, tan absorta en la costura que tardó una eternidad en verme, plantada en el umbral. Levantó los ojos lentamente, cabizbaja, amenazadora. Yo, por algún motivo, no supe reaccionar. De repente, se armó con unas tijeras muy largas y se abalanzó sobre mí como impulsada por un resorte. Yo caí al suelo, y por suerte la agarré por la muñeca con la que sostenía las tijeras, que pretendía clavarme en la cara.

Te juro, Diario Mío, que incluso pasé más miedo que con la llegada del Bigcripi. Porque aquel monstruo marino había sido una novedad tan imposible que, hasta cierto punto, la incredulidad y el asombro habían impedido el paso al pánico. Pero ahora me atacaba un ser humano, rabioso como una bestia, pero una mujer como yo, al fin y al cabo. Tenía su cara a dos dedos de la mía, babeaba, una espuma blanca que contrastaba con la negrura de la piel. Nos revolcamos por el suelo, las cuatro manos agarrando las tijeras. Como era un pasillo estrecho golpeábamos los tabiques con los pies, con unos ruidos sordos.

Longwood era una casa muy vieja. La habían ido ampliando con el tiempo, por partes. En realidad, era la típica mansión inglesa, vieja y tenebrosa, pero sin ningún encanto. Y, como toda vieja construcción, estaba llena de parches: en cierto momento nuestros tacones rompieron un tabique podrido, haciendo un agujero en la pared. Y de dentro, Diario Mío, brotaron ratas y más ratas, que nos cayeron encima como una catarata de carne peluda.

Las ratas me corrían por el estómago, por la falda, por la cara, pero no podía sacudírmelas. Mis manos estaban ocupadas conteniendo las de Umbé. Si la soltaba, aunque fuera solo un instante, me apuñalaría en los ojos. ¡Y qué fiera! Chillaba como una cerda pariendo, y me resultaba imposible razonar con ella. Creía que moriría apuñalada, allí, en un pasillo mohoso y pestilente. ¿Por qué no fue así?

Parece contradictorio, pero la desesperación, que es un pozo irracional, me generó un pensamiento de lo más racional. Este: «¿Por qué tengo miedo?», me dije. «Es más vieja que yo, a mí me mueve el instinto de vivir, a ella solo la locura. ¡Puedo vencer!».

Como yo era más joven y fuerte, por un momento retuve las tijeras con una sola mano, y usé las cinco uñas libres para clavárselas en la cara. ¡Qué chillido!

—¡Eeeiieeh!

Se puso de pie con un maravilloso salto, las ratas recorriéndole todo el cuerpo, y corrió con las manos donde yo la había herido. Pero a esas alturas de un día tan irreal yo ya no buscaba la salvación, ni tan solo justicia: quería venganza.

También me puse de pie y la perseguí, ahora la que estaba armada con las largas tijeras era yo. Las dos corríamos y chillábamos, y, junto a nuestros tobillos, ratas que también corrían y chillaban. Sin embargo, cuando estaba a punto de atraparla, tres invitados se unieron a nuestra escena: Gourgaud, Montholon y la señora de Montholon.

Umbé se metió por uno de los estrechos pasillos, por otro, y yo la seguía, ciega de odio, y, cuando me di cuenta, estábamos en una sala donde los tres personajes que acabo de referir batallaban sin piedad. Como en mi última visita, Montholon y Gourgaud se perseguían por turnos. Uno iba armado con una bayoneta de infantería y el otro, con un pistolón de abordaje. En medio, la señora de Montholon chillaba, tan asustada como orgullosa de ser el motivo de tan alta disputa. Gourgaud corría, huyendo, y al mismo tiempo intentaba cargar el arma con bala y pólvora. Cuando lo conseguía, se daba la vuelta y apuntaba a Montholon. Entonces era este el que escapaba, escondiéndose detrás de las mesas y los sofás. Y ahora Umbé y yo nos uníamos a esa escena loca, bufa y burlesca.

Y, sin embargo, enseguida caí de rodillas, tapando el llanto con las palmas de mis manos.

Días atrás, cuando presencié la batallita entre Gourgaud y el matrimonio Montholon, consideré que eso hacía de Longwood el *summum* de la demencia humana. Y ahora, mira por dónde, yo formaba parte de ello. ¿Acaso no era yo quien esgrimía unas tijeras con intenciones asesinas, persiguiendo a una pobre vieja? ¿Acaso no era mi voz la que chillaba, como posesa: «¡Te sacaré los ojos, como haces tú a los demás!»?

También he de decir, Diario Mío, que mis lágrimas actuaron como una especie de interrupción balsámica. Todos se pararon, prácticamente en seco. Mis lágrimas, mi arrodillamiento, era como si les recordase que existía otro mundo fuera de Longwood. Y no podía acusarlos: yo no hacía ni dos días que había entrado por primera vez en esa casa maldita y ya actuaba como ellos, que hacía años que residían allí, y a la fuerza.

Chateaubriand vino en mi rescate. Entró, lo vio todo y me abrazó. «Querida, querida», repetía, sinceramente conmovido. Me levantó y me sacó de aquella sala.

Chateaubriand había conseguido que Bonaparte nos cediera una de las mejores habitaciones de Longwood. Me llevó allí y me hizo el amor. Me sentía débil, indefensa, agotada y fuera de mí, y él lo aprovechó sin demasiados escrúpulos. Pero ¿qué quieres, Diario Mío? Constato que, a veces, la perfidia funciona: no hay reconciliación más efectiva que la carnal.

Después, todavía yaciendo en la cama, le recriminé su traición, que hubiese establecido una inteligencia con Bonaparte, aun teniendo conocimiento de su agresión sobre mi persona.

—¿Y qué podía hacer yo? —se defendió él—. Juré y perjuré que no habría fuerza humana que me obligase a abandonar la sala de billar. Ahora bien: como es natural, no contaba con tu voluntad: te recuerdo que fuiste tú quien me echó de allí.

Ahí no podía negarle una parte de razón. Pero una cosa era retirarse ante un enemigo y otra, muy diferente, aliarse con él.

—Cierto —admitió él—. Pero, a partir del momento en que el Bigcripi ha irrumpido en Santa Elena, todo ha cambiado. Ahora ya no es una justa poética entre Bonaparte y Chateaubriand, entre la literatura y la política, sino una batalla por la supervivencia, y haré lo que sea para que salgamos vivos de aquí. A veces, la expresión más alta del amor es garantizar la seguridad de la amada.

En cualquier caso me parecía indigno aceptar prebendas de Bonaparte. Él quiso convencerme con su sentido práctico:

—¿Prefieres dormir al raso, bajo un árbol gomero, y que te coman las ratas? En las casas de Santa Elena, al menos, las patas de las camas están forradas de viejos ralladores de queso para que las ratas no escalen hasta los colchones.

Olvidaba que el carácter de F. R. esconde un componente clerical: como los teólogos, siempre tiene respuesta para todo.

Estaba demasiado agotada para discutir. Y quiero decir un cansancio total, de cabeza, de corazón y de cuerpo. Miré por la ventana: nubes y niebla, como siempre. Y una chispa de luz en el horizonte, anunciando la muerte del día. Así acababa aquella jornada más que extraordinaria.

Qué días, Diario Mío, qué días... Cierro.

Al día siguiente

Por la mañana, cuando desperté, F. R. ya no estaba a mi lado. Nada más salir de la habitación, el *valet* de Bonaparte me informó:

—El señor Chateaubriand y Su Majestad están desayunando en la glorieta del jardín, aprovechando la bonanza del día, y la invitan a unirse a ellos.

¿Buen día? Para los habitantes de Longwood unas nubes de color plomo, y tan bajas que podrías tocarlas poniéndote de puntillas, ya se consideraba buen tiempo. Sí, Diario Mío, así es Santa Elena: un lugar donde los desayunos, que en todas partes marcan el inicio y el impulso del día, aquí más bien parecen su puesta de sol y ocaso. Aquí todo es final. La glorieta estaba en un pequeño rellano ajardinado, adyacente a la casa. Era un jardín inevitablemente triste, sin flores ni aromáticas, que el clima mataba.

Cuando me reuní con F. R. y Bonaparte, este hizo como si entre nosotros no hubiera pasado nada. Constato que, en la mesa, es un cerdo. (Y no, Diario Mío, no me guía la animadversión, solo una observación justa). Come amorrado al plato, literalmente. Ignora a su entorno humano. Como ya sabemos, le gusta el vino de Borgoña, pero no porque tenga un gusto delicado, sino porque durante sus campañas había constatado que las botellas soportan el movimiento y el traslado sin avinagrarse.

Él y Chateaubriand estaban hablando de las relaciones entre política e historiografía. Bonaparte se lamentaba de su destino, y de cómo sería tratado en la posterioridad.

—No se preocupe —intervine—. Digan lo que digan, la Historia no la escriben los vencedores; la escriben los escritores.

Y continué:

—Usted es la prueba. De joven escribió unas cuantas novelitas que pasarán a la historia gracias a vuestra fama militar, aunque como obra literaria sean pueriles, lánguidas, acartonadas, desguazadas, blandas, flemáticas, pobres y, en definitiva, pésimas.

—¡Ja! *Touché!* —admitió alegremente Bonaparte—. No fui un buen autor, no, no lo era. Pero siempre hay prodigios y excepciones. Y yo he sido uno de ellos con la espada, no con la pluma. Afirmar de un autor tan elevado como, por ejemplo, Ossian, que es un simple escritor sería como decir que yo soy un simple general.

Todo se lo llevaba a su terreno. ¡Qué hombre! Y qué manipulador. Porque en ese momento depositó una mano sobre el hombro de F. R., inspiró aire y dijo, solemne:

—Señor Chateaubriand, yo le he combatido, pero no le he odiado. Porque, como bien dice la señora de Custine, yo no fui un gran autor, usted sí lo es. Y sea usted amigo o enemigo, yo, a usted, le admiro.

¿Sabes, Diario Mío? De Napoleón sorprende que se hace imposible discernir si es sincero o no lo es, y al mismo tiempo su sinceridad o falsedad son superfluas: la cuestión última, irrefutable, es que funcionan. Porque la vanidad de Chateaubriand, imperceptible pero efectivamente, se rindió. Como un guerrero que baja el escudo. Le podían la alabanza y el halago, la admiración de un genio. Ogro monstruoso, sí, pero genial al fin y al cabo. Y lo peor de todo: no sé si él era consciente de ello, pero aceptando el elogio y el enaltecimiento, acatando su criterio, estaba dando la razón a Bonaparte cuando decía que todos eran unos bobalicones sedientos de egotismo.

Entonces Napoleón se volvió hacia mí, los ojitos crueles, y añadió con un cinismo sin fondo:

—Ahora que menciona mis penosos y juveniles intentos de novela, recuerdo uno de mis personajes: un sinvergüenza que le roba la virginidad a una monja y finalmente eyacula dentro de esa boquita tan dócil. Cuando se despide de ella, dice: «El amor es dulce como la miel» —recitó, sin mirarme ni pestañear—: «Pero algunas mujeres ignoran que la miel de almendra es amarga».

Y se rio, grosero:

—Ah, sí, me olvidaba: finalmente el personaje añade: «Disfrute de la experiencia».

«Disfrute de la experiencia», la frase con la que había rematado su violación. Aquí sí que me enfurecí. ¿Pero qué más podía hacer, aparte de convertir mis mejillas en plataformas de rojez? Bonaparte cambió de tema. Como es lógico, le interesaba mucho el Bigcripi. Antes de que yo me incorporase al desayuno, F. R. ya le había explicado todo lo que sabíamos y habíamos presenciado.

—Señor Chateaubriand —le interrogó Bonaparte, como si fuera un alumno al que examinar—: ¿Usted cómo procedería ante un enemigo que avanza?

—¿Enviando vanguardias de caballería a interceptarlo?

—¡No!

—¿Estableciendo su dirección de avance para elegir el campo de batalla más adecuado?

—*Non, niente! Puttana sii tua mamma!*

—Me rindo —dijo F. R.

Bonaparte dejó caer una palma abierta sobre el mantel, como si quisiera aplastar un moscardón.

—¡Conociéndolo! —gritó—. ¡Conociendo al enemigo!

Detrás de nosotros estaba sentado el portero, en teoría pendiente de nuestros deseos, pero tan apático como siempre. (Y no solo parecía una momia: en Longwood, de hecho, tenía por apodo «la Momia»). Bonaparte le hizo una señal con el dedo:

—Haga el favor de llamar a los señores Gourgaud y Montholon a mi inmediata presencia.

La Momia se levantó, lento como una tortuga que cargara con dos caparazones. Pero, al cabo de muy poco, los dos hombres citados ya se encontraban ante Bonaparte. Gourgaud, de quien se decía que un día había salvado la vida de su emperador disparando contra un cosaco, formaba muy recto y militar. Montholon, aunque también exmilitar, no tanto. Bonaparte dio órdenes claras y muy concisas:

—Les ordeno que vayan al campamento de refugiados establecidos alrededor de la casa de la señora Umbé y que me traigan al marinero más sabio que localicen. Si eso es imposible, porque la marinería es naturalmente obtusa, hagan venir al más viejo.

Los dos salieron como disparados por un cañón. Acto seguido, Bonaparte llamó de nuevo a la Momia:

—Que la señora de Montholon venga a mis habitaciones privadas.

Y se fue, saludándonos de una forma más bien descuidada, como si ya tuviese los pensamientos lejos de nosotros.

El portero de Bonaparte quizás parecía una Momia, pero hablaba más claro que un oráculo:

—Su Majestad siempre envía a los señores Gourgaud y Montholon juntos, a misiones de la más variada índole, para que se reconcilien. Durante su ausencia, y para que la señora de Montholon no se aburra, la entretiene jugando a naipes en su dormitorio.

Cuanto más estaba allí, más se revelaba Longwood como la mezcla perfecta entre un horror demencial y una ópera bufa: Gourgaud y Montholon intentaban asesinarse, mutuamente y a diario, batiéndose por el amor de la chillona señora de Montholon. Y resulta que esta era la amante secreta de Napoleón.

Pero que la locura no sea loca no quiere decir que sea ineficiente. Porque poco después, con una celeridad admirable, Gourgaud y Montholon estaban de vuelta, y con ellos traían a un tercer individuo. Un marinero desaliñado y muy viejo.

Era un lobo de mar muy veterano, los hombros contraídos por la edad, pero la estructura ósea poderosa. Tenía unas manos tan anchas como para sujetar balas de cañón. Llamaron a Bonaparte, que volvió abrochándose la bragueta, impúdico. Se sentó en el mismo sitio que había ocupado durante el desayuno. De hecho, F. R. y yo ni siquiera nos habíamos movido de nuestros asientos en la glorieta.

—¡Hable, *sbrigati*! —le interrogó Bonaparte, sin interesarse ni por su nombre—. ¿Qué es esa cosa del Bigcripi?

Ante tan famosa y augusta presencia el pobre marinero estaba totalmente intimidado. Y Bonaparte aún le amedrentaba más:

—*Vai, vai!* —le espoleaba sin compasión—. Ese animal monstruoso. ¿Qué sabe de él?

—Yo no puedo referirle, *sire* —dijo el pobre hombre—, más que rumores, leyendas y cuchicheos fanfarrones de marineros borrachos.

—«¡Cuchicheos fanfarrones!» –exclamó Bonaparte, divertido—. Todo el mundo tiene contradicciones. Me gusta este hombre. Continúe.

Y a partir de aquí, Diario Mío, el marinero nos refirió un conjunto de datos desordenados, tanto por su falta de cultura general como por su insuficiencia oratoria. Permíteme que yo, ahora, reemplace la transcripción original por un mínimo sentido enciclopédico. Más o menos nos dijo esto:

—El Bigcripi, también llamado «Alrape» en árabe y «Orape» en portugués, adopta la forma de un rape supremamente gigante, pero enriquecido con patas, como las salamandras. Habita en el centro del Atlántico, donde el océano llega a sus cotas más profundas. Allí mora y devora pulpos y calamares gigantes, sus platos únicos y predilectos. Es muy voraz.

»Bigcripi, bicho insólito, es tan tímido como poderoso, y normalmente rehúye la superficie y el contacto humano. A veces, es cierto, parece que ataque las naves más grandes, pero en realidad solo usa su quilla para restregar su enorme lomo y liberarlo de crustáceos y otros parásitos molestos. Eso genera grandes sustos y grandes fábulas, pero el peligro es más aparente que real. Tiene una naturaleza poco inquieta y no está considerado como un pez especialmente listo. Más bien al contrario, todo lo confía, seguridad y tranquilidad, a su volumen insuperable y a su medida colosal. Tiene unos ojos ridículamente pequeños. Se han divisado minicripis de menor entidad en las costas de Japón, de Mauritania y del oeste de Canadá.

»Ahora bien, en ciertas fechas el carácter indolente y apaciguado del monstruo muta a un estado extremadamente peligroso. Cada diecinueve años, durante la luna nueva entre primavera y verano, busca una isla pequeña y se interna playa adentro.

—*Basta!* —le paró aquí Bonaparte—. Explíqueme por qué un monstruo así necesita abordar playas atlánticas.

Se hizo un silencio. El marinero desaliñado dudaba, intimidado. Todos los presentes le escrutábamos, interesadísimos. Incluso la niebla de Santa Elena se mantenía como estática, atenta a las palabras de aquel pobre individuo, tan alto como humilde.

Finalmente, el hombre pronunció una sola, terrible palabra:

—Desovar.

Entre nuestra reducida audiencia se extendió un «¡oooh!» admirado y atemorizado. Después, Bonaparte se levantó.

—¿Qué piensa hacer? —preguntó Chateaubriand.

—Dirigirme a Jamestown y juzgar por mí mismo.

—Lo tiene expresamente prohibido —insistió F. R.

—¿Qué les importan a los habitantes de Pompeya las órdenes del decurión cuando el Vesubio derrama lava? —le atacó Bonaparte.

Napoleón requisó el pequeño coche que nos había llevado hasta Longwood. Con él subió F. R. y un tercer pasajero: mi persona.

¿Qué querías que hiciera, Diario Mío? ¿Quedarme en Longwood, entre momias y *valets*, entre maridos locos y cornudos, y amantes tan locos y cornudos como los maridos? ¿Quedarme en una mansión donde en cada esquina podía estar emboscada Umbé con sus tijeras, casi tan largas y puntiagudas como los dientes del Bigcripi?

Subí al coche, pero me bajé en casa de Umbé. Como recordarás, Diario Mío, la casa de Umbé estaba en el camino entre Longwood y Jamestown. Cuando llegamos ya se había establecido una especie de gran campamento, que aglutinaba a los fugitivos y supervivientes del ataque del Bigcripi. (Y como comprenderás, Querido Diario, aplico aquí la palabra «gran» ajustándola a la escala de Santa Elena). Yo no tenía ningún interés en la compañía de Bonaparte, y en cambio sí que tenía, y mucho, en acompañar a la pobre Fidèle, a quien habíamos dejado allí. Me bajé del coche y ellos siguieron, en dirección a las colinas que presidían Jamestown.

Había un centenar de personas establecidas en la casa de Umbé y sus alrededores. Colgaban mantas entre árboles, como techos sin paredes, y en general tenían una actitud apática, más descontentas que heridas, más molestas que desesperadas. Habían perdido sus hogares, amigos y familiares, pero, a pesar de ser víctimas del Bigcripi, la sensación que transmitían era de no acabar de entender la magnitud del fenómeno, del monstruo. Su actitud era muy humana y a la vez muy estúpida: se sentaban bajo una manta o sobre una manta, esperando que alguien lo arreglase todo, y mientras tanto criticaban a quienes ellos consideraban que debían darles la solución.

Me abrí paso, pero, para mi sorpresa, Fidèle no estaba dentro de la casa. Enseguida me di cuenta de que el interior no lo habían ocupado los más débiles y heridos, sino los más fuertes y decididos. Familias integradas por mujeres gritonas y hombres adultos y grandes, que habían llegado los primeros e impedido el paso a los demás. Cuando se lo recriminé, ellos no atacaron mis argumentos, sino mi persona. Se reían de mí con aires burlones:

—¡Mírala, la gran señora! ¡Ni que fuese marquesa!

Y me echaron a empujones.

Fidèle estaba bajo un árbol apartado, tendida, quejumbrosa, delirante. Sola. Y ciega. Me arrodillé a su lado, atenta. Le faltaban los zapatos e incluso la falda. Talmente, Diario Mío. Ver el cuerpo rollizo de Fidèle medio desvestido, los pies y las piernas desnudas, me indignó hasta el extremo. Se lo habían robado todo menos los algodones que le taponaban los ojos vacíos.

Lo vi claro: el responsable último de ese expolio ignominioso era el Bigcripi. Todos los soldados disponibles estaban en Jamestown, haciéndole frente, y los saqueadores siempre aprovechan la falta de autoridad. Así, la llegada del monstruo era la causa de que se aflojasen los lazos que conforman la civilización humana.

Sentí odio. Odio por el prójimo, odio por todas las personas que criticaban el mal gobierno mientras saqueaban a una ciega agónica. Así es el alma humana: no me había sentido capaz de odiar a mi violador, y ahora, en cambio, experimentaba un odio incontenible por todas aquellas caras sin nombre. ¿Pero qué podía hacer? Yacer al lado de Fidèle, llorar y consolarla en sus últimos momentos. Ella solo musitaba una letanía: «Señora..., señora..., señora». Se apagaba. Y se apagó. No sé cuánto rato estuve así, arrodillada, con una de sus manos entre las mías. Me sentía culpable, terriblemente culpable. Al fin y al cabo, si no hubiésemos venido a Santa Elena, ella todavía tendría los dos ojos en su lugar. Y seguiría viva.

No sé cuánto tiempo continué allí, llorando sobre el cadáver de Fidèle y entre la indiferencia de los refugiados, hasta que Chateaubriand interrumpió mi estado luctuoso.

Apareció por el bosque, los cabellos despeinados, sudado y aterrado. Corría como un conejo perseguido por una jauría. No me dio explicaciones. Ni siquiera se paró. Vino hacia mí y me levantó, tirándome bruscamente del brazo:

—¡Corre, corre! —exclamaba—. ¡¡¡Ya están aquí!!!

Continúa el relato del mismo día, donde se narra un desastre humano y militar que sucedió mientras la marquesa velaba a Fidèle, y que en consecuencia no vivió ni vio, pero François-René de Chateaubriand sí, y después se lo explicó

Para que entiendas la inesperada aparición de F. R. y su actitud alarmada, Diario Mío, tendré que explicarte lo que pasó a las afueras de Jamestown mientras yo velaba los últimos momentos de Fidèle. (Transcribo el relato de los hechos tal y como posteriormente los narró F. R., pero puliendo los inevitables apuntes vanidosos que el personaje adjuntaba y añadía).

Como bien sabes, cuando el coche me dejó en casa de Umbé, Bonaparte y Chateaubriand continuaron hasta reunirse con Hudson Lowe y Basil Jackson en la Colina de los Arbustos Leñosos o Bushy Bushes. Allí, Lowe había reunido al ejército: unos dos mil hombres, la guarnición entera de Santa Elena. (Nominalmente eran tres mil, pero, por lo que me explicaron, los regimientos siempre sufren de una gran cantidad de bajas no declaradas). Siempre estaban dispersos por el perímetro de la isla, vigilando diferentes posiciones, como playas o alturas. Basil los había reunido a todos, concentrándolos en el modesto promontorio que dominaba la población.

Por debajo de las alturas de Bushy Bushes los soldados veían la monstruosa, descomunal figura del Bigcripi. Un rato antes había llegado hasta el final de la larga, y única, calle que conformaba Jamestown. Y una vez allí giró en redondo, aplastando y derruyendo, con la cabeza y la cola, todos los edificios que tenía alrededor. Ahora el Bigcripi estaba instalado en el centro de un descampado de ruinas y escombros, de forma circular y creado por él mismo. Estático, silencioso, casi como si hibernase.

Como es natural, Hudson Lowe montó en cólera cuando vio aparecer a Napoleón. Pero a este le bastó una frase para aplacarlo:

—*Basta!* Estoy rodeado por usted y dos mil hombres armados. ¿Cómo quiere que huya de Santa Elena? ¿A lomos de ese monstruo?

Y no solo eso: recordemos que Basil siempre llevaba con él una larga funda cilíndrica de cuero. Pues bien, ¡Bonaparte tuvo la osadía de pedirle a Basil su catalejo para observar mejor al Bigcripi! Pero Bonaparte se equivocaba:

—Esto no es un catalejo, señor —replicó Basil, sin aclararle qué tipo de objeto era.

Al principio ninguno de ellos, ni siquiera Chateaubriand, constató nada destacable. Solo el grandioso corpachón del Bigcripi, su cabeza de dos pisos de altura y su ominosa boca de rape gigantesco.

—Es grande, muy grande —dijo Chateaubriand.

—Sí —ratificó Napoleón—, grande y majestuoso.

Y, según F. R., los ojos de Bonaparte, clavados en el monstruo, casi brillaban con una admiración extática. Pero F. R. prefirió ignorar aquella emoción estrambótica y se giró hacia los ingleses:

—Los hombres que nos han advertido parecían muy alarmados —inquirió F. R. a Basil y Lowe—. ¿Cuál era la novedad?

—Fíjense bien —los instruyó Basil—: No miren la cabeza, sino el cuerpo. Los laterales del cuerpo, en concreto.

Así lo hicieron. Recorriendo los flancos de la enorme bestia marina, había una especie de grandes ventosas redondas, como las que podría mostrar un pulpo en los tentáculos. Y, cuando se les dedicaba atención, podía observarse que las ventosas se dilataban y expulsaban unos pequeños bultos orgánicos del tamaño de un saco de trigo, en forma de haba, y cubiertos por una membrana translúcida y húmeda, de color gris como los delfines.

—¡Ciertamente! —exclamó Bonaparte—. Alrededor del cuerpo, esparcidas por el suelo, se acumulan esas habas membranosas.

Había cientos, quizás miles de huevos. Como eran semiesféricos, o al menos de contornos redondeados, cuando salían de las ventosas rodaban por encima de sus precedentes, y podían llegar bastante lejos, como las piñas desprendidas de los pinos. El Bigcripi, como digo, había aplastado totalmente los edificios circundantes, de manera que ahora, por encima de aquella extensión de tablones y ladrillos caídos, se había extendido una capa de huevos grises.

Todos miraban aquel extraño espectáculo natural, con el Bigcripi exudando, o evacuando, centenares de formas oblongas, blandas y grisáceas. El ejército entero lo contemplaba, sin moverse ni actuar. Los soldados eran como aquel pajarillo que observa la serpiente que se le acerca, y que no se mueve porque quiere saber qué pasará. ¿Todos? No.

Que Napoleón Bonaparte estuviera ante un ejército en orden de batalla y no interviniera era como esperar que un gato asistiera a una asamblea de ratones sin hacer nada.

—¿A qué espera? —gritó a Lowe—. ¡Ataque!

Este se dejó liar por la dialéctica bonapartista:

—¿Atacar qué?

—¡Al enemigo, imbécil! —bramó Napoleón—. ¿Qué cree que son esos huevos habosos? ¿Pedos de monja? No debemos tolerar que eclos...

No acabó la frase. (Al menos según la versión de Chateaubriand, que siempre tiende al drama).

Son los peces animales del silencio. Y, sin embargo, el Bigcripi y sus huevos no tienen cabida en nuestras taxonomías. Imagínate, Diario Mío, el ruido que haría un abejorro dentro de una botella de vidrio. Ahora incrementa ese sonido y multiplícalo por mil, por cien mil. Un sonido como ese empezaron a oír los soldados desde las exiguas alturas de Bushy Bushes. Simultáneamente, los huevos se agrietaban, se rompían y reventaban. Toda la extensión que rodeaba al Bigcripi se removía como la superficie de una olla que hierve: los huevos eclosionaban y de ellos emergían pequeños minicripis, que eran como réplicas disminuidas del progenitor. Al principio no tenían identidad propia: nacían con los cuerpos envueltos en una especie de baba lechosa, espesa, que los recubría como una manta líquida. En las proporciones eran idénticos al Bigcripi: una cabeza gruesa y una boca grande, y cuatro patas escamosas. Todos compartían la forma, no las medidas: unos eran pequeños y ridículos como esos perritos de las damas inglesas, otros casi tenían el tamaño de un poni.

—Son como miniaturas del Bigcripi —pensó Basil en voz alta. Y aquel «mini» de «miniaturas», creo, originó una nueva palabra, porque a partir de ese mismo instante todos empezaron a referirse a los bebés del Bigcripi como «minicripis».

Los dos mil soldados contemplaban aquel espectáculo desde el palco natural que era Bushy Bushes, inmóviles y fascinados, incluido Lowe. El único que reaccionaba, y con vivos aspavientos, era Napoleón: instaba a Hudson Lowe a actuar, cosa que este no hacía.

Allí abajo los minicripis aprendían en qué mundo habían nacido, a gestionar su cuerpo, y lo hacían con una asombrosa celeridad animal. Como su progenitor, tenían cuatro patas, pero sus patitas eran infinitamente más ágiles que las de su congénere gigante. Antes de que nadie se diese cuenta, ya se habían agrupado a los pies de la falda de Bushy Bushes, un rebaño monstruoso y compacto, los cuerpos todavía húmedos, empapados, a causa de los restos de placenta líquida y blanquecina. En las bocas aparecían burbujas de una baba densa, como los cangrejos, y croaban, por así decirlo.

—Imagínate una sinfonía de sapos atropellados por un carro —lo describió después F. R.

Y, de repente, aquella horda de pequeños monstruos de cuatro patas, los cuerpos mojados, agrupados y croando, se lanzó al asalto de la pequeña cima, como si una carga de caballería asaltase un castillo. Hudson Lowe, mudo, no reaccionaba.

—*Svegliati!* —le gritó Bonaparte—. ¡Loco! ¿De qué sirve un ejército que no recibe órdenes?

Dos mil bocas propulsadas por cuatro patas ascendían por la ladera de la colina, una por cada soldado. Basil Jackson, como buen sargento mayor, urgió a Lowe: «¡Señor, señor! ¿Qué hacemos?», pero este no daba órdenes efectivas. Jamás la disciplina ha sido tan admirable y tan estúpida: los soldados no disparaban porque no les ordenaban que lo hiciesen. Solo cuando ya tenían a los minicripis encima se oyeron algunos tiros aislados. Demasiado tarde. Una ola de cuerpos babosos cayó sobre la hilera de casacas rojas.

Los minicripis más pequeños mordían tibias y rodillas, los más grandes, pechos y cuellos. La sangre de los hombres se mezclaba con la saliva burbujeante de los monstruos. Chateaubriand supo que todo estaba perdido cuando vio a Hudson Lowe chupándose el dedo.

Hay un aspecto de aquella hórrida estampa que Chateaubriand no mencionó en absoluto, pero que se infería de su relato: la única explicación al hecho de que hubiera sobrevivido, y al poco rato hubiera sido de los primeros en llegar a la casa de Umbé, era que, de todos los presentes en la Colina de los Arbustos Leñosos, había sido el primero en huir.

—Incluso el gran Horacio dejó caer espada y escudo en una batalla para huir más deprisa —se excusó F. R. más tarde, sin que nadie se lo pidiese—, y no llevaba ni armas ni uniforme a los que honrar.

La última visión que tuvo F. R. de Bushy Bushes fue mientras corría, cuando por un momento volvió la cabeza. Bonaparte, furioso, gritaba a Lowe, mientras Basil, desencajado, intentaba llevarse a los dos prohombres y resguardarlos de la catástrofe. Las hileras de soldados, antes compactas, ahora se deshacían como piezas de dominó. Todo el mundo gritaba, de espanto o de dolor, o de las dos turbaciones a la vez. En ese momento, como si la naturaleza quisiera escondernos aquella crueldad en masa, la niebla de Santa Elena empezó a extenderse por Bushy Bushes como un discreto velo de humo.

Chateaubriand corrió. El instinto le conducía hacia arriba, en dirección a casa de Umbé. Entró en el bosque, corría rodeado de vegetación. Para su horror, los minicripis le seguían, dispersos por el bosque y entre la niebla, aquí y allá, persiguiendo y mordiendo todas las piernas fugitivas que podían. Lo más terrible: que a sus espaldas ya oía un multitudinario, ominoso croar, como de jauría anfibia. ¡Croc-croc-croc!

Y así fue como me encontró en casa de Umbé. Como recordaremos, yo estaba en aquel pequeño campamento de refugiados, establecido con la casa de Umbé como centro. Llorosa, velaba el cuerpo sin vida de Fidèle fuera de la casa cuando apareció él, como poseso. Como ya he dicho, me tomó del brazo y me arrastró:

—¡Corre, corre! ¡¡¡Ya están aquí!!!

El mismo día.
«If we all die»

Huimos juntos. No era momento de discutir, y, si alguien como F. R. corría tanto y tan alocado, por alguna buena causa debía ser. Pero, como es natural, la multitud de gente reunida en los alrededores de la casa de Umbé no lo veía igual. Para ellos Chateaubriand no era más que un desconocido con una actitud enloquecida. Se quedaron allí, riéndose de nosotros: a la «marquesa» la secuestraba un loco. ¿Acaso no era una escena risible?

Cuando Chateaubriand y yo ya habíamos desaparecido, ellos todavía se reían, y siguieron burlándose hasta que les llegó aquello, una sonoridad desconocida: aquel croc-croc-croc como de huesos masticando piedras, que se acercaba más y más. De entre los árboles empezaron a aparecer fugitivos aislados. «¡Corred, corred!», gritaban también, pero ni explicitaban a qué se referían ni se paraban para explicarlo. Todos eran soldados jóvenes y muertos de miedo. De repente, aquel croar colectivo adquirió forma: la prole del Bigcripi, apareciendo desde el bosque. Y atacando a los refugiados, a los hombres y mujeres, niños y viejos, que solo un momento antes se reían de mí y de Chateaubriand.

Fue una visión fugaz. Yo corría, la mano estirada por F. R., que me precedía. Volví la cabeza. Los vi. Los minicripis. Las cabezas muy parecidas a las de los rapes y duras como piedras; la comisura de los labios inclinada hacia abajo, en un rictus como de perpetuo disgusto. Unas patitas insidiosas, ágiles como las de un simio, y esa cola más de reptil que de pez, que los equilibraba en la carrera.

Como ya he mencionado, los minicripis podían ser de medidas muy dispares, unos casi del tamaño de un gato grande, los más voluminosos similares a terneros pequeños. Pero todos corrían a la velocidad de unos escarabajos gigantes y mordían todo lo que se movía, hombres, mujeres, perros, cualquier criatura que tuviese cuerpo y carne. Estaban hambrientos: no mordían para matar, no, mordían para arrancar pedazos. Y así, si alguien caía bajo su ataque, los minicripis daban más y más bocados, que deglutían mientras la víctima todavía estaba viva. ¡Croooc-croooc!

Vi aquella escena, el millar de almas huyendo despavoridas, acosadas sin piedad por centenares de minicripis, y me dije que el buen Dios perdona siempre, los hombres a veces, pero la naturaleza nunca.

Si algo nos salvó aquel día, Diario Mío, no fueron nuestros pies, sino que nuestros perseguidores tenían sobreabundancia de comida al alcance. La ligera ventaja que me ofreció Chateaubriand fue crucial. Corrimos, caminito arriba, isla adentro, dejando atrás los gritos de auxilio. Sobre tu piel, Diario Mío, ya te he dibujado un croquis de Santa Elena. Así que ya sabes que después de Jamestown viene la casa de Umbé, y después solo nos quedaba un lugar humano: Longwood. Llegamos, pues, y por lo que respecta al transcurso de los acontecimientos yo solo podía sentir un desconcierto total. Júzgalo tú, Diario Mío: en la segunda visita, Bonaparte me había violado; en la tercera, me había presentado allí para acusarle, y, en esta cuarta visita, llegaba para pedirle amparo. Los sitios enloquecidos, como lo es esta isla, hacen que nuestras acciones también sean propias de locos. Encontramos la puerta abierta, entramos, y dentro me esperaba un gallinero de personas asustadas.

En lugares pequeños y humanamente concentrados como Santa Elena, las noticias vuelan: antes de que yo y Chateaubriand llegásemos, los habitantes de la casa de Bonaparte ya tenían conocimiento del desastre. En Longwood todo el mundo hace aspavientos, siempre, pero ahora parecía habitado por una auténtica legión de Jeremías. El *valet* de Bonaparte y el viejo portero momificado, más el señor y la señora de Montholon, y el señor Gourgaud, todos, se rasgaban las vestiduras, literalmente, llorando el destino de su amo, de quien no sabían nada y lo ignoraban todo. Umbé también estaba allí, y muy a gusto, porque el paroxismo es un estado de ánimo muy propio de ella: gesticulaba, lloraba, gimoteaba, gritaba y maldecía, todo a la vez, con una actitud de bruja salvaje que clama al cielo porque no llueve. ¿Expresaban sentimientos sinceros o era pura representación? Quién sabe. En cualquier caso, los comprendía: Longwood sin Bonaparte sería tan poco reconocible como un cielo sin sol.

Pero debo decir, Diario Mío, que sus temores no los angustiaron por mucho rato. Incluso fue un poco ridícula y risible la estampa de aquel grupito de maniáticos fanáticos, de hombres y mujeres desesperadamente llorosos, cuando justo en pleno clímax convulsivo, de repente y por sorpresa, vieron entrar a su ídolo, a quien creían muerto y rematado. Se quedaron como instantáneamente congelados. Todos los llantos, clamores y gemidos se cortaron en seco, mientras Bonaparte, que volvía de Bushy Bushes enfadadísimo y colérico, gritaba insultos en italiano, *«polentoni!»*, *«vaffanculo!»*, se abría paso entre sus cortesanos a base de codazos y empujones desconsiderados, y se encerraba en sus estancias interiores con un fenomenal portazo. ¡Bum!

Pero aquí un inciso, Diario Mío: cuando Bonaparte ya los había superado a todos, me vio. No se detuvo, y nuestros ojos solo se cruzaron un instante. Fue un momento ínfimo, fugaz y casual, en efecto. Aun así, Querido Diario, a pesar de la brevedad de aquella mirada de reojo, puedo jurar y perjurar que fue una mirada llena de significados. Talmente. Porque lo que leí en esos ojos, Diario Mío, fue terrible. Me decían, a mí, a todos: «Ya os tengo, ya sois míos». Sí, eso proclamaban. Yo no podía entender de dónde salía esa convicción tan profunda y esa idea tan amenazadora, pero la vi bien anclada en sus ojos. «Ya os tengo».

Basil Jackson y Hudson Lowe entraron en la casa solo un suspiro después que Napoleón. Lowe, sostenido por Basil y muy cansado, prácticamente se derrumbó en la primera butaca que encontró.

—Qué desastre, qué desastre —gemía Lowe.

Chateaubriand, maestro del oportunismo, dio unas palmadas y exclamó:

—¿Es que no lo ven? El señor gobernador necesita agua fresca, un té y un bocado. ¡Y deprisa!

Y todos corrieron a atender a los recién llegados.

Chateaubriand se sentó al lado de Lowe, calmándolo y consolándolo. Yo preferí acercarme a Jackson, aunque solo fuese por una cuestión de justicia: a pesar de haber salvado a las dos personas más importantes de la isla, nadie parecía agradecerle el esfuerzo. Estaba muy cansado. Se sentó en un sofá, donde se acomodaron él, con sus largas piernas enfundadas en unos pantalones blancos, ahora muy sucios, y el fiel cilindro de cuero que siempre llevaba cruzado a la espalda. Se secaba el sudor de la frente con un pañuelo, y se le escapaban pequeños gemidos, pero aun así tuvo la gentileza de intentar tranquilizarme:

—Por lo que hemos constatado, señora mía, los minicripis no llegarán hasta aquí, hasta Longwood. Su elemento natural es el mar, no se alejan mucho de la costa. Por lo que parece, su límite es la casa de la señora Umbé...

—Estimado Basil —dije dulcemente, sentándome a su lado—. Hay un aspecto que quiero comentarle, y que creo que es de su interés directo. Tiene que ver con el Violador.

—¿Quién?

—El Violador. Aquí hay una grave discrepancia sobre el apelativo que merece: general, emperador, Bonaparte, el ogro, etcétera. Bien, pues, por lo que a mí respecta, a partir de ahora solo pienso referirme a él como «el Violador».

Basil se rio:

—Es usted muy irónica.

—No es ninguna ironía —le interrumpí, y seguí—: creo que el Violador piensa escapar de Santa Elena.

Él se rio aún más:

—¿Qué quiere hacerme creer? ¿Que al Bigcripi y su prole los han enviado los masones de Portugal?

—Claro que no —dije—. Pero el Violador algo trama. Estoy segura. ¿El qué? Eso ya no se lo sabría decir.

—¿Tiene pruebas? ¿Indicios? ¿Testimonios? ¿Plan de fuga?

—No —admití—. Solo mi intuición femenina. Pero nunca me ha fallado.

Me atreví a posar la mano sobre su codo, y a adoptar un tono más trascendente:

—Señor Basil Jackson, todos sabemos que usted es el auténtico guardián del Violador. Si este genio del mal se fuga aprovechando el caos y el desbarajuste provocado por el Bigcripi, no quiero ni imaginar los destrozos que ocasionará al mundo entero.

—No le preocupaba mucho este mundo —me recriminó— cuando cruzó la mitad de su superficie para flirtear con un monstruo violador.

Yo bajé la cabeza, muda. ¿Por qué? Porque tenía razón. Él me miró fijamente, se apiadó de mí y de mi arrepentimiento, y tuvo un gesto tan insólito como generoso. Me enseñó la funda de cuero cilíndrica y me preguntó:

—¿Sabe qué es esto?

—Bueno, el contenedor de un catalejo, supongo.

—No. Ábralo.

Desenrosqué la tapa redonda y, para mi sorpresa, no extraje un objeto, sino un escrito. Un documento oficial, presidido por los símbolos de la corona inglesa, y un encabezamiento de lo más funesto: «*If we all die*». O sea: «Si todos morimos». Siempre me admirará la capacidad de la lengua inglesa para expresar grandes ideas con monosílabos brevísimos.

—Es el título de la directiva real —se explicó Basil—: «Si todos morimos». El gobierno inglés ha tomado todas las previsiones. Incluso que Santa Elena pueda ser sometida a algún tipo de catástrofe natural, meteorito, terremoto, lo que sea. El supuesto es que un hecho imprevisto amenace con quitar la vida a todos los habitantes de Santa Elena. En ese caso, y si todos morimos, alguien debe garantizar que Napoleón Bonaparte, por un azar, no sea el único superviviente.

Inspiró aire, y continuó:

—Cuando todo esté perdido, Bonaparte debe ser el penúltimo en morir. Yo tengo que asegurarme de que así sea. Mire en el interior, hay algo más.

En efecto: extraje una pequeña daga de plata con el escudo real inglés grabado en la empuñadura.

—Siempre llevo la funda conmigo, por lo que pueda pasar. Muchos soldados no saben leer, pero todos reconocen el sello del documento y el escudo de la daga.

Dio un trago del agua que los criados nos habían traído, y concluyó:

—¿Sabe por qué me eligieron para esta misión? —y él mismo contestó a su pregunta—: Por mis cabellos blancos. Porque luché en Waterloo. Casi cincuenta mil muertos o mutilados, y en un solo día. Perdí muy buenos amigos, muy buenos hombres... Y lo peor de todo: han pasado un montón de años y todavía sueño con ello noche tras noche... En mi unidad éramos doscientos cincuenta y cinco hombres. Yo a todos los comandaba, y a todos los conocía, uno por uno. Pues bien, ¿sabe cuántos quedaban enteros al final de la jornada? Diecinueve. En efecto, solo diecinueve. ¡Diecinueve! No, eso no puede volver a repetirse. «Si todos morimos», yo me aseguraré, en persona, de que Bonaparte no nos sobreviva.

Y remachó, con un afecto sincero en los ojos:

—Ese es el sentido de mi vida, querida marquesa de Custine, impedir que ese hombre salga vivo de Santa Elena, proteger a toda la humanidad.

Callé, una pausa que permitiera a sus palabras elevarse como se merecían. Sin embargo, acto seguido, no pude evitar añadir una broma que las distendía:

—Proteger a toda la humanidad... ¿A los dentistas también?

Sonrió, y ratificó:

—Proteger a toda la humanidad, en efecto —y añadió, gentilmente en francés—: *Malgré les dentistes.*

Eso es lo que hace tan estimables a hombres como Jackson: que ya no cree en la humanidad, pero de todas formas continúa dispuesto a morir por ella.

En una silla, a la derecha de Basil, subió una ratota, insolente y grande. Basil la despachó con un rotundo golpe de la funda cilíndrica. Así desahogaba su rabia. Y con tanta fuerza que el bicho cayó del asiento, muerto, como una mosca fulminada por un matamoscas.

Basil Jackson durmió en el mismo sofá, que también era el mueble más cercano a la puerta. En teoría, para vigilar que no quisiera forzarla algún minicripi perdido. Pero a mí me tranquilizaba, y mucho, el pensamiento de que un hombre como él estuviera allí, no tanto para impedir que los monstruos entrasen como para que no saliesen.

Donde se relata el día siguiente de la gran catástrofe marítima y terrestre sufrida en Santa Elena

Lo que más sorprende de las grandes hecatombes no es que puedan morir tantas almas, sino que tantas sobrevivan a ellas. Al día siguiente, los alrededores de Longwood se llenaron de un flujo de refugiados que no dejaban de venir. Muchos habían llegado por la tarde, y a media mañana todavía continuaban viniendo más y más, soldados y civiles.

—¡Y mis enemigos me acusan de elitista! —ironizó Chateaubriand, tapándose la nariz con un pañuelo—. He ido hasta la porción de tierra más perdida del cosmos. ¿Y cómo me tengo que ver? Rodeado por una humanidad tan pestilente y rastrera como la que seguía a los hermanos Graco.

Pero esa mañana, mientras él se entregaba a sarcasmos diletantes, Basil Jackson lo hacía a una actividad frenética. Había que poner orden entre los pocos civiles de la isla y reorganizar a los militares supervivientes. Y por inverosímil que sea decirlo, Diario Mío, esa mañana triste no faltaron las buenas noticias. La primera y más importante de todas: las patrullas nos advirtieron de que, fuese por la altura sobre el mar, o por la distancia a la que se encontraba ese mismo mar, el hecho era que la prole del Bigcripi no se acercaba a Longwood. De hecho, no se internaban más arriba ni más allá de la casa de Umbé, tal como ya habían constatado el día anterior los soldados. Quizás avanzaban un centenar de metros, si había alguna víctima potencial a la vista, pero no mucho más.

La segunda buena noticia, al menos por lo que respecta a mi tranquilidad de espíritu, fue que Hudson Lowe decidió instalar su nuevo cuartel general en Longwood. (¿Dónde si no, por otra parte?). Como comprenderás, Diario Mío, yo no tenía el menor interés en quedarme a solas con el Violador, y cuanta más gente hubiera alrededor nuestro, mejor.

En cualquier caso, una situación tan insólita a la fuerza acaba suscitando momentos incómodos. Por ejemplo, el desayuno de ese día. La mansión de Longwood estaba obligada, por cortesía y por imposición a atender al cautivo y al captor, Lowe y Bonaparte, en la misma mesa. En esas circunstancias, ni el Violador podía negarse. (Y, además, no tenía poder para hacerlo). Pero ya sabemos de las enemistadas relaciones que Lowe y el Violador mantenían. En la mesa nos reunimos los principales actores del drama: el Violador, Lowe, Chateaubriand y yo misma. (Rectifico: todos menos Basil Jackson, demasiado ocupado, en el exterior, ordenando las primeras disposiciones después de la catástrofe).

Desayunamos, digo, en un ambiente glacial. Además, entre los ojos de Lowe y los del Violador se extendía una línea visual impoluta. Por encima de nuestros platos flotaba el odio, de la misma manera que por encima de las flores vuelan las abejas. Desde el otro lado de los muros de Longwood nos llegaba un rumor continuo, populoso: el del gentío estableciendo un campamento y refugios improvisados. El Violador deglutió unos cuantos alimentos con su habitual falta de urbanidad (digámoslo todo: Lowe tampoco era la finura personificada), y acto seguido se puso de pie, anunciando que salía a dar una vuelta.

—Para este paseo quisiera disfrutar de la amena compañía del señor de Chateaubriand, si eso fuera posible —pidió el Violador—. Su retórica es tan convincente que, si un soldado despistado me disparase, él sabría desviar la bala con su oratoria.

—¿Intenta hacerme chantaje adulando mi vanidad? —dijo, lúcidamente, F. R.—. ¿Pretende manipular mi egotismo, para que una vez en París pueda afirmar, en todos los cafés y en todos los cenáculos, que mientras estuve en Santa Elena el antiguo emperador anhelaba endulzar sus amargos aburrimientos, y salpimentar sus insípidas soledades, con la compañía de François-René de Chateaubriand?

—Es exactamente así, señor mío.

—Pues en ese caso —dijo F. R., con galantería— considero que su maligna estrategia funciona a la perfección.

Y los dos se encaminaron hacia la puerta. Sin embargo, antes de salir el Violador se dirigió a Hudson Lowe:

—Por cierto, señor Lowe, ya le he solicitado tres veces, tres, un médico que se ocupe de mis dolores estomacales, cada día más agudos.

Sorprendentemente el Violador se acercó a Lowe, todavía sentado, se sacó la camisa de los pantalones, dejando su barrigota al descubierto..., ¡y a menos de un palmo de la nariz de Lowe! Y señaló un punto con el dedo índice.

—Aquí, aquí —insistía, y en su tono había provocación y malicia. La verdad es que parecía, intencionadamente, un actor de comedietas italianas. Dio media vuelta y se fue, acompañado de F. R.

Mi asombro no tenía límites. Aquella procacidad, aquella proximidad de los cuerpos, entre el vientre del Violador y la nariz de Lowe, había sido un auténtico simulacro de una felación. Unos instantes después, Hudson Lowe y yo éramos los únicos que quedábamos en la mesa, y el gobernador se explicó:

—¿Sabe por qué hace eso? ¿Por qué me habla siempre de su dolor de barriga y me la enseña obscenamente? —y él mismo respondió a su pregunta—: Porque sabe que su dolor no es nada comparado con los dolores de estómago que él me causa. Así me mortifica.

Y después de una pausa vació su alma:

—Créame, señora de Custine, por muchos años que usted viva, dudo que llegue a conocer un alma tan desgraciada como la del hombre con quien comparte ahora la sobremesa. ¡Napoleón Bonaparte! Para mí esas ocho sílabas, tan bien repartidas entre dos palabras, solo significan una cosa: suplicio eterno. Porque cualquier hombre que tenga por misión encarcelar la Grandeza siempre será odiado y despreciado. Padezco un desprecio universal. Al menos por parte de los caracteres indulgentes, porque los exigentes me odian y me desean todos los males. Vivo sometido a un disgusto continuo y a una perpetua ansiedad; de ahí la rebelión de mi estómago, que supera, con creces, las cosquillas estomacales de Bonaparte. Y lo peor de todo es que, por culpa del leal servicio que dedico a Inglaterra y a la humanidad entera, mi memoria quedará damnificada para toda la eternidad: en vez de ser recordado como un honorable militar, pasaré a la historia como un carcelero indigno y mezquino. ¿Es eso justo? ¿Lo es?

—Pero, en este caso —le interrogué sin la menor animadversión—, ¿por qué lo hace? Yo, y cualquier ser razonable, le podemos entender. Su gobierno le está exigiendo a un viejo pajarito que soporte el peso de un águila feroz. No es justo. Pero entonces insisto: ¿por qué no dimite, por qué no abandona el cargo, el sufrimiento y la isla? Nadie se lo recriminaría.

En lugar de contestarme, me arrojó una pregunta muy personal y más sentida:

—¿Usted tiene hijos?

—Afortunadamente solo uno —contesté—; son los hijos la peor y más perseverante de las plagas domésticas: por muy bien que lo hagas, tardan más de veinte años en abandonar tu casa.

—Todo lo soporto por mis hijos —se explicó él—. Ningún militar que ya poseyera recursos o renombre quiso este cargo, porque sabían perfectamente que todo el mundo escupiría sobre el hombre que encadenase al hombre más extraordinario de nuestra Era, por mucho que sea un asesino de masas. ¿Qué sueldo cree que gana, hoy en día, un oficial real? Miseria. Pero Santa Elena es un destino con un estipendio extra, por lejano y por penoso. Por eso acepté, y nada más que por eso. Cuando me llegan rumores de que busco la muerte del general Bonaparte, o incluso de que le estoy envenenando lentamente, me parto de risa. ¡Solo cobraré mi paga mientras Boney viva! En consecuencia, soy el último interesado en su muerte.

Aquí, a pesar de la dignidad del cargo que encarnaba, Lowe no pudo evitar un gesto de hombre sometido a la fatalidad, tapándose la cara con las dos manos. Remachó:

—¿Comprende ahora el terrible alcance de mi desgracia, señora de Custine? Soy un hombre pobre y un pobre hombre: sufriré un tormento infinito mientras Bonaparte continúe vivo, y al mismo tiempo estoy obligado a alargar al máximo la existencia del causante de todos mis males, de espíritu y de estómago.

Él calló, cabizbajo, y no dije nada. Interrumpir un silencio tan dolorido habría rozado el sacrilegio. Ciertamente, Diario

Mío, he tratado con algunos lobos con piel de cordero, pero el pobre Hudson Lowe es el primer cordero con piel de lobo que conozco. Él continuó:

—Y encima, ahora, tengo que afrontar los designios más crueles de la Providencia. ¡El Bigcripi! ¡Y un par de miles de cachorros suyos! Ya sé que ustedes, la gente de intelecto refinado, tienen poca fe. ¿Pero no le parece extremadamente casual que el Bigcripi haya venido a Santa Elena justo durante mi gobierno?

—No.

—¿No?

—No. Estábamos avisados de que algo relacionado con el Bigcripi sucedería. Y la naturaleza no entiende de política o de asuntos humanos.

—En ese caso, ¿cómo juzga los extraordinarios hechos vividos en los dos últimos días?

Alcé los dos hombros, indiferente y lógica.

—Que una bestia marina, grande y fea, ha desovado en la playa de Santa Elena.

—Pero, entonces, ¿por qué ha desovado aquí y no en Plymouth?

Yo:

—Porque allí la flota inglesa lo cañonearía.

Las simplificaciones, cuando están bien hechas, siempre abrevian los debates. Porque Lowe se rindió ante la evidencia, tartamudeando:

—Claro..., claro...

—Señor gobernador, deje las especulaciones sobre la naturaleza para los naturalistas. Hay cosas que suceden, y punto. Ahora mismo me recuerda a un pobre campesino que conocí durante una estancia en Senegal.

—¿Yo? ¿A un campesino senegalés? ¿Qué podemos tener en común?

—Las tremendas patas de un elefante destruyeron el huerto de aquel campesino. ¿Por qué sucedió un hecho tan luctuoso? Pues porque sí. Porque el elefante simplemente pasaba por allí, o porque a los elefantes les gustan las lechugas. Qué más da. No había otra razón. Pero era el huerto del campesino, de aquel campesino. Y el hombre estaba obsesionado con una pregunta: «¿Por qué tenía que azotar mi huerto, precisamente el mío?». Creo, señor gobernador, que a usted le pasa lo mismo con el Bigcripi.

Y continué:

—Debería preocuparle una única cosa: que, impulsado por el desbarajuste inducido por el Bigcripi, haya alguien que quiera aprovecharlo para sus intereses.

—¿Quién? ¡Oh!

«¿Quién? ¡Oh!». Esa fue la secuencia exacta que siguió a la reacción de Lowe. El caos introducido por el Bigcripi había sido tan inesperado, tan destructivo y tan colosal, que incluso Hudson Lowe, siempre obsesionado con el Violador, perdía de vista su misión.

—¿De verdad cree que el general Bonaparte piensa huir?

—Creo que hará todo lo que esté a su alcance para aprovecharse de la presencia del Bigcripi. Así, y no de otra manera, aprovechando el caos de la Revolución, conquistó el Consulado. ¿Por qué no habría, ahora, de aprovechar para que el Bigcripi juegue a favor de sus intereses? Le ruego que cuide al máximo la vigilancia.

Dicho y hecho. Repentinamente galvanizado, Lowe salió de la casa. Le seguí, al exterior de Longwood. En la misma puerta se habían congregado unos cuantos oficiales menores. Lowe, a quien yo había alarmado quizás en exceso, se dirigió a sus subalternos con gritos y aspavientos, impartiendo órdenes y consignas. Aquellos pobres hombres salieron por piernas, intentando hacer feliz a su amo. No, Lowe no es un buen comandante. Es de esos cabecillas que genera a su alrededor mucho movimiento, pero pocos resultados efectivos. Ahora bien, la parte positiva de la escena es que el pequeño gentío de civiles reunidos en las proximidades recibió aquel torrente de órdenes con gratitud e incluso aplausos. Lowe provoca eso, una alegría cómica. Están contentos con él, y al mismo tiempo no sabes si se ríen de él. En cualquier caso, a la gente le gusta constatar que hay alguien al timón.

Quizás lo mejor sería que se preguntaran si puede dirigir bien la nave alguien que no sabe ni si los timones son redondos o cuadrados.

Como te estoy narrando, Diario Mío, los supervivientes de Santa Elena se estaban agrupando, y acampando, en la explanada que rodea la residencia de Longwood. La altura y la distancia del mar les ofrecían una seguridad relativa. Sobre todo después de haber constatado, de una manera casi empírica, que el Bigcripi y su descendencia no superan el límite que marca la casa de Umbé. La lejanía física del peligro había hecho disminuir su miedo. Y después había algunas pequeñas heroicidades que los envalentonaban. Como un soldado, que volvió con un enorme minicripi en brazos, como un pescador triunfal. El hombre dejó el cadáver en el suelo, y de inmediato se formó un círculo de curiosos alrededor.

¡Por todos los cielos, qué criaturas! Vistas de cerca aún infundían más horror. Para describirlas anatómicamente, sigue siendo un buen punto de partida compararlas con rapes de tamaño disparatado, pero armados con patas. Me perdonarás la hipérbole, Diario Mío, si afirmo que son bichos con la boca aún más grande que la cabeza. Un rostro ominoso, de color marrón oscuro, la piel húmeda incluso lejos del mar y después de muerto. Al principio, la gente se reía, divertida y satisfecha con aquella pequeña victoria, aquel pequeño trofeo. Sin embargo, paulatinamente, la observación cuidadosa del monstruo hizo callar a los presentes, cada vez más serios, grávidos y atemorizados.

Era del tamaño de un perro muy grande. Y todos sus detalles corporales nos asustaban: la boca ancha, larga, oscura; los dientecillos, pequeños pero de cantidad inacabable, como una sierra infinita; la piel como aceitosa, las cuatro patas rígidas, de formas atávicas. Miles de monstruos como este han surgido de las profundidades marinas, y con un único propósito: devorarnos a todos. Un niño lloraba. Hombres y mujeres se santiguaban. El cielo, nublado todo el día, por fin se abría, dejando caer unas gotas, poco numerosas pero muy deprimentes. Y, en ese momento, apareció. El Violador.

No hizo falta pedir que le abrieran paso, todo el mundo le conocía, le temía y le respetaba. Volvía de su paseo con F. R. y había visto el círculo de personas alrededor del minicripi muerto. Venía envuelto en una capa y se sentó en una piedra, justo delante del cadáver monstruoso, al que contemplaba. Se enfrascó en una dilatada, minuciosa observación, mudo. La lluvia le mojaba el cuerpo, envuelto en la capa oscura. Su rostro era el de alguien que esconde secretos, una mente que elucubra ideas más allá de la comprensión de los mortales. En ese momento la gente le miraba a él, más que al monstruo muerto. Temor reverencial, solo puedo definir así la actitud de los espectadores. Unos momentos antes, Lowe generaba en ellos una simpatía jocosa. El Violador era una amenaza universal, y lo sabían. Tal y como lo definió Lowe, era un asesino de masas. Y ellos eran las masas. Y, a pesar de todo, la gente admiraba al Violador y despreciaba al gobernador. Lo notaba, todos los poros de mi cuerpo lo percibían. Me fui, indignada con el espíritu humano.

Pero cuando solo había dado unos pasos, y aunque parezca imposible, topé con la escena más triste de mi estancia en Santa Elena: él, F. R., que volvía de su paseo con el Violador.

¿Qué podía tener de perturbador o decepcionante la estampa del hombre a quien tanto había amado? Yo te lo diré, Diario Mío: que aquel Chateaubriand que volvía de un paseo privado con el Violador era un hombre encantado.

Talmente. Si yo había hecho ese viaje era para que F. R. hiciese aflorar sus sentimientos hacía mí. ¿Y qué me encontraba? Que alguien había conseguido generar ese estado de ánimo único y delicioso en Chateaubriand, en efecto, pero no era yo, sino el Violador.

El F. R. que se me acercaba era, literalmente, un hombre enamorado, la mirada limpia de un infante, la ilusión de vivir en la piel, en los ojos, en los labios. Pero enamorado de la figura de Bonaparte, no de mi persona.

Yo, amiga y amante, no había conseguido despertar esa emoción en F. R., a pesar de un viaje transoceánico; y, en cambio, al Violador, que era su enemigo mortal, le había bastado un paseo para seducirlo, entusiasmarlo y transfigurarlo. ¿Puedes imaginarte, Querido Diario, mi desazón? ¿Mi decepción, mi tristeza y humillación?

Yo tenía la garganta seca y apenas pude interrogarle sobre su paseo, su transmutación de espíritu. Él lo negó todo:

—Nos hemos limitado a mantener un ameno intercambio de impresiones.

Al percatarse de mi conmoción, quiso justificarse:

—Es fácil coincidir con tu peor enemigo cuando el objeto de debate es un ser plano, romo y torpe como es Hudson Lowe.

Pero yo conocía esos ojos luminosos: eran los de alguien que planea un proyecto artístico o lo que más se le parece: un complot político. Cuando me interesé por él e indagué qué tipo de empresa era, F. R., enigmático como siempre, calló y sonrió.

En las siguientes páginas, la marquesa de Custine describe la situación en Longwood y sus alrededores, con la isla de Santa Elena tomada casi en la totalidad de su superficie y extensión por la monstruosa prole del Bigcripi

Si me preguntasen, Diario Mío, qué es lo que más me asombra y sorprende del Bigcripi, seguramente contestaría esto: que la simple presencia del monstruo haga retroceder tantísimo el hecho civilizador.

Porque así es. El miedo nos está haciendo retirarnos moralmente a épocas arcaicas. Empecemos por el principio.

Los minicripis, como ya se ha dicho, se sienten incómodos lejos del mar y normalmente no van más lejos y más arriba de la casa de Umbé. Pero sí que van hasta allí. Llegan pocos y no van a menudo, eso también es verdad, pero de vez en cuando algunos minicripis superan esa especie de barrera invisible que es la vieja barraca de Umbé. ¿Por qué lo hacen? Creemos que la culpa es de las ratas.

En efecto, las ratas. Es seguro que el Bigcripi pare sus huevos en una playa para que su prole, antes de volver al mar, pueda hartarse con cualquier animal vivo que le insufle energías vitales, y le dé fuerzas para afrontar los peligros del océano. De ahí sus feroces ataques a personas y animales. Lo normal debe de ser, pues, que la prole esquile toda la vida existente en las islas donde desovan a los minicripis, que, cuando constatan que ya no queda nada para morder y deglutir, se sumergen en su elemento natural, el mar. Ahora bien, en Santa Elena no solo hay personas, también hay ratas, y en superabundancia. El organismo de los minicripis no diferencia entre la carne humana o de roedor, que, una vez ingeridas, alimentan por igual. Y ahora la gran cuestión: si los minicripis siguen encontrando ratas de las que alimentarse, ¿para qué zambullirse en un océano repleto de tiburones y otros asesinos marítimos? Eso es.

Basil ha enviado a la costa docenas de patrullas discretas, cuyas observaciones así lo constatan: la prole se está convirtiendo en una raza experta en cazar ratas. Por muchas que huyesen tierra adentro cuando llegó el Bigcripi, Santa Elena está más que repleta. Ratas y más ratas. Más o menos visibles, pero siempre presentes; bajo cada piedra, detrás de cada arbusto. Incontables roedores, que ahora alimentan a esta legión de monstruos recién llegados. Los minicripis han aprendido a comportarse como galgos, y ahora persiguen y cazan ratas con una habilidad inaudita. Todo esto desespera a Basil.

—¿Qué barco se atreverá a desembarcar, y aún menos a socorrernos —se lamenta—, cuando descubran que el puerto está destruido y que por toda la costa se ha instalado un ejército de monstruos perfectamente felices de estar aquí? Al fin y al cabo, la finalidad de Santa Elena es retener a Bonaparte. Al mundo le importa bien poco que esta elevada función la lleve a cabo un regimiento de soldados o de monstruos antropófagos. A la postre, aún mejor para Londres, porque ni el Bigcripi ni su prole cobran paga ni beben gin.

—No sea tan funesto —me he opuesto yo—, no nos abandonarán, simplemente no sería humano ni aceptable.

—El cinismo de los gobiernos, señora mía —me ha replicado él con un triste suspiro—, es superior a la hipocresía de un gran fariseo, a la avaricia de un banquero judío o la dipsomanía de un borracho cornuallés.

Pero te estaba hablando, Diario Mío, de nuestra situación concreta. La prole, decía, no suele ir más allá de la casa de Umbé, pero esa no es una ley estricta, solo un principio instintivo. Si un minicripi persigue una rata especialmente grande, la delicia gastronómica le borra cualquier frontera, y la seguirá hasta donde haga falta. O sea, hasta Longwood.

Así, estamos sometidos a ataques esporádicos, imprevisibles y fulminantes. Y aterradores. Se han vivido escenas espantosas. En ese sentido, yo he presenciado un caso: un minicripi que iba detrás de una rata, se topaba con un bebé y volvía con la pobre criatura atrapada entre sus poderosas mandíbulas, para desesperación de la madre. Esta, no obstante, le ha perseguido, y por increíble que parezca ha conseguido recuperar a la criatura, más asustada que herida. Y ahora, Diario Mío, permíteme una nota de humor: la eterna diferencia entre madre e hijo radica en que, si un monstruo rapta a un bebé, la madre se lanza de cabeza contra el monstruo; si es al revés, el niño se limitará a avisar a las autoridades...

Los minicripis pueden aparecer entre la vegetación y atacar cuellos y piernas. A saber cuánta gente ha desaparecido estos días, mientras Basil y Lowe intentaban organizar el caos que sobrevino después del desastre de Bushy Bushes. De hecho, todavía no pueden proporcionar una protección efectiva a la gente. Solo hay una ventaja que juega a nuestro favor: que los minicripis no son, ni mucho menos, unos cazadores tan hábiles como los felinos, por ejemplo. No dominan ninguna técnica de cacería, ni el sigilo ni la sorpresa. En realidad son bichos muy obtusos. Y siempre anuncian su presencia con ese croar sordo, duro, abismal: ¡crung, crung!, o ¡grunc, grunc!; sus gargantas admiten muchos matices, a veces recuerdan a sapos y otras a cerdos. De hecho, cuando uno se acostumbra a esas voces inhumanas, siempre puede determinar cuántos minicripis hay, a qué distancia aproximada están e incluso su magnitud corporal, que como ya sabemos es muy variada. Antes de que ataquen, eso sí, suele aparecer una de las patrullas de soldados apostadas por Basil, que los ejecuta a tiros y los remata a golpes de bayoneta.

Porque esa es la principal defensa de los pocos civiles supervivientes: el millar de soldados, aproximadamente, que siguen vivos después del desembarco del Bigcripi y el asalto posterior, tumultuoso, de su prole contra las casacas rojas en Bushy Bushes. El perímetro del campamento establecido alrededor de Longwood está continuamente patrullado por pelotones muy numerosos, siempre con el fusil cargado y la bayoneta calada. Y, como solo suelen aparecer por aquí uno o dos individuos a la vez de la prole, no es difícil liquidarlos.

Pero ¿y por la noche? Aquí solo hay un techo y unas paredes: las del mismo Longwood, y el Violador se niega por principio a admitir a nadie más. Actúa, en sus mismas palabras, como lo haría en un naufragio:

—Cuando un bote está lleno, es perfectamente legítimo atacar con el hacha las manos de los que intentan subirse a él —afirma.

La verdad es que podría acoger a unas docenas más de personas, pero se niega a hacerlo, y Lowe, demasiado clasista, no dice nada al respecto. Y yo, cobarde, tampoco, porque el Violador siempre podría decirme que me largue, si no me gusta, y que comparta la suerte de todos esos desamparados que tienen que dormir en el exterior. Y para mi vergüenza, Diario Mío, te diré que mi ética estaría dispuesta a adoptar una medida tan heroica, en efecto, pero mi confort no.

La solución que han encontrado los civiles para protegerse en las horas nocturnas es, por así decirlo, de corte africano. Durante mi estancia en Senegal observé cómo los pastores, cuando tenían que pasar la noche al raso, se protegían de las hienas, ellos y sus rebaños, improvisando unos círculos fortificados con arbustos punzantes y durmiendo en el interior. Algo así se ha puesto en práctica aquí. El jardín de Longwood ya estaba rodeado por un pequeño muro de ladrillos de no más de un metro de altura. (Para que los soldados pudiesen observar siempre los movimientos de Bonaparte en el interior). Ahora también hay un segundo círculo concéntrico, más allá del murito y hecho de esos arbustos leñosos que tanto abundan en Santa Elena. Quizás no son tan punzantes como los senegaleses, pero sus ramas son duras y sólidas. Y en cualquier caso resulta una barrera suficiente para que no la supere la inteligencia mínima de los minicripis, que no dejan de ser unos pescadotes con patas.

¡Pero qué noches, Diario Mío! Por el motivo que sea, la prole eleva sus cantos al cielo con más profusión, mucha más, cuando el sol se va y las tinieblas se apoderan del mundo. Entonces, en la negra noche, oímos sus cánticos, que a veces parecen coordinados. Cantan desde las playas, pero también desde el interior de la isla. Están por todas partes. Y son miles. Y nosotros tenemos que oír, impotentes, esos sonidos guturales, de vida sin alma, de naturaleza criminal. Y yo soy de las afortunadas, porque duermo en una cama, en una habitación. Con paredes, con un techo sobre mi cabeza. Después hay una clase intermedia, nunca mejor dicho, porque son un centenar de privilegiados que, ya sea por contactos, influencia y amistad, han conseguido que los admitan, fuera de las paredes de Longwood, pero dentro del murito de ladrillos. Y después está el resto, el conjunto de civiles que duermen en el espacio abierto entre el muro de ladrillos que delimita Longwood y el de arbustos. Allí reposa esa humanidad, separada de la bestialidad más primordial por una débil pantalla de tronquitos. ¿Entiendes ahora lo que te decía, Diario Mío, sobre el retorno a la barbarie? Nuestros hombres y mujeres están reducidos a la condición de pastores africanos. A la condición humana primera, por simple y por primitiva.

Sí, las noches del Bigcripi. Constantemente suenan tiros de fusil. Las patrullas disparan contra los individuos de la prole que rondan cerca, o incluso contra los que se enredan en la maraña de arbustos, y, una vez atrapados entre mil ramas, chillan como cerdos hasta que los soldados los rematan.

Y aquí, Querido Diario, no tengo más remedio que reseñarte un episodio que ha sucedido estos días: el infernal y aberrante caso de un hombre, un tal John Blackenough, y que supera todos los límites del horror, todos.

Una mañana, justo cuando despuntaban las primeras luces del alba, los soldados vieron una figura semihumana que se aproximaba a la cerca de arbustos, tropezando y sin fuerzas. No dispararon de milagro, porque, como digo, el hombre ya no parecía un hombre: la superficie del cuerpo abrasada y corroída por una especie de ácido mortal, y por toda vestimenta unas algas largas y filamentosas, de textura repugnante. Le faltaban los diez dedos de las manos y los diez de los pies, y en conjunto era una especie de esqueleto consumido, prácticamente sin carne tapándole los huesos. Desprendía un hedor insoportable. Lo que no se entiende es cómo podía seguir vivo en esas condiciones, mucho más demacrado que cualquier cadáver. Pues bien, por increíble que sea, aún vivió unas horas antes de expirar. El espanto y la repulsión que engendraba su aspecto era tal que nadie más que yo quiso atender al pobre desgraciado, y mientras John Blackenough agonizaba me explicó su historia.

Aquí la adjunto.

Me llamo John Blackenough y soy hijo de John y Martha, de la ciudad portuaria de Immingham. Mi padre alquitranaba botes y barriles, oficio que a mí me parecía rutinario y poco estimulante, así que opté por la vida marinera, que al menos me ofrecía horizontes. Y que conste que me decidí por la mar a pesar de mi miedo, cerval, al agua: mi primer recuerdo de infancia es de cuando tenía tres o cuatros años, y mi pobre madre, ocupada con tres revoltosos hermanitos más, me olvidó en la palangana donde me estaba bañando. La palangana era grande y yo muy pequeño, y faltó muy poco para que no muriese cruelmente ahogado bajo las aguas de aquel océano casero. El recuerdo de esa experiencia tan angustiosa me ha acompañado siempre. Pero aún soportaba menos la visión de botes y barriles alquitranándose, y a la edad de trece años me embarqué como grumete. En treinta años de vida marinera he cambiado de nave más veces que un gaucho de montura.

Siempre he trabajado como marinero, pues, y un buen día me encontraba en la borda del barco de Su Majestad, el Intrépido, ocupado en tareas de mantenimiento. Solo sé que en un momento determinado la borda se inclinó a estribor, yo alcé los ojos y vi al Bigcripi, en quien nunca había creído. Su monstruosa boca, abierta, era más grande que la cubierta entera del Intrépido. Mi último pensamiento fue para María Luz, una chica de Montevideo, y mi último recuerdo una estampa infantil y fugaz: mi padre, poniendo una anilla de hierro a un barril. No recuerdo nada más.

En algún momento recuperé la consciencia, también la vista. Y me dije: «John Blackenough, ¿qué hiciste en vida para que el buen Dios te envíe tan directamente al infierno?». Porque el lugar en el que me encontraba no podía ser más que un infierno, con agua en vez de fuego. Pero me equivocaba, no era el infierno, era peor. Era la barriga del Bigcripi.

Convendrá conmigo, señora, que la visión no podía ser más espantosa. Yo y mi cuerpo, sumergidos en una inmunda mezcla de agua salada y líquidos intestinales, una especie de lago interior espeso como una crema de guisantes. Entre la superficie y el techo del estómago solo quedaba un palmo libre: allí flotaba mi cabeza y respiraba mi nariz. Se preguntará cómo veía. La respuesta es que en el estómago del Bigcripi, aferradas a las paredes interiores, viven una especie de insectos marítimos, similares a las luciérnagas y muy brillantes. Emitían una luminosidad de color violeta oscuro, muy oscuro, pero cuando los ojos se acostumbraban era posible discernir, al menos, las inmediaciones e incluso toda una parte del túnel estomacal de la criatura, largo como la sentina de una fragata. Me rodeaban fragmentos de criaturas oceánicas, muertas y troceadas: enormes tentáculos de calamar en disolución, por ejemplo, que flotaban como viejos troncos. Por lo demás, en aquella piscina interior proliferaban una especie de algas pútridas y filamentosas, que todo lo infectaban.

Por lo que respecta a los humanos, había algunos compañeros de marinería, pero todos muertos y descuartizados. Los dientes del monstruo los habían guillotinado. A diferencia de ellos, y por puro azar, a mí el Bigcripi me había tragado entero. Recuerdo alguno, como el pobre mayor Evans Pritchard, que también estaba allí, todavía vivo pero sin piernas y desangrándose. La sangre que brotaba de los miembros amputados, muy roja, se fundía con el verde acuoso de aquella laguna intestinal. Loco y furioso, Pritchard no me escuchaba. Dedicó sus últimos instantes a golpear las paredes del monstruo con un puño, exigiendo con llantos y gritos que lo sacaran de allí. Como si el destino no fuese un final, sino un malentendido.

Antes he dicho que la barriga del Bigcripi era un infierno húmedo, en efecto, pero aún no he mencionado que aquella sopa hedionda que me contenía, repulsiva y espesa, quemaba. Me infligía un picor doloroso y constante, abatiéndose sobre mi piel como miles de mosquitos furiosos. Si me rascaba, aún era peor, porque solo favorecía la acción digestiva. El dolor era inclemente y persistente. Y yo me decía: «Oh, Dios del cielo, ¿cuándo parará esto?»

Hasta que entendí la más horrible de las verdades: que no pararía. Mi destino era licuarme, fundirme lentamente en la barriga del monstruo. Lloré, señora, pero las lágrimas se mezclaban con los jugos ácidos, y, al caer mejillas abajo, me consumían la carne.

Como comprenderá, señora mía, en la barriga del Bigcripi se pierde rápidamente la noción del tiempo. No sé cuánto rato estuve allí, padeciendo aquel suplicio agónico, llorando de dolor y sobre todo de desesperanza. Así que cuál no sería mi sorpresa cuando, desde algún lugar de aquella oscuridad casi total, me gritó una voz:

—Amigo, amigo.

No me lo podía creer. ¡Alguien se dirigía a mí! Y lo hacía en español. Gracias a mis frecuentes viajes a Buenos Aires y Montevideo, y mi amor por María Luz, domino mucho más que los rudimentos de esa bella lengua. Vi una cabeza flotante y me acerqué a ella.

En aquellas tinieblas casi totales, de color violeta oscuro, no podía discernir del todo bien las facciones de mi compañero de presidio submarino, pero podía oír su voz. Se llamaba Fernando de Fresneda, era piloto y hablaba un castellano muy diferente al que yo estaba acostumbrado, así que presumí que debía de ser de origen peninsular. Y lo acerté: dijo que era de un sitio que se llama Argon, o Aragón, no lo recuerdo bien.

—Yo amo mucho América —me sinceré, para iniciar la conversación.

Pero, llegados a este punto, él me obsequió con la más desconcertante de las respuestas:

—¿Qué es «América»?

No me lo podía creer. ¿Qué marinero, incluso el más inculto, podía desconocer la existencia de un continente entero? Le pregunté qué nave pilotaba y quién era su comandante. Y su respuesta, señora mía, me dejó estupefacto:

—Cristóbalo Columbus.

Incluso en mi penosa situación, noté un escalofrío que me recorría el espinazo. Por algún motivo que no puedo explicar, el estómago del Bigcripi consume, pero a la vez también sustenta a sus víctimas, al menos las humanas. A diferencia de los calamares, hechos de gelatina, nosotros tenemos esqueleto, que nos articula. Quizás es eso, quién sabe. Porque yo podía notar cómo aquel líquido, que devoraba mi carne, al mismo tiempo me insuflaba una especie de energía vital, por así decirlo. De alguna manera, pues, el Bigcripi deshace a los humanos y a la vez los mantiene vivos, eternamente vivos, si ese tormento puede considerarse vida. Y entonces, el horror.

Tomé la cabeza de Fresneda por el cogote, y lo llevé a una pared lateral del estómago, un lugar donde había una gran concentración de pechinas luminosas. Y bajo aquella refulgencia violeta, por fin, vi su rostro: no tenía, estaba consumido y descarnado; le faltaba casi toda la cara, los ojos, los labios y las orejas. Unos pocos restos de músculos faciales se mezclaban con clapas causadas por las algas podridas que navegaban por el estómago del Bigcripi. Aquel hombre hacía más de trescientos años que vivía, o moría, allí dentro. Sí, el horror.

Entenderá, señora, mi desventura. Eso era lo que me esperaba. Una soledad infinita sumada a un dolor infinito. Tomé una decisión: me había conformado con morir, pero ahora tenía que convertir mi resignación, la muerte, en objetivo. Recuerde, señora mía, que le he explicado mi terror más profundo y que me ha acompañado toda la vida: morir ahogado. Y, sin embargo, en esas circunstancias no aspiraba a más. Porque me dije que, si conseguía salir del cuerpo monstruoso, al menos moriría asfixiado bajo las aguas abisales, pero me ahorraría un tormento eterno. En ese momento creía que el Bigcripi, después de atacar nuestro barco, había vuelto a las profundidades. Y ahora diga, señora mía: ¿tengo razón si afirmo que el infierno es un lugar donde nuestros peores temores se convierten en la meta más deseada?

Me situé tan cerca como pude de la garganta del monstruo, una especie de válvula carnosa que recordaba a un ombligo gigante. No podía hacer más que esperar, siempre atento a que se abriera por algún motivo. No puedo precisar cuánto tiempo estuve allí, tras aquella compuerta, porque el vientre del Bigcripi evapora el tiempo. Solo sé que todo pasó de repente y fue mucho más fácil de lo que me imaginaba: la garganta se abrió, accedí a la inmensa cavidad bucal, que para mi sorpresa encontré vacía de agua. Las mandíbulas se me aparecían dilatadamente abiertas, y más allá, tierra firme.

Como los cocodrilos cuando toman el sol, el Bigcripi había abierto la boca para refrigerarse, o lo que sea. No podía creer mi fortuna: porque la criatura no estaba bajo las aguas, como yo creía, sino reposando sobre las ruinas de Jamestown. Sobra decir que, a pesar de mi debilidad y consunción, aproveché para salir entre aquellos malévolos dientes, y correr tanto como podía, que no era mucho.

Todavía tenía que superar una escena de delirio: los contornos derruidos de la población, repletos de unos pequeños monstruos que diría que eran réplicas disminuidas del Bigcripi, solo que muy ágiles. Corrían y saltaban; cazaban y comían ratas. ¿Por qué no me devoraron a mí también? Por el olor que desprendía, especulo. Mi estancia en la barriga monstruosa me había impregnado del hedor de su progenitor y eso me salvó.

El resto ya lo conoce. He deambulado, desconcertado, tambaleándome y tropezando a cada paso. Ya no tengo dedos en los pies y eso me desequilibra. Pero he llegado hasta aquí, y ahora usted me cuida en los últimos momentos de mi vida terrenal. Si alguna vez recala en Montevideo, visite la casa con la fachada roja de la calle Obradores y salude a María Luz. También se hace llamar Jade Persa. Ahora, por fin, expiro.

Y, en efecto, un rato después de relatarme su experiencia, John Blackenough murió, como un niño cansado se va a dormir. En el momento de traspasar quizás no era un hombre feliz, pero estaba agradecido. Yo misma le cerré los párpados, o lo que quedaba de ellos.

Eso es lo que nos espera si el Bigcripi nos devora: una muerte sin fin y un fin sin muerte.

Que el cielo nos ampare, Diario Mío, que el cielo nos ampare.

La misma noche, un poco más tarde

No puedo dormir pensando en John Blackenough. Y no, no puedo acabar el día y cerrarte así, Diario Mío, con una escena tan punzante y desoladora.

Al respecto, y para dulcificar un poco el espanto, solo puedo reseñarte una escena de la frivolidad más descarada, y que ha sucedido hoy mismo. Es la siguiente.

Como ya te he comentado, F. R. está tramando algo. Desde su paseo con Bonaparte está más ausente y ensimismado que nunca. Él es de la opinión de que la mente mueve las piernas, y a la inversa. Pero ahora, con los minicripis por todas partes, los paseos meditativos son un ejercicio arriesgadísimo, por no decir suicida. No obstante, él se ha mantenido firme:

—Ya sabes que yo pienso mejor caminando y camino mejor pensando —me ha dicho—. Debo reflexionar sobre graves cuestiones, y no serán cuatro pescadotes hediondos y malintencionados los que me lo impidan.

Admito, Diario Mío, que esa actitud determinada y valerosa ha abierto las puertas de mi respeto, por no decir de mi admiración femenina. ¡La Tierra devorada por la Monstruosidad, pero el Pensador se mantiene incólume en su actitud intelectual! ¡Qué hombre! ¡Qué grandeza de espíritu!

Por desgracia, esta tarde el caso ha adquirido una nueva luz. Quería comentarle algo a Basil, que estaba sentado en el exterior de Longwood, muy cansado, en una silla. Dormitaba con los ojos cerrados y los brazos cruzados. Él y su cilindro de cuero. Ni durmiendo lo abandona. Su fatiga me conmovía, iba a ofrecerle un té, cuando, en ese preciso momento, se me ha adelantado un soldado. Él se ha despertado de golpe y ha dicho:

—Ah, ¿ya ha vuelto el pelotón que protege al escritor francés? Que los releven, pues.

O sea, que vaya donde vaya, un puñado de soldados armados sigue discretamente a F. R. para garantizar su seguridad y protección.

¿Lo sabe F. R.? ¿Está al corriente de que sus meditaciones las protege el mismo poder que intenta subvertir?

Te dejo a ti la respuesta, Diario Mío.

Se descubre el complot forjado entre el Violador y Chateaubriand

La intriga que estaba tramando Chateaubriand se ha descubierto hoy, en el almuerzo. ¿Y quién la ha descubierto? Él mismo. Ha sucedido así.

La comida reunía a los principales habitantes de Longwood, es decir, a Gourgaud, Montholon y su señora. También a mi persona, F. R., Lowe y Basil. La mesa era bastante larga y estaba muy bien dispuesta. He constatado que el Violador se había llevado al exilio los mejores manteles de las Tullerías.

Hay un principio de la alta diplomacia según el cual las buenas noticias se exponen antes de la comida y las cuestiones difíciles al final, cuando los buenos alimentos han tonificado los estómagos y los espíritus. Pues bien, no ha sido hasta después de los postres, los cafés y los licores que Chateaubriand, solemne, se ha puesto de pie y ha exigido la atención de todos los presentes.

—Señoras y señores —ha comenzado a decir—. Las actuales circunstancias nos han hermanado de una manera muy extraña. El Bigcripi ha convertido Santa Elena en un barco sometido a los envites de una horrible tempestad: ahora ya no importa quiénes somos cada uno de nosotros, ricos o pobres, hombres o mujeres. No, no importa nada, ni nuestro pasado ni nuestras diferencias personales, solo que todos compartimos el mismo destino de la nave.

Aquí la comitiva imperial ha aplaudido educadamente, menos Gourgaud, que a los aplausos ha añadido unos «bravo» operísticos de lo más pintorescos. Por lo que a mí respecta, Querido Diario, la afirmación de F. R. «no importa nada, ni nuestro pasado ni nuestras diferencias» me ha puesto en alerta. ¿Por qué no deberían importarnos?

Chateaubriand ha seguido:

—En los próximos días, el gobernador Lowe piensa iniciar una operación militar decisiva. Así que, antes de continuar, nos complacería mucho que el sargento mayor Jackson nos haga un resumen de la situación.

—Con mucho gusto —ha tomado la palabra Jackson—. Como bien sabrán, Longwood y todos nosotros vivimos en una relativa seguridad. A causa de su naturaleza acuática, ni el Bigcripi ni su prole se alejan en exceso de la costa. Pero esta circunstancia, que evita nuestra perdición, no implica nuestra salvación. Ni mucho menos. No esperamos la llegada de ningún barco antes de cinco meses, como mínimo. Y cuando lo haga, cuando una nave aislada entre a puerto, o a lo que queda de puerto, sin saber qué sucede en Santa Elena, no quiero ni imaginarme el destino de la incauta tripulación. Pero esta no es la cuestión principal. ¿Y por qué? Pues simplemente porque no podemos esperar cinco meses. Hoy hemos hecho el recuento de los supervivientes que quedan desde la llegada del Bigcripi y el ataque de sus cachorros. Somos 1.085 militares y 114 civiles. Eso suma un total aproximado de unas mil doscientas almas.

Aquí los sonidos de sorpresa y pesar han detenido unos instantes a Basil, que ha aprovechado para apurar una copa de brandi. Ha proseguido:

—¿Y cómo alimentaremos a tanta gente? El interior de Santa Elena es un páramo. Todos los depósitos están en Jamestown, a donde ahora es imposible acercarse porque precisamente allí están el Bigcripi y su descendencia. Por otro lado, la principal fuente de recursos de cualquier isla es el pescado. Pero ¿quién se atrevería a ir a la costa a pescar? Por todo ello, y con muy buen juicio, el gobernador Hudson Lowe ha decidido reagrupar fuerzas e iniciar una operación de limpieza que extermine, al menos, a los minicripis que hay entre nuestra posición actual, Longwood, y la costa.

Aquí Basil quizás se esperaba un aplauso, aunque fuese de cortesía. No lo ha recibido. Ha vuelto a sentarse mientras Chateaubriand tomaba el relevo, delicado y consolador:

—Gracias, señor Basil, y excuse la tibieza ambiental. Vivimos un sentimiento de temor expectante.

Y acto seguido se ha entregado a un discurso totalmente inesperado, donde citaba a un antiguo romano, Cincinato, que accedió dos veces a la dictadura militar y dos veces renunció a ella, una vez desvanecido el peligro.

—¿Por qué recurrieron los romanos a Cincinato? —y él mismo ha respondido a su pregunta—: Porque era el hombre más capaz en su ámbito, un genio militar. Y es de conocimiento universal quién es, entre todos nosotros, el más dotado para la cosa bélica.

Ha hecho una pausa dramática. Lowe, incómodo, se ha removido en el asiento, como si tuviera lombrices en el culo; Basil, en cambio, escuchaba a Chateaubriand con la boca abierta, como un niño que por primera vez contemplase una jirafa: lo que estaba viendo le atraía, pero no lo entendía. Y, finalmente, F. R. lo ha dejado caer:

—Todos aplaudiríamos a rabiar que un Cincinato llamado Bonaparte dirigiera las fuerzas armadas de la isla. Por un periodo breve y solo hasta que se derrote al monstruo que nos ataca. ¡Un brindis, señores y señoras, por el hombre que nos librará de esta amenaza sobrenatural!

Y todos los franceses presentes (menos mi persona y el mismo Violador) se han levantado, las copas en las manos, y han brindado con unos estentóreos: «¡Viva el emperador!».

Yo callaba, el Violador también. Más rígido que inmóvil, más serio que callado. No podría leer sus facciones, herméticas. Fuera como fuese, Chateaubriand era el alma de aquel complot, destinado a armar al Violador con los mismos poderes que le encarcelaban. Más que proponerlo era como si lo proclamase. Más que ofrecerlo, lo declaraba. Como si el mismo Lowe fuese uno de los partícipes en la intención. Yo no lo podía entender. ¿Qué pretendía Chateaubriand? ¿Que Lowe se dejase arrastrar por la suma de voluntades que le rodeaban? Pues, si así era, estaba siguiendo una estrategia incorrecta, como ha puesto de manifiesto la furibunda reacción del gobernador:

—¡Me hace gracia, señor! —ha explotado Hudson Lowe, ofendido, desde su silla—. ¡Sí, me río y mucho! ¡Porque yo quizás no soy tan listo, tan sabio o tan hábil como usted, pero incluso el militar más obtuso sabe que ceder el mando de su ejército al general enemigo tal vez no sea muy buena idea!

—Napoleón Bonaparte —ha intervenido Chateaubriand— se compromete a devolverle el mando en cuanto la amenaza del Bigcripi y su copiosa prole sea eliminada.

Lowe decía que se reía, pero no se reía. Más bien al contrario. Nunca le había visto tan fuera de sí. No ha dejado que F. R. acabase. A cada palabra sus labios, siempre estrechos, lanzaban pequeños proyectiles de saliva blanca. Y, cuanto más gritaba, más enrojecía, como si las mejillas buscasen fundirse con el paño de su casa militar, de un rojo encendido:

—¡¿Por quién me habéis tomado?! —ha exclamado—. ¿¡Tan supinamente idiota me juzga!? Hicieron falta hasta siete coaliciones de todas las potencias internacionales para derrotar a este ogro sanguinario. ¡Siete! ¡Siete coaliciones mundiales! ¡Y ahora exige que yo mismo me deponga a mí mismo y le regale mis poderes! ¡A él! Un hombre que ha causado más desgracias que el mismo Satanás y contra el cual el género humano está aún más indefenso, porque contra el demonio siempre podemos invocar el soporte del Altísimo, pero el buen Dios exige que los asuntos humanos los resuelvan los humanos.

Con el brazo derecho ha hecho un gesto harto, terminante y violento:

—¡Me niego a continuar hablando o a continuar escuchándolo, señor, porque eso sería confundir debate con delirio! ¡Y les advierto que mis poderes llegan muy lejos! ¡Ahora mismo podría encarcelarlos bajo las acusaciones de sedición, rebelión, motín y conjura! ¡Y les recuerdo que cualquiera de ellas comporta la horca! ¡Y que nuestro patíbulo está tan sumamente lejos de Londres que un indulto real siempre llegaría tarde!

Justo entonces, cuando más bramaba Lowe, ha aparecido el *valet* del Violador. Aquel hombrecillo pernicioso, réplica disminuida de su amo, ha tomado dulcemente a Lowe por el codo, anunciando:

—¡Señor gobernador! ¡Le requieren fuera de Longwood por un asunto de extrema urgencia!

Y se lo ha llevado, con unos movimientos aún más sutiles y discretos que los de las ratas que en ese momento corrían por los zócalos del comedor. Yo, incauta de mí, no he entendido el auténtico significado de esa maniobra hasta que he visto a Basil levantándose para seguir a su superior, y a F. R. retenerlo. Le ha depositado una palma amable en la espalda, diciendo:

—No es necesario que se levante, señor Basil Jackson.

Y todas las miradas de los presentes se han concentrado en Basil. Gourgaud, Montholon y señora, F. R., el Violador. Todos le miraban, expectantes. Entonces, y no antes, lo he entendido: ¡el auténtico objetivo de la conjura no era Lowe, sino Basil!

F. R. estaba de pie, Basil sentado, y, desde su altura superior, Chateaubriand le ha dicho:

—Acabamos de ser espectadores de un inadmisible estado de intemperancia. Sargento mayor Basil: ¿usted cree que un hombre así, sin nervios y de mente dislocada, puede dirigir un ejército derrotado, y contra un enemigo hasta ahora invencible? Júzguelo.

Receloso, con un principio de enojo, Basil ha respondido:

—¿Y se puede saber por qué me dedica estas reflexiones?

—Porque cualquier persona razonable puede compartirlas. Usted sabe tan bien como nosotros, mucho mejor que nosotros, de hecho, que Lowe es un incapaz con galones.

Ahora F. R. tenía un brazo sobre el respaldo de la silla de Basil y le hablaba muy de cerca, con esa familiaridad cordial del policía que interroga a un sospechoso:

—Todo lo que usted tiene que hacer —ha insinuado F. R.— es un chasquido con dos dedos. Y la guarnición se pondrá de su lado. Bonaparte derrotará al Bigcripi y después devolverá la tropa a su propietario legítimo. O sea, a usted.

—¿Me está proponiendo que traicione mi juramento a mi superior y a mi rey?

—Le estoy implorando que salve Santa Elena y a todos los que todavía estamos vivos. ¿Puede imaginarse un plan de acción mejor? Y, cuando todo se haya terminado, usted será el auténtico héroe. ¡Ningún inglés reconocería jamás el mérito de Bonaparte! En cambio, cuando todo se sepa a usted le ascenderán, de grado militar y al Olimpo de la fama. En cuanto a Lowe, ¿acaso el mismo duque de Wellington no se ha referido a él como un «auténtico cabeza de alcornoque»? Será ignorado y olvidado, mientras que usted obtendrá gloria y recompensa, honores y favores. ¿Qué más necesita?

Basil abría la boca, mirando a todo el mundo, aquí y allá. Estaba desorientado, como un hombre que se despertase en una habitación que no fuese la misma en la que se había acostado.

Pero lo que he presenciado entonces, Diario Mío, solo puedo definirlo como un auténtico furor viril; furor honesto, furor cívico. Yo ignoraba que los hombres fuesen capaces de expresar un sentimiento tan noble y tan nítido, tan firme y tan elevado. Porque Basil Jackson se ha puesto de pie y ha dicho:

—Solo hay algo que me pueda ofender más que me acusen de traidor, y es que me traten de cobarde. ¡Y hoy, señores, ustedes han cometido las dos infamias! —Y ha exclamado—: ¿Pero quién se creen que soy? ¿Un tendero, un fenicio? ¿Un vendedor de marroquinería, que vende y regatea todo lo que tiene, y todo lo que tiene es la venta ambulante? ¡Pues se equivocan! ¡Y mucho!

Furioso, con una mano ha apartado una silla que se interponía en su camino. Por una vez, su figura daba miedo. Cuando sacudía la cabeza, aquellos largos cabellos blancos parecían los de un dios nórdico vengador. Sus labios ahora prometían matanzas. Todos callaban, intimidados por los gritos de Jackson:

—¿Qué quieren? ¿Seducirme? ¿Batirme? ¿Quebrar mi voluntad o mi espada? ¡Ustedes no han entendido nada! ¡Nada de nada! ¡El general Bonaparte terminará sus días con los pies sobre esta isla inmunda y la cabeza dentro de este caserón decrépito! ¡Rodeado de muchas ratas peludas y de unas pocas ratas cortesanas! ¿Y saben por qué? Pues porque al general Bonaparte no le encarcela el gobernador Lowe, ni mucho menos un pobre sargento como yo. ¡Bonaparte está recluido aquí, una ridícula porción de tierra que flota en un infinito de agua, porque así lo decidieron las fuerzas aliadas del Bien!

—*Menzogna!*

Ha hablado el Violador. Por fin ha roto su silencio. La resistencia de Basil ponía de manifiesto que el plan para seducirlo había fracasado, y con todo perdido no se ha privado de expresar su opinión:

—¿El Bien? ¿El Bien, dice? ¡Iluso! ¡Me derrotó la política más negra y las finanzas más viles! ¡La bolsa de Londres y sus bolsistas filisteos! ¡Ellos me trajeron aquí, ellos! ¡Y no les movía ningún ideal grande y generoso, sino el dinero!

—¡Falso! —se ha impuesto Basil, gritando aún más fuerte—. ¡La política y los ejércitos solo fueron el instrumento con que se armaron el sentido de la justicia y el sentido del orden! ¡Usted atentó contra la paz y contra la vida! ¡Atacó Egipto y atacó Inglaterra! ¡Atacó España y atacó Rusia! ¡Nadie le había hecho ningún daño, y aun así asaltó millones de hogares pacíficos, vaciándolos y saqueándolos, prendiendo fuego a todos los edificios y provocando que el odio calase en todos los espíritus!

—La Gloria exige sus costes, ¿y qué soberano no está llamado a ella? —ha replicado el Violador—. Si la misión del capitán solo fuese conservar la nave, el barco nunca zarparía de puerto.

—La diferencia es que la Gloria puede alcanzarse con la paz o con la guerra, con la destrucción o con la construcción —ha alegado Basil—. Y usted tiene las manos manchadas con la sangre más sagrada del género humano: su juventud. ¡Todos los chicos de Europa fueron obligados a alistarse, o en sus ejércitos o contra sus ejércitos! ¡A todos los mató o los envió a la muerte! ¡Una generación entera de inocentes! Asesinados o mutilados cruelmente. ¡Desaparecidos bajo la arena africana o congelados bajo la nieve asiática!

Todos callaban, intimidados, Basil ha continuado:

—En 1814 ya reclutaba a niños de catorce años, ¡catorce! ¡Criaturas tan jóvenes que nacieron con el siglo y que murieron antes de que zarpase la nave que os habría de recluir en Santa Elena! ¿No le abruma el peso de tanta ignominia, de tanta maldad ejercida? Porque usted hacía el Mal a una escala cósmica, y lo peor de todo: no le ampara ni la disculpa de los locos ni la de los fanáticos, porque usted no hacía el mal por una enfermedad de la mente o del espíritu, no, usted ejerció la maldad más mayúscula con plena conciencia de que hacía el Mal. ¿Y todavía se pregunta por qué está aquí?

De repente, ha desenfundado su espada y ha rodeado la mesa en dirección al Violador. Al ver la hoja desnuda, todos han dado un chillido de espanto y han echado el torso hacia atrás. Todos menos el fiel Gourgaud, que ha interpuesto su cuerpo entre el Violador y un Basil armado que se acercaba. Pero este ha ignorado a Gourgaud.

—La gente como usted, que solo cree en la fuerza y en la violencia como razón de Estado, también cree que es la hoja de la espada la que rige el mundo y, en consecuencia, que es ella la que le encarcela. Ahora le demostraré hasta qué punto está confundido y equivocado.

Y, diciendo eso, dejó caer todo el peso de la espada en el mantel, ruidosamente y justo debajo de la nariz del Violador.

—Aquí la tiene. Úsela como mejor le parezca. A ver si, armado con ella, es capaz de huir de Santa Elena y de su merecido destino.

Le ha mirado a los ojos, desafiante, y solo cuando era obvio que el Violador no replicaría, y no antes, se ha marchado, orgullosamente vencedor. Ni el mismo Chateaubriand sabía qué decir. ¡Qué gran momento de la Historia que jamás recogerán los historiadores! El Violador acababa de oír las palabras más duras y más ciertas que alguien le había dirigido. ¿Y quién era el autor? Un pobre sargento cornuallés, canoso y melancólico. Y creo, Diario Mío, que aquí ha aflorado definitivamente mi amor por él. ¿Quién no amaría a un hombre así?

Y qué satisfacción contemplar al Violador en su pretensión frustrada. Más que sentado, atornillado al asiento. La boca callada y la mirada turbia, el mentón pegado al pecho. Seguro que después de Waterloo también tenía esa pinta. En cuanto a Chateaubriand, el Violador ni siquiera le ha dirigido una palabra, un «gracias por haberlo intentado». Nada. No pensaba en nadie que no fuese él, solo en sus intereses fracasados y su derrota. Desprendía amargura, egoísmo y despecho.

Yo he salido tras Basil Jackson. Y lo he hecho, Diario Mío, guiada por tres motivos igualmente poderosos. El primero, porque no quería quedarme allí, con el séquito del Violador. El segundo, porque sentía una necesidad incontenible de expresarle a Basil Jackson mi conformidad, adhesión y admiración por su postura. Porque, a veces, todo lo que se interpone entre la tiranía y la libertad es eso, un hombre de orígenes humildes. Y hoy ese hombre no ha fallado a la humanidad. Sí, resulta difícil no amar a un hombre así. Si la vida es un viaje, Querido Diario, el mío es una auténtica contradicción: había venido a Santa Elena para ser amada por el hombre más poderoso del mundo, y me estoy enamorando del más humilde de los presentes.

Y en tercer lugar, y no menos importante, porque Basil, obnubilado en el calor de la pugna con el Violador, por una vez se había olvidado su bien más preciado: la funda de cuero cilíndrica que contenía la orden «*If we all die*». Ha ido por los pelos, por cierto, que pudiese recuperarla. Ha sucedido así:

Basil ha salido, victorioso, pero sin el cartucho cilíndrico. Yo he mirado su silla: ahí estaba, colgando del respaldo por su correa. Me he abalanzado sobre él. Pero alguien se me ha adelantado: la Momia, el mayordomo abre-puertas.

Yo, con mi mejor sonrisa, le he parado la mano:

—Por favor —he dicho—, permítame que devuelva esta posesión a su legítimo propietario.

—Todo lo que se queda en Longwood pertenece a Longwood —ha contestado, impertinente.

Recuerda, Diario Mío, que estábamos en la mesa, una mesa enemiga. En aquel preciso instante los presentes departían, entre ellos y todos a la vez, sobre la escena que acababan de presenciar, y lo hacían muy ajenos a la conversación que pudieran mantener una marquesa y un viejo mayordomo. Sin embargo, si nos prestaban atención, si intervenían, estaba perdida. Y ahora imagina, Diario Mío, ¡el trastorno que supondría que el Violador leyese el contenido del «*If we all die*»! ¡Un documento, real, que en caso de emergencia le condenaba a ser sacrificado como un buey! No quiero ni pensarlo. Pero allí estaba aquella momia sin embalsamar, atrapando el cilindro de cuero negro con unas garras medio disecadas. Yo agarraba el largo cartucho por un extremo, él por el otro. Mi sonrisa aristocrática se ha amplificado, aunque con un principio de severidad en las comisuras de los labios, y he susurrado:

—Esto no le pertenece.

—¡Ni a usted! —ha sido la réplica—. ¡Y yo sirvo a mi amo, no a usted!

De reojo, he mirado al Violador. Mientras los demás cruzaban conversaciones, él seguía postrado, amargado, derrotado y meditabundo. Sin embargo, aquella poderosa cabeza, de pocos cabellos, pero muy sedosos, empezaba a girar. Me miraba. Me traspasaba. Una palabra suya y sería el fin. Pero como diría el mismo Violador: «No hay situaciones desesperadas, solo hombres desesperados». Y para seguir el consejo solo tenía que cambiar «hombres» por «mujeres». He tirado del cilindro, he acercado mis labios a la oreja de la Momia y le he dicho:

—¡Adelante! Pero eso me obliga a explicarle a su amo que habitualmente hurta usted en sus cajones.

Naturalmente, yo no tenía la más remota idea de si la Momia sisaba o no al Violador. Pero ha funcionado. En un parpadeo, el viejo mayordomo ha pasado de Momia a Champollion, de muerto milenario a vivo sagacísimo. Y ha liberado el cartucho, diciendo:

—El deber superior de un mayordomo es satisfacer la felicidad de los huéspedes.

Así, por fin libre y en posesión de la funda de cuero, he enfilado la salida del comedor. No era la más estimada de los presentes, y todos debatían, con pasión, sobre lo que acababa de suceder. Nadie se ha fijado en mí. Solo el Violador. Pero después de una derrota tan contundente le faltaba aquel famoso ánimo que siempre le sobraba antes de las victorias. Me ha mirado sin verme, los pensamientos vaporosos y lejos de mí.

He salido del comedor, pues, y he cruzado el último dentículo del edificio. Desafortunadamente, llegaba tarde. Cuando estaba fuera de Longwood, Basil, Lowe y el resto del contingente militar, formado en la explanada que había delante de la casa, ya se preparaban para salir a matar minicripis. Esta vez, la gran esperanza era un nutrido grupo de caballería fuertemente armado. Aunque parezca sorprendente, muchos caballos se habían salvado del desastre inicial, huyendo hacia la parte más alta de la isla antes de que apareciese el Bigcripi, como las ratas del puerto. Sorprendentemente, o no, en general, y por lo que respecta a los monstruos, la fauna siempre suele ser más cauta y lúcida que la humanidad. Habían agrupado y ensillado a todos aquellos caballos, y ahora formaban un grupo bastante sólido de dragones, húsares, lanceros o como demonios se denominen los soldados a caballo.

Lowe y Basil dirigían la columna montada, a punto de marcha. Los nobles animales estaban inquietos, movían y removían los cuellos poderosos, y sus relinchos, agudos, y en multitud, me herían los oídos. Había muchos cuerpos équidos que formaban una barrera entre mi persona y la de los dos hombres. He levantado el cilindro, para que Basil lo viera. Se ha acercado a mí. Me he fijado en que los dedos de su mano izquierda, que no se cerraban alrededor de las riendas, le temblaban como alas de moscardón. Él ha visto que yo había observado esa debilidad. Se ha excusado:

—Dicen que una tropa curtida es más eficiente que los reclutas que no han participado en ninguna batalla. En realidad es exactamente al revés. ¿Y sabe por qué, señora? Pues porque los reclutas no saben lo que les espera.

—Rezaré por usted —he dicho con sentimiento.

—¿Rezar? ¿Usted? —se ha sorprendido—. Es la última mujer de quien esperaría que tuviese fe en Dios.

—Tampoco creo en los fantasmas, pero me dan miedo —me he explicado—. De la misma manera, no creo en Dios, pero sí en el poder de las plegarias.

Al vernos reunidos, Lowe se ha acercado. Le he pedido prudencia:

—Señor gobernador, ¿no sería mejor esperar un poco, a tener bien adiestrados a los caballos, o a detectar los movimientos y posición del Bigcripi y su prole?

—¡Ja! ¡Y ja! —se ha burlado Lowe, muy animoso—. Eso mismo le dijeron a Julio César la noche anterior a la batalla de Farsalia. «No aceptes el combate contra Pompeyo, deja que el enemigo se muera de hambre», le decían sus consejeros. ¿Y qué habría pasado, si César llega a hacerles caso? ¿Eh, eh? ¿Me lo podéis decir? ¿Eh?

Y ha espoleado a su caballo, urgiendo a Basil a seguirlo. Este me ha mirado a los ojos. Nos ha atravesado un sentimiento tan fuerte que no se ha fijado en el cilindro, o lo hemos olvidado, él pendiente de mí y yo de él. Ha estirado las riendas para seguir a Lowe, y con él al resto de los jinetes. Todo ha ocurrido muy deprisa.

—¡Pero si fue al revés! —le he gritado a Lowe, inútilmente, mientras se alejaban—. ¡Era Pompeyo quien quería dejar que César se muriese de hambre, pero sus consejeros le obligaron a aceptar la batalla!

Y allí me quedé yo, en medio de la polvareda levantada por las pezuñas de doscientos caballos, mi vestidito blanco sucio y un brazo arriba, sosteniendo el cilindro que Basil se había dejado.

La lección del día, Diario Mío, es que el horror y el amor, por aterradores o elevados que sean, también pueden ser ridículos.

Honor de caballería.
El 26 de junio de 1819 continúa el diario
después de una necesaria pausa de unos días que
la autora se ha permitido para digerir los acontecimientos

Existe un principio según el cual en el infierno no se entra de golpe, sino paso a paso. Pues bien, hoy he constatado que ese principio es rigurosamente cierto.

Te había abandonado, Diario Mío, mientras exhibía mi estampa más ridícula: una marquesa sucia de polvareda animal, alarmada, abandonada y dando saltitos para llamar la atención de alguien a quien ha empezado a amar, y que se ha olvidado una orden de magnicidio.

Lowe, Basil y la caballería partieron, caminito abajo, y yo me había quedado sola, a las puertas de Longwood. O mejor dicho: rodeada de los refugiados que acampaban en las cercanías del edificio, y con el cilindro negro en la mano. ¿Qué podía hacer? No quería volver al interior de la casa. En esos momentos no me apetecía la compañía de Chateaubriand, a quien debería recriminar su nueva alianza con su viejo enemigo, el Violador, ni mucho menos la compañía del séquito imperial, todos repulsivos.

Se me ocurrió que podía encaminar mis pasos y mis acciones en otra dirección. Ahora verás.

La caballería había llegado a la casa de Umbé, hacia el límite del internamiento de los minicripis en tierra firme. Yo estaba segura de que una vez allí los jinetes se detendrían para celebrar un último consejo de guerra, para decidir cómo atacaban, en qué orden y formación, y esas cosas de los militares. Mientras deliberaban, yo habría tenido tiempo de llegar hasta allí y entregar el cilindro a Basil Jackson. Seguro que se lo quedaría, o al menos me daría instrucciones pertinentes sobre dónde había que resguardarlo mientras él batallaba.

Y así obré, Diario Mío. Me dirigí hacia abajo, por el conocido caminito que une Longwood y la casa de Umbé. Como ya sabes, no es una distancia ni larga ni fatigante, y llegué bastante deprisa. Por desgracia, cuando se trata de hacer la guerra los hombres tienen aún más prisa que cuando se trata de hacer el amor. Ya no estaban allí. En efecto, se habían detenido unos instantes delante de la vieja barraca de Umbé. No era necesario poseer las dotes de explorador del Atala de F. R. para descubrirlo: los caballos tienen la sana costumbre de defecar continuamente, y cuando ha habido muchos reunidos en un lugar concreto, aunque sea poco rato, los excrementos delatan su antigua presencia. O sea, que se habían parado unos instantes y habían seguido adelante.

¿Qué debía hacer? La sensatez me dictaba volver atrás. Por detestables que me resultasen los sicofantes de Longwood. Además, Diario Mío, recuerda que el lugar donde me encontraba, los alrededores de la barraca de Umbé, era el paraje donde los minicripis habían causado una masacre de civiles. Decía mucho de su voracidad insaciable, también, que no hubieran dejado ni un cadáver, ni un resto humano. Se habían comido a todos los que habían asesinado, hasta la última migaja de carne y huesos. Incluso, y sé que puede parecer increíble, se veían marcas de mordiscos, y más mordiscos, en las pobres puertas y paredes de la casa de Umbé, hechas de listones de una madera vieja. Lo que quedaba claro era que el Bigcripi es el ser de la Creación que más hambriento nace.

Estaba a punto de obedecer a mi sentido común, pues, y volver atrás, cuando me di cuenta de que la caballería de Lowe no estaba tan lejos.

Ruidos de guerra, de lucha y combate. No necesitaba ni detenerme a escuchar atentamente: delante de mí, el bosque, aquel bosque isleño inquietante, en mitad del cual Umbé había levantado su barraca. El bosque de Santa Elena, sí. Sus frondosidades húmedas, su verdor espectral: allí todos los grandes helechos goteaban agua perpetuamente por las largas hojas. Un bosque, recordémoslo, sombrío, espeso y repleto de arañas.

No podía ver a través de tanta vegetación, pero los ruidos del combate me llegaban con nitidez: gritos de hombres, relinchos de caballos, disparos de pistola y bramidos de minicripis, que deben de ser los únicos peces del mundo con la garganta articulada. Los sonidos se ondulaban, si se puede decir así; la materia boscosa los amplificaba o disminuía, y resultaba totalmente imposible juzgar la distancia a la que sucedían los hechos. A veces, el galope de un grupo de caballos me parecía lejanísimo; otras, los sonidos combinados remitían a una montura y su jinete abatidos por una pequeña horda de minicripis, y se diría que la acción pasaba allí mismo, detrás del primer árbol, o el segundo.

Y para empeorarlo todo, empezaba a tronar. Una tormenta, muy lejos dentro del mar, pero nosotros estábamos en su periferia, oíamos los truenos y nos llegaba una lluvia más molesta que intensa. El cielo lucía negro como el betún. No, no estaba en un lugar agradable en absoluto: como no podía ver la lucha, mi imaginación amplificaba aún más los horrores del combate, si es que eso era posible. Sentí un escalofrío. Y créeme, Diario Mío: cuando estás en un sitio así, eres perfectamente consciente de que si das un paso más, por pequeño que sea, todas las seguridades quedarán atrás. «En el infierno se entra paso a paso».

No soy una heroína, ni el coraje es mi principal virtud, así que me disponía a dar media vuelta. Pero justo en aquel instante, me llegaron unos sonidos nuevos, más definidos: los de alguien malherido; alguien que está perdiendo la consciencia y el oremus.

—¡Socorro! —decía en inglés.

O sea, un dolorido *«Help!»*. Escuché atentamente. Sí, efectivamente. El hombre invocaba al buen Dios, «¡Cristo, ayuda!», *«Craist, help!»*, en su idioma.

¿Qué hacer? No podía verlo ni podía abandonarlo. Ni soy una heroína ni soy un alma vil.

—*¡Craist...! ¡Craist...! Jelp-jelp-jelp...*

Avancé un poco, bosque adentro. Sí, lo hice. Agarrotada, como si mi cuerpo se resistiese a seguir. Yo, bajo la lluvia, escrutaba el corazón del bosque. Y no, no vi a nadie. Pero el lugar desde el cual procedía la voz me pareció más claro, más definido: los *«¡craistjelp!»* se mezclaban con el sonido de la vegetación mojándose bajo la lluvia. Ahora sabía de dónde venía el estertor.

Inspiré aire, aterrada. Eterna pregunta: ¿vale la pena arriesgar la vida por un agónico?

—*¡Craist...! ¡Craist...! Jelp-jelp-jelp...*

Avancé unos pasos más, cinco, seis, siete. Mi cuerpo rozaba las ramitas empapadas, el suelo del bosque me mojaba pies y tobillos. No podía ver más allá de tres o cuatro metros. Me aterraba pensar que por allí podía haber un minicripi, o una multitud de ellos, en cualquier sitio, delante o detrás de mí.

Los sonidos de la lucha se habían alejado mucho, como si hombres y monstruos hubiesen decidido llevarse la batalla a otra isla. La lluvia remitió, y el silencio recién llegado que eso comportó me permitía localizar todavía con más precisión la llamada del herido, ahora muy cerca de mí. Los gemidos se espaciaban: «*Craist... Craist...*». Y más «*Craist... Jelp... Craist...*».

Fui a topar con un árbol inusualmente grande. Oía la voz del soldado casi a mi lado. Pero no lo veía por ninguna parte. ¿Dónde, dónde estaba? Solo quedaba una solución: justo al otro lado del grueso tronco.

Lo rodeé. Y le vi. Por fin. Era un herido, en efecto. Pero no era humano.

Un minicripi, ni de los más grandes ni de los más pequeños. Mediría un metro y medio de largo. Estaba clavado al tronco por una lanza, que lo atravesaba. De ahí sus tristes lamentos. Afortunadamente para mí, la lanza se había anclado firmemente en el tronco. Eso la inmovilizaba y retenía al monstruo. Y, como no se podía mover, declamaba con aquella larga boca de rape, emitiendo unos sonidos que, tal y como acababa de constatar, tan sumamente parecidos a los humanos podían ser. *Help. Craist.*

Me mantuve a una distancia prudente del árbol, e hice bien, porque, incluso reducido a su dramática situación, el minicripi se esforzaba por dirigirse hacia mi persona para morderme. Su cabeza desmesurada, sobre todo, se agitaba como sometida a una violencia invisible, y al hacerlo proyectaba un mar de gotas, como un perro que se sacude el agua. Si bien impotente, me amenazaba. Pero yo era demasiado curiosa como para desaprovechar la ocasión de observar así de cerca una criatura tan excepcional.

A diferencia de su colosal progenitor, los pequeños minicripis no tienen aletas en el lomo. El estómago es blando, muy blando, y blanquecino. La lanza lo había perforado y traspasado sin dificultades. Otra cosa sería si la lanza hubiese atacado su cabeza oscura, granítica, y que cae como un glacis irregular. La naturaleza es tan ingeniosa como práctica: los minicripis, pequeños o grandes, están blindados frontalmente, de modo que la parte delantera del cuerpo siempre será la más expuesta a los envites enemigos. Los dedos de las cuatro patas me interrogan y fascinan: son vastos y gruesos, mal perfilados. Pero que no nos engañen atributos tan primitivos: cuando de correr se trata, y yo los he visto, los minicripis podrían competir con muchos cuadrúpedos de tierra firme.

Reflexionando sobre ello, me pareció entender el motivo que justificaba tanta glotonería «minicripiana», si se me permite la expresión. El Bigcripi desova en tierra, los huevos eclosionan y acto seguido la prole inicia una desesperada búsqueda de carne. ¿Por qué? Pues seguramente porque su propia carne es muy apetitosa para los depredadores marinos. Viendo aquellos estómagos blandos, aquellas colas repletas de carne blanca, era inevitable pensar que los rapes son uno de los peces más deseables para las bocas humanas, y seguramente también para las no humanas. Cuando los minicripis ingresan en el mar, también deben de ser el bocado más buscado por todo tipo de tiburones, ballenas dentadas y otros poderosos animales submarinos. Por lo tanto, tiene todo el sentido del mundo que antes de zambullirse e iniciar un destino incierto, los minicripis intenten deglutir todo lo que puedan, nutriéndose, reuniendo fuerzas y empuje vital.

Estaba absorta en mis observaciones de aficionada naturalista, cuando a mi espalda unos ruiditos insidiosos llamaron mi atención. Me giré. Era otro minicripi. Pero de tamaño tan modesto y de aspecto tan indefenso que, por extraño que sea decirlo, me despertaba sentimientos más cercanos a la ternura que al espanto. Tenía el tamaño de un gatito, y maullaba, desamparado. «*¡Craist!*», decía el minicripi lanceado. «Criuuc, criuuuc», le respondía el recién llegado, más como una paloma. Había salido de la vegetación y me miraba sin entender quién era yo, sin acercarse ni alejarse. Las comisuras de los labios de los delfines tiran hacia arriba y aparentan una sonrisa eterna; en aquel minicripi tiraban hacia abajo y parecía eternamente triste. Para rematar, mostraba unos lagrimales mojados, como si llorase de melancolía, y, aunque yo sabía perfectamente que solo eran humedades de origen natural, en absoluto sentimentales, me resultaba imposible no conmoverme. Te juro, Diario Mío, que estuve a punto de tomarlo en brazos para consolarlo.

Pero justo cuando me agachaba, dudando si acariciarlo y a la vez deseosa de hacerlo, los arbustos detrás de él se movieron y se sacudieron, y apareció un congénere, sí, pero de las medidas y volumen de un piano. Y con intenciones asesinas. El monstruo tenía una cara tan grande que a duras penas habría podido abarcarlo con los brazos abiertos. Y una boca en forma de arco, inclemente y rocosa.

Corrí, en efecto. Pero me sabía muerta, porque dos piernas con faldas nunca podrán correr más deprisa que cuatro patas anfibias. Corrí, caí, chillé. ¿Qué me salvó? Yo te lo diré, Diario Mío: el canibalismo. Los dos minicripis, el pequeñín y el del tamaño de un piano, estaban a punto de caer sobre mí cuando vieron que su hermano clavado en el árbol exhalaba unos suspiros finales, *«craist...»*. Ese fue el detonante para que se dirigieran hacia él, clavándole las mandíbulas, rasgando y descuartizando el cuerpo sin ningún tipo de contención fraternal. En su impulso incluso trocearon la lanza que había herido a su congénere. Yo, muerta de miedo, aproveché para huir tan deprisa como pude.

Salí del bosque, volví al claro que rodeaba la casa de Umbé. Por desgracia, los dos minicripis devoraron y deglutieron a su pariente en un abrir y cerrar de ojos, glotones, y enseguida salieron del bosque, detrás de mí y al galope.

Nunca podría dejarlos atrás. Solo se me ocurrió una escapatoria: subirme al techo de la cabaña. Había un par de largos tablones abandonados, que incliné sobre la pared y usé como rampa improvisada. Así accedí a la parte superior de la cabaña. Por desgracia los minicripis me seguían muy de cerca. Sí, ya lo sé, Diario Mío: la lógica dictaba que, una vez arriba, dejara caer los tablones, para que no me siguieran. No lo pensé, es así de simple. Solo quería alejarme de aquellas criaturas. Ese día constaté un principio: que, cuanto más irracional es una situación, menos racionalmente actuamos los humanos.

El par de monstruos, el grande y el pequeño, escalaron los tablones con una facilidad extraordinaria, ágiles, veloces, como si para ellos maderas y olas fuesen el mismo elemento. Los veía venir, con horror, y me hacían pensar en una mezcla perfecta entre un mono y un pez. Yo corrí por el techo, en dirección opuesta a aquellas bocas repletas de dientes, que se acercaban a mí. Gritaba, creo, no lo recuerdo bien. Llegué al límite del techo, ellos ya estaban detrás de mí, corrían en paralelo hacia mí. Pero, aquí, un auxilio del destino: el monstruo grande era tan grande que su peso hundió el frágil techo de la barraca.

Abrió un agujero suficientemente amplio como para que los dos cayeran por él. El pequeño minicripi dio un largo chillido y fue a parar al comedor de la casa, impactando contra el suelo con un sonido de carne fofa. Por lo que respecta al monstruo grande, había conseguido aferrar dos patas al borde del agujero. Aquel gran minicripi, medio suspendido en el interior del agujero, forcejeaba como un toro para volver a emerger al techo. Supe que lo conseguiría, y acto seguido se abalanzaría sobre mí. Y eso no era todo: del bosque, por todos lados, estaban apareciendo más minicripis, de muchos tamaños, pero todos igualmente furiosos y hambrientos. Y todos convergían hacia la cabaña.

Diario Mío: ¿se puede morir de miedo? Mi respuesta es que, en esos instantes, casi lo habría deseado, porque cualquier final era preferible a ser devorada viva por aquellas bocas abisales. Mi pensamiento más consolador era uno tan funesto como este: «Al menos los minicripis me comerán entera y no acabaré como el pobre Fresneda, consumiéndose, deshaciéndose, diluyéndose durante siglos, pero todavía vivo». Grité, lloré. Y oí esto:

—¡Salte, salte! ¡Mujer de Dios, salte!

Era Basil Jackson, a caballo y debajo de mí, al pie de la cabaña. Su aspecto era horrible: una parte de sus bonitos cabellos blancos estaba ennegrecida por la pólvora, y tenía media cara tiznada. Y aún más ofendida lucía su montura: podía ver que las nalgas y los flancos del pobre caballo habían sido mordidos por grandes mandíbulas, y le faltaban porciones enteras de carne, arrancadas.

Basil me llamaba, con una mano agarraba las riendas y con la otra me hacía gestos urgentes para que saltase. No me atrevía. No salté, pero me estiré en el alero, él agarró mi mano y me arrastró hacia abajo con una fuerza violenta pero muy oportuna, porque docenas y docenas de minicripis ya cargaban contra nuestras personas desde todas direcciones. No hizo falta ni que Basil espoleara al caballo, que tenía tantos deseos de salir de allí como nosotros. Mi rescatador tenía el uniforme rasgado, largos arañazos en brazos y piernas. Pero estaba vivo. Él y yo. Contra todo pronóstico, estábamos vivos.

Galopamos tan deprisa como permitían las heridas del caballo y el peso doble que soportaba. Pero los minicripis se mantuvieron fieles a su principio de no superar las latitudes de la casa de Umbé, y poco rato después pudimos aflojar hasta un ritmo de paseo.

Yo iba sentada detrás de Basil, sosteniéndome con los brazos alrededor de su cintura. No pude evitar interesarme por lo que había sucedido:

—¿Y la caballería? —pregunté.

—Yo soy todo lo que queda de la caballería.

Dicho esto, se paró y desmontó. Se sentó en una gran roca en el borde del camino. Con media cara y media cabellera tintadas de negro por la pólvora, y la otra mitad blanca, parecía uno de los salvajes americanos que describe Chateaubriand en sus novelas.

Y habló, desolado y mirando al suelo:

—Todos muertos menos yo. He sobrevivido por puro azar, nada más. Pero todos creerán que es demasiado casual que un sargento mayor vuelva, y sus soldados no. Me acusarán de cobardía, incluso de deserción frente al enemigo.

—Lo único que importa es lo que usted piense —quise consolarle.

—¡Ja! —rio agriamente—. Poco conoce, señora mía, la jerarquía militar. En el fondo, son como los antiguos escitas: consideran un crimen que un subordinado sobreviva a su comandante.

Porque, si todos estaban muertos, me di cuenta de repente, Lowe también lo estaba. A Basil le temblaban las manos, las dos.

—Ha sido... Ha sido...

—La muerte —he querido ayudarle—; ha sido la muerte.

—El Bigcripi es el infierno, y su prole los hijos del infierno.

—No piense más en ello; a Lowe y a los jinetes los ha matado el Bigcripi y su prole, no usted.

Pero no le convencí. Le abracé, y él a mí. Sin besos.

—No soy un cobarde, no soy un cobarde —repetía, y, cuanto más vehemente era su tono, más fuerte me abrazaban sus brazos.

—Un cobarde —le dije— no se habría jugado la vida para salvar a una mujer rodeada por cien monstruos.

—Es diferente —se fiscalizó él mismo—. Incluso el más cobarde de los hombres ayudaría a una mujer indefensa.

—No —le repliqué.

Y seguimos abrazados, sin liberarnos del abrazo ni consumarlo. Es curioso, con frecuencia es más fácil amar a alguien que convencerle de una obviedad.

Un rato después ya estábamos de vuelta en la explanada que se extendía delante de Longwood. La gente que estaba allí vio el caballo mordido y el uniforme rasgado de Basil, y no necesitaron más explicaciones.

Yo, por mi parte, más que una marquesa parecía un espantapájaros. De manera que el pudor, los modales y la vanidad hicieron que desapareciera de todas las miradas, recluyéndome, y bien deprisa, en la habitación de Longwood que todavía compartía con F. R. Me estaba lavando y arreglando, para ser digna de mí misma, cuando él entró.

—¿Qué ha pasado?

Yo dudaba sobre si hacer pública la noticia o aún no. Estábamos dentro de Longwood, no sabíamos qué orejas podía haber al otro lado de unos tabiques tan finos. Decidí contestarle con la frase que el pretor de Roma declamó a los ciudadanos para anunciarles la derrota de Cannas, y que, probablemente, sea el octosílabo más rítmico y más bonito de la lengua latina:

—*Pugna magna victi sumus.* (Hemos perdido una gran batalla).

—Oh... —dijo él, entendiéndolo de inmediato. Pero me pidió exactitudes y precisiones:

—¿Qué me estáis diciendo? ¿Hemos perdido la caballería de Lowe?

—No —le corregí, sin mirarlo—. No hemos perdido la caballería de Lowe, hemos perdido la caballería y a Lowe.

Las preposiciones son importantes, y más para un escritor: los ojos de Chateaubriand se dilataron hasta el extremo, se le escapó otro «¡oh...!», y él y su estupor se fueron por donde habían venido. Me quedé sola otra vez, manipulando sin pericia mi ropa interior. Y Fidèle me había dejado para siempre...

¿Cómo se las arreglan para vestirse las mujeres que no tienen servicio?

Al día siguiente.
Aquí se describe el día más
Nefasto y Decisivo en Santa Elena

¿Por qué sucedió la Revolución? ¿Para cambiar el mundo? No. La Revolución sucedió porque el mundo ya había cambiado. Pero no nos dábamos cuenta. Sobre todo las víctimas de la Revolución.

Algo parecido estaba pasando en Santa Elena. El punto decisivo, el hecho que todo lo alteraba y trastocaba, había sido la desaparición de Lowe. Sí, Diario Mío, sí: Lowe era un tonto y una nulidad. Pero era. Existía. No importaba tanto que un memo vistiera el uniforme de gobernador como que alguien lo vistiera. Él encarnaba la autoridad y el poder británico en la isla. Y ahora Lowe estaba muerto. Ni siquiera pudimos recuperar su cuerpo, si es que quedaba algo de él. (Por otro lado, Diario Mío, te aseguro que tampoco se presentó ningún voluntario para intentarlo). Y eso, la ausencia de ceremonia fúnebre, de cadáver al que honrar y de despedida oficial, no era un detalle del todo menor: sin cuerpo, ataúd ni funeral, era como si aquella autoridad desaparecida no hubiera existido nunca. Y peor aún: parecía que no se pudiera transmitir a nadie. Porque yo todavía atribuyo una segunda consecuencia, muy importante, al hecho de que el gobernador se hubiese desvanecido en medio de la nada (o entre las mandíbulas de cien minicripis): que no hubo una transición de poderes, ni pública ni ordenada, entre Lowe y su sucesor. O sea, el pobre Basil Jackson.

Porque ahora la isla estaba bajo la comandancia de Basil. El buen hombre, a quien yo ya amaba sin escondérmelo ni esconderlo, desprendía preocupación de la misma manera que un gato desprende pelos en verano. Había establecido su cuartel general en una habitación de Longwood. Algunos oficiales menores entraban y salían continuamente, y, como se dejaban la puerta abierta, podía ver sus desvelos, resoplidos e inquietudes. En cierta ocasión nuestras miradas se cruzaron. Yo entendí que era un permiso, e incluso más, una demanda para que entrase, y lo hice.

—No sé qué hacer —se confesó de inmediato—. No podemos salvarnos solos ni vendrá nadie a rescatarnos.

—No sea tan pesimista —dije yo—. Usted es la mar de popular entre civiles y militares. Y todavía le deben de quedar un millar de soldados.

—Novecientos. Antes teníamos el doble de hombres, y caballería, y solo nos ha servido para perder a la mitad de los soldados y todos los jinetes... Y lo peor de todo —bromeó—: pronto se acabará el gin. Brindemos, señora, antes de que sea imposible brindar por algo.

Y me sirvió un vaso bien lleno.

—Ahora entiendo —suspiró, mirando el vaso— lo solo que se sentía el pobre Lowe.

—Lowe no se sentía solo, se sentía inferior —dije yo—. ¿Y sabe por qué? Porque lo era.

—¿Quién no se sentiría inferior a Boney?

—Usted no es inferior a él, es diferente —le animé.

—¿Ah, sí? —dijo sin convicción.

—¡Sí! —Y le miré a los ojos—. A él le temen y admiran. Pero a usted le quieren.

Mi sinceridad le conmovió. Porque lo que le decía era verdad, y porque entendió que yo estaba incluida en ese sentimiento.

—¡No derroche ese amor! —le imploré.

Pero había un factor que mi argumentario no podía vencer: la virilidad mal entendida.

—Soy un cobarde —se lamentó—. Todos mis jinetes murieron, y mi comandante también. Todos pensarán que hui, abandonándolos. Mi supervivencia es la prueba más preclara de mi ineptitud y de mi timidez. ¿Quién obedecería a un comandante así?

Quería replicarle, sulfurada, porque si hay algo que no soporto son las autoflagelaciones absurdas. Pero no pude expresarme, porque alguien más había visto la puerta abierta y entró: Chateaubriand. Y debo decir que su entrada fue bastante impetuosa.

—Cuando se acabe el gin y se acabe el forraje; cuando se vacíen los pocos sacos que nos quedan, ¿con qué brindaremos y qué comeremos? —irrumpió, virulento e impertinente—. Diga, señor Basil: ¿cómo lo haremos? ¿Nos comeremos esos bichos asquerosos que se alimentan de ratas? O incluso peor, ¿nos comeremos los unos a los otros?

—Me gustaría saber —intervine— qué aportan tus pronósticos biliosos.

—Lucidez y soluciones. Y todos sabemos que en nuestra situación solo hay una solución.

Y dejó la respuesta en el aire, aunque cualquiera podía entender la referencia al Violador. Continuó:

—¿Cuál es su función, sargento mayor? ¿Decidir quién se comerá a quién y en qué orden?

Por mi parte, ni quería intimar con Basil delante de F. R. ni gritar a F. R. delante de Basil, así que opté por dejarlos allí, discutiendo sobre quién debía comandar la isla y el destino de sus habitantes.

Salí del edificio de Longwood, pero con tan mala fortuna que, por puro azar, mis pasos me llevaron a toparme precisamente con su habitante: el Violador.

No era un encuentro tan casual. La isla es pequeña, diminuta de hecho. Yo quería ver el mar y existía una especie de ronda estrecha, en la parte de arriba de un acantilado y cerca de Longwood, muy apropiada para largos paseos contemplativos. Allí estaba él. Exactamente como le recordaba la memoria colectiva de Europa: con bicornio, capa, las manos en la espalda. Paseaba sus melancolías odiosas y su odio melancólico, profundamente ensimismado. A veces se paraba, largas pausas, y miraba aquel mar, gris y brioso, donde filamentos de espuma blanca montaban las olas. El viento movía grandiosas nubes de color ceniza, que se deslizaban por el cielo a una velocidad sorprendente, y que al mismo tiempo se deshilachaban como tragos de humo. Sí, de ese modo había zarandeado y troceado las naciones el Violador, como hacía el cielo con aquellas pobres nubes. Y sí, quizás en eso pensaba.

De repente, en ese escenario natural aparecieron unos actores humanos: un grupito de soldados que hacían la ronda habitual. Antes vigilaban el recinto de Longwood, al Violador; ahora, por orden de Basil, la función de las patrullas es disparar contra los minicripis despistados, que de vez en cuando incursiones más arriba de la casa de Umbé. Y entonces sucedió. El primer signo de desintegración, la primera imagen que anuncia la caída del mundo civilizado a un abismo peor que el estómago del Bigcripi.

Los soldados vieron al Violador. Se detuvieron, a una distancia respetuosa. Yo los observaba: ya no miraban al Violador como a su cautivo. Él los ignoraba, mayestático. Seguía con su paso pausado, con sus cavilaciones ignotas, ajeno a su entorno. Y, de repente, esa pequeña tropa alzó sus fusiles, arriba. Y, con un sincero entusiasmo, gritaron:

—*Vive l'empereur!*

Lo hacían con un acento inglés horriblemente pedestre, pero repleto de buena voluntad, y por ello aún más enternecedor. Sin embargo, en mí ese entusiasmo, Diario Mío, solo suscitaba angustia y escalofríos.

El Violador los ignoró. Un desprecio perfectamente natural, como el de un león que no hace caso de las moscas que pululan por su cola. Continuó, ronda abajo, mirando el mar infinito, mirando las olas oscuras y espumosas.

Donde la marquesa de Custine narra y testimonia la jornada de la gran transmutación en la isla de Santa Elena

Hoy, Diario Mío, he vivido en persona la caída y muerte del orden civilizado. Y debo decir que ha sido sorprendentemente fácil, tristemente sencillo. Como matar un pollo.

Como ya es habitual, he dormido en la habitación de Longwood con F. R. por compañía. En Santa Elena todo es extraño; todo se pervierte y todo se pudre. Porque ya no sé ni qué relaciones mantenemos él y yo. Si nos amamos o, más bien al contrario, nos odiamos. Llegamos como amigos, y corremos el riesgo de invertir nuestros sentimientos. Porque no le perdono su bonapartismo sobrevenido. ¿Cómo puede, él, que llegó a Santa Elena en calidad de mi amante, decantarse por mi Violador, y promoverlo?

Los dos nos hemos despertado muy temprano, quizás porque el colchón tiene más bultos que un camino de carros bretón. Y por los tiroteos: durante toda la noche hemos oído disparos, esporádicos, sí, pero perseverantes. Los soldados de guardia, muy numerosos, se ven obligados a disparar contra minicripis aislados y hambrientos, que rondan por la isla buscando carne fresca. ¿Cómo puede hacer tanto ruido el fino cañón de un fusil?

Pero estaba diciendo que a primera hora, y aún en la cama, F. R. se ha manifestado especialmente afectuoso. Me ha abrazado, diciendo:

—Querida, hace demasiado tiempo que yo no hago de colibrí y tú de flor.

Así se refiere F. R. a mantener relaciones. Yo soy la flor, y él siempre que puede luce el orgullo por su miembro viril, que, según suele decir, mantiene la proporción del pico de un colibrí con su cuerpo. (Estoy en condiciones de asegurarte, Diario Mío, que no es para tanto). En cualquier caso, ahí tienes el origen de la expresión.

Me he opuesto. Los hombres tienen una inmensa capacidad para disociar su pene de sus circunstancias. Yo, en cambio, ahora que tengo tan cerca la monstruosidad, la tiranía y la muerte, no puedo ni pensar en hacer el amor. Y si pienso en un hombre es en Basil Jackson. Me he negado a consumar y a iniciar nada, y él, simplemente, lo ha dejado.

—Forma parte de la esencia del deseo que jamás se satisfaga —ha suspirado citando a Aristóteles, y ha añadido de su cosecha—: Y forma parte de la esencia femenina dominar el sublime arte de frustrarlo justo cuando está en su apogeo.

—¿Es que no entiendes quién es Bonaparte? ¿Qué ha hecho y qué hará? —he dicho, con ira—: ¡Si le regalas el poder, seremos sus primeras víctimas! ¡Tú y yo!

—No deja de ser gracioso —se ha reído mientras se vestía— que hayas cruzado medio mundo para conocer a un hombre, y que acabes maldiciéndole porque le has conocido. ¿Acaso no te advertí yo mismo? ¿O es que no sabías quién era? ¡Es el individuo más biografiado después de Jesús de Nazaret!

—*Touchée!* Si alguna vez debo darte la razón, es esta —he admitido.

Pero he contraatacado:

—Y, sin embargo, tu caso es mucho más deplorable. Porque yo no le conocía, al menos no su alma íntima, y tú sí. Y después de pasarte la vida combatiéndole, incansable, con las armas y la pluma, en Francia y en el exilio, en la calle, en los cenáculos y en los parlamentos, ahora vas y te conviertes en su partidario más incondicional y más peligroso.

—¡Pues claro que sí! —ha gritado—. Le detesto, me repugna y le odio. Pero hay una emoción, querida, infinitamente superior al asco, y aún más poderosa que el odio: ¡el miedo!

Y ha remachado:

—No quiero morir en una isla perdida, entre las mandíbulas de mil peces con patas. Y eso si tenemos la suerte de ser asesinados por la prole del Bigcripi, porque el Bigcripi grande devora a sus víctimas vivas. Tú lo has visto. ¡Vivas! ¡Bonaparte me da miedo, pero el Bigcripi me da más miedo aún!

Y ha seguido:

—Eso es lo que intento evitar: que tú y yo acabemos en el vientre del Bigcripi, deglutidos eternamente en el estómago de un monstruo colosal. Y el único instrumento que tenemos es Bonaparte.

Ha hecho una pausa y ha continuado:

—Y, si tu vanidad femenina no te lo impidiese, me darías la razón. Lowe era un imbécil, y Basil ni eso, porque no es nadie. ¡El único individuo capaz de vencer al Bigcripi es Bonaparte! Niégalo, si puedes, u ofréceme un plan alternativo.

Yo todavía no me he rendido:

—Le odias, pero le apoyas; le detestas, pero le halagas. Sabes y te consta que es un peligro cósmico y el hombre más cruel del universo, y ¿a qué te dedicas y en qué te esfuerzas? En coronarlo.

Su respuesta ha sido lapidaria y sardónica, muy propia de él. Ha levantado los dos hombros, indiferente, y ha sentenciado:

—Bienvenida a la política.

Acto seguido, procaz, ha hecho un nuevo intento de separar mis rodillas. Ha topado con un «no» todavía más rotundo. Y aquí, Diario Mío, he visto al hombre iluminado con sus peores luces. ¿Qué es lo que me ha parecido tan repulsivo? Yo te lo diré: la indiferencia total con que ha asumido mi negativa, y aún peor, mucho peor: la monstruosa frivolidad con la que ha comenzado el día. Le he visto salir de la habitación, y su actitud era la de un hombre desanimado, que se dice a sí mismo: «¿Qué puedo hacer hoy? Como no me dejan follar, me buscaré otro tipo de distracciones como, por ejemplo, derrocar regímenes».

Y yo me pregunto: ¿es consciente F. R. del alcance y magnitud de sus actos, de las consecuencias nefastas de sus decisiones? Porque ha sido la suya la mano asesina. La cosa ha sucedido así.

Yo he salido de la habitación poco después que él. Me esperaba el *valet* del Violador. Más atento que de costumbre, me ha informado de que un caballero, el sargento mayor Basil Jackson, me invitaba a desayunar en la mesita del jardín. ¿Cómo rehusar? De todos los seres humanos de la isla era el único que se había ganado mi consideración en lugar de perderla. Y, como ya sabes, Diario Mío, le amo.

He llegado a la mesita del jardín, me he sentado, enseguida ha venido Basil. Llevaba con él, como siempre, el cilindro de cuero con la orden «*If we all die*» en el interior. Eso me ha tranquilizado, mira por dónde.

Mientras me sentaba ha sonreído y ha dicho, amable:

—Estoy más ocupado que nunca, señora mía, pero ¿cómo rehusar un convite que proviene de usted?

En ese preciso instante, lo he entendido: era una trampa. Y yo estaba haciendo el papel de anzuelo.

Desde que intentó engañar a Lowe para que cediera el mando, Basil se resistía a hablar o reunirse con él o con el Violador. (Aun compartiendo techo). Un par de soldados apostados en la puerta de su despacho-dormitorio impedían el acceso a cualquier persona no deseada de Longwood, que eran todas. ¿Todas? No. F. R. se había percatado del afecto mutuo que Basil y yo empezábamos a tenernos, y en una intriga tan barata como repulsiva había conseguido atraerlo al exterior, donde no podría negarle la palabra si coincidían.

Porque, antes de que Basil o yo pudiésemos aclarar los términos de ese encuentro, Chateaubriand ha hecho acto de presencia e incluso se ha sentado con nosotros. Basil, malinterpretando la situación, me ha mirado con un rictus en los ojos:

—No se imagina, señora, lo mucho que lamento que se preste a las artimañas de esta gente. En especial porque, de todos estos comerranas —así se refiere despectivamente a los franceses—, la tenía por la única alma recta, sensible y buena.

Es imposible que te transcriba, Diario Mío, la tristeza y el dolor que puede causar un malentendido. Sobre todo cuando la causa del malentendido es un complot, y las víctimas son dos personas que empiezan a amarse. Por si acaso, Chateaubriand no me ha dejado hablar ni aclarar nada, porque enseguida se ha entregado a su argumentario:

—Le pido sinceras disculpas, sargento mayor, por nuestro anterior encuentro. En aquella ocasión fui tan desafortunado como para invocar todo lo que nos separa, y no lo que nos une. Usted es soldado, y como buen soldado abomina de los políticos, sus cobardías y sus métodos abyectos. Pero debe saber que yo también he combatido, armas en mano, y que siento una gran afinidad con los hombres de honor. ¿Sabe qué me cautivó más del hecho bélico? Pues que, en contra de lo que escriben todos los clásicos, o casi todos, no hay ningún soldado, o casi ninguno, que en la batalla piense en el rey que defiende, ni siquiera en los ideales más sagrados de su bando. ¿Tengo razón o no la tengo?

—Desde que le conozco —ha dicho Basil con un tono de voz infinitamente rencoroso—, creo que es la primera vez que le doy la razón en algo.

—¿Y pues? —ha seguido F. R., buscando diálogo y concordia—. Permítame que le plantee una cuestión moral. Usted, que ha combatido en la jornada de Waterloo: si le preguntasen cuál es la prioridad del soldado en batalla, ¿qué contestaría?

—Contestaría que, cuando están sometidos al fragor plutónico del combate, lo que mantiene unidos y firmes a los hombres, lo que hace que avancen en lugar de desbandarse, no es, en absoluto, ningún principio elevado, ni la patria ni el rey, ni siquiera el buen Dios. No. Los soldados solo luchan por no defraudar a los hombres con los que comparten la dura vida militar. Los pocos hombres con quienes comparten la tienda de campaña, o el fuego del vivac, cuando no hay techo.

—*¿El arte de la guerra?* —ha declamado con tono irónico F. R.—. ¡«Disponer los regimientos de tal manera que los hombres no puedan huir»! Eso decía el gran Federico de Prusia.

—No estoy aquí para escuchar cinismos —ha dicho Basil, haciendo un intento de levantarse e irse.

—Espere —ha rogado F. R.—. Su respuesta me dice que hablo con un hombre de corazón noble, pero equivocado.

—¿Me equivoco?

—Sí. Porque, ciertamente, la estima de los compañeros es muy importante para la tropa. Pero no es la prioridad máxima del soldado en combate.

—¿Ah, no? —se ha burlado aquí Basil—. Estoy seguro de que usted podrá ilustrarme sobre cuál es ese bien superior que busca el soldado en batalla.

—Sobrevivir.

Chateaubriand es casi más bueno con las pausas que con las palabras. Sabe dosificarlas y permitir que surtan efecto. Porque, con mucha frecuencia, las pausas son como las dagas, cuanto más largas son, más honda es la herida que causan. Así ha sido con Basil durante este desayuno tramposo. He visto las pupilas de sus ojos dilatándose; he visto los dedos de sus manos iniciando un temblor. Basil empezaba a darle la razón a F. R., y, conociendo a este último, eso era el principio del final. He tenido que intervenir:

—¡No le escuche! —he saltado—. No sé qué pretende, ni hacia dónde quiere dirigir su discurso. Pero usted y yo sabemos muy bien cuál es el innoble objetivo que busca.

F. R. actuaba como si yo no estuviera:

—Sargento mayor Basil Jackson —ha continuado—, ahora que ya sabemos qué quiere y busca el soldado raso en una situación de peligro extremo, nos resultará todavía más sencillo consensuar a qué aspira, en la misma situación, un buen oficial.

Pero, a pesar de mi advertencia, Basil seguía atento a F. R. Y este ha continuado:

—¿Atraer la mirada de su rey o reina? No. ¿Obtener la victoria a cualquier precio? Tampoco. Ese no sería un buen oficial, solo uno ambicioso. ¿Entonces?

Basil no decía nada, y F. R. ha culminado:

—Indudablemente, la respuesta es salvaguardar la vida de sus hombres.

¿Quieres saber, Diario Mío, cuál es el oficio primigenio del Demonio? No es el de calderero, para quemar almas en la olla. No. Yo te lo diré: el Demonio es, en esencia, un cuentista.

Basil, que callaba y, con su silencio, concedía.

—Señor mío —ha dictaminado Chateaubriand, y con el dedo índice daba golpecitos en la superficie de la mesita—, si realmente vela por sus hombres, si realmente quiere darles una oportunidad, ya sabe lo que debe hacer. ¡Y no cuesta tanto!

—¡No lo haga! ¡No ceda! —he chillado yo—. Chateaubriand hace trucos con las palabras, como los tahúres con los naipes. ¡No le escuche! ¡No le escuche!

Pero le escuchaba. Yo también, de hecho. Ahí radica el poder, sagrado o maligno, de las palabras: nos pueden gustar o disgustar, pero cuando están bien ordenadas siempre las seguimos como los corderos al pastor.

—Si lo que quiere es salvar a los soldados a su cargo —he intervenido—, lo último que debe hacer es ceder el poder a ese criminal uniformado. ¡Millones de tumbas esparcidas por toda Europa, con uniformes dentro, así lo testifican!

Acto seguido Chateaubriand se ha sacado un papel del bolsillo, y lo ha blandido delante de él:

—Su Majestad me ha dictado estas breves líneas. Permítame que las lea...

Yo, en un arrebato, me he apoderado del papel con un gesto rápido de la mano, y lo he leído en voz alta:

—«Juro, por mi honor de hombre, de soldado y de emperador, y sobre el nombre de mi queridísimo hijo, el Rey de Roma, que solo ostentaré el mando de la guarnición de Santa Elena hasta extinguir el peligro que a todos nos amenaza, momento en que devolveré mis poderes provisionales a la legítima autoridad británica de la isla».

—Exactamente —ha confirmado F. R.—. ¿Se puede concebir una oferta más generosa? ¡Señor Basil Jackson! ¡O derrotamos al Bigcripi o seremos devorados! ¡Y solo él puede hacerlo! ¡Y usted lo sabe!

Basil dudaba, saltaba a la vista, y F. R. remachó:

—Le quedan menos de mil soldados, señor Basil. ¡Mil jóvenes en la flor de la vida! ¡Solo usted puede salvarlos! —Y ha señalado el documento escrito por el Violador, que yo todavía sostenía en las manos—: ¡Deje que Bonaparte lea esto delante de la tropa!

Basil no decía nada, F. R. se ha levantado, se ha sentado más cerca de Basil, a su lado. Imploraba:

—Señor Basil Jackson, usted estuvo en Waterloo, me consta. También sé que su unidad empezó la batalla con doscientos cincuenta y cinco hombres, y la terminó con diecinueve... ¡Diecinueve! ¿Quiere que, ahora, no quede ni uno vivo?

Waterloo era un punto débil en la memoria humana de Basil. Y estaba a punto de ceder. Pero F. R. se había olvidado de un detalle, y Basil no:

—¡No! —ha gritado de repente— ¡No y no, maldita sea! ¡No quiero que mis hombres mueran! ¡Por eso mismo no cederé el mando a ese individuo! ¡Waterloo! ¡Él los mató! ¿Lo recuerda, señor mío? ¡Él!

Y, después de esa salida de tono, ha huido, por así decirlo. Se ha levantado de golpe y se ha ido hacia el interior de Longwood, con zancadas de sus largas y bonitas piernas.

Pero se ha ido como un ave, que en una huida precipitada se deja plumas por el camino. Y la pluma de Basil era el cilindro de cuero negro. Bien agitado y convulso tenía que estar el hombre como para olvidar el *«If we all die»*. F. R. lo ha visto y, más veloz que yo, se ha apoderado de él.

—¡No te pertenece! —he gritado—. ¡Déjalo!

Demasiado tarde. Él lo ha abierto, ha extraído el documento y lo ha leído. Al hacerlo, ha girado la cara, un acto reflejo, como un perro al que pegan en el morro.

Siempre me costará entender los giros intelectuales de Chateaubriand, porque, tras leer la orden de ejecución, esto es lo que ha dicho:

—¡Pero esto es... Esto es... magnífico! ¡El martillo que derruye todos nuestros obstáculos!

Se ha levantado y, deprisa y corriendo, se ha dirigido al interior de Longwood. Yo le he seguido, faltaría más, golpeándole en la espalda con un puño, y dos, gritándole, censurándole por esa apropiación indebida y por su oratoria retorcida:

—¡Estás manipulando a Basil con verdades interesadas!

—¿Crees que contigo fue muy diferente?

—¿De qué me estás hablando?

—Del día que te enamoré —se ha reído, sin pararse—. En la política y en el amor siempre hay que decir lo que la gente quiere oír.

Y ha continuado, a buen paso, hasta que ha irrumpido en el despacho de Basil blandiendo el documento *«If we all die»* con una mano alzada:

—Pero, hombre de Dios, ¿es que no lo entiende? —ha bramado Chateaubriand—. ¡Si el inglés que aprendí en América es el mismo que el inglés de Inglaterra, aquí no dice que deba matar a Bonaparte!

Basil ha resoplado desde su silla:

—Mis órdenes son ejecutarlo en caso límite. Y, créame, estamos muy cerca de eso.

—¡No! —ha exclamado Chateaubriand—. ¡No y no!

Ha tomado impulso y ha dictaminado:

—Esta orden neroniana solo se debe aplicar «si todos habéis de morir». O sea, si todo está perdido, o si la muerte es prácticamente irreversible, como en caso de erupción volcánica. Pero esto no es Pompeya, ¡es Santa Elena! El volcán es el Bigcripi, y todos sabemos que Bonaparte puede extinguirlo. ¡Podemos salvarnos! ¿Lo entiende, hombre de Dios? ¡No está obligado a hacer cumplir este documento, al menos mientras pueda evitar las circunstancias a las que se refiere! ¡Sálvenos!

Yo ya me había quedado sin palabras. Quizás, qué paradoja, por la misma sensación de que estábamos llegando a un punto culminante, y eso me impelía a contener el aliento en lugar de hablar. Chateaubriand había sido suficientemente hábil como para ofrecer a Basil lo que no tenía y más quería: esperanza, para él y sobre todo para la humanidad que reside en Santa Elena y que dependía de él. Sí, F. R., experto manipulador, había entendido que no podía confrontar a un hombre como Basil con su deber y sus principios. Todo lo contrario: lo que tenía que hacer, y estaba haciendo, era atacarlo precisamente donde más le dolía: el destino de sus hombres. Y, para rematarlo, hizo eso justamente.

—Usted —incidió F. R.— perdió a todos sus jinetes en la casa de Umbé, incluso a su comandante. ¿Cree que le seguirán los soldados que aún nos quedan? ¿A un hombre que vuelve solo de la batalla?

Basil me ha mirado, después a Chateaubriand. Meditaba, indeciso. Sus cabellos eran más blancos que nunca. Durante un breve lapso, nuestro destino ha flotado en el aire. ¿Qué haría?

Ay.

Esto:

—Cuando Bonaparte mate al Bigcripi —ha dicho Basil con una vocecita renuente—, ¿devolverá sus atribuciones al gobierno inglés?

Ya ves, Diario Mío, cómo caen los hombres honestos y modestos ante la tiranía: no tanto por el ejercicio de la fuerza y la violencia como porque llegan a creer, y de buena fe, que no hay alternativa al régimen tiránico.

Chateaubriand ha suspirado, como quien se libera de un gran peso.

El Violador ya lo tiene todo, todo está perdido. Y todo está perdido, porque ya lo tiene todo.

Lo que más me ha sorprendido, Querido Diario, es la celeridad de los acontecimientos una vez que Basil Jackson ha decidido transferir sus poderes al Violador.

Este, comunicándose a través de Chateaubriand (ya que se negaba a salir de Longwood y a aparecer en público hasta que se cumpliesen todas sus demandas, una por una), ha exigido que la tropa formase en la explanada que se extiende frente a Longwood, y que un par de carpinteros levantasen con toda celeridad una tarima suficientemente digna para él, y desde la cual dirigirse a los soldados en su toma de posesión. Basil ha colaborado dulcemente. Yo, ofendida, le negaba la mirada.

Y, en efecto, en un tiempo brevísimo, aquellas filas de casacas rojas estaban formadas a los pies de una tarima muy improvisada, pero de lo más cesariana. Novecientos soldados pueden parecer muchos, pero no lo son, sobre todo si se trata de comparar su fuerza humana con la del Bigcripi y su prole. Y la verdad es que, una vez juntos, formados y a la vista, no parecían gran cosa. En Santa Elena todo es pequeño, incluso las multitudes.

El Violador se hacía esperar. Era premeditado, naturalmente. Él nunca llega tarde; él crea expectación. Todos tenían los ojos fijos en la puerta principal de Longwood. Por fin, se ha abierto. Ha aparecido. Caminando a su paso, decidido pero cabizbajo, mirando al suelo, las manos en la espalda, ajeno al entorno a pesar de saberse objeto de mil miradas.

Ha subido a la tarima. Desde allí arriba todo el mundo podía verle y él a todos veía: el millar de soldados en formación y, detrás de ellos, una pequeña multitud de civiles curiosos. En la tarima le esperaban Chateaubriand y Basil Jackson. Los dos se han acercado a él; Basil, correcto, F. R., sumiso. El Violador ha tocado el pecho de Basil con dos dedos, dando golpecitos.

—Sargento mayor, a partir de ahora asumo el mando supremo. ¿Es correcto? ¿Lo ratifica?

—Así es, *sire* —ha admitido Basil.

Más golpecitos en el pecho:

—Exijo obediencia y cumplimiento inmediato de mis órdenes, sin discusiones ni dilaciones. ¿Obtendré las dos cosas? ¿Sí o no? ¿Sí o no?

Basil se ha plegado:

—En efecto, *sire*. Así será.

Chateaubriand le ha ofrecido el documento que había firmado:

—Excelencia —ha sugerido Chateaubriand, acercándole el papel—: sería muy pertinente comenzar leyendo el acuerdo.

El Violador le ha mirado de arriba abajo, como diciendo: «No sabía que eras tan pequeño». Ha apartado a Chateaubriand con un brazo, ignorándole, ha dado dos pasos hacia delante y se ha encarado con la tropa.

Qué silencio, Diario Mío. Incluso podíamos oír, en la lejanía, el croar de los minicripis dispersos. Sí, un croar lejano, un croar que subía al cielo desde todos los puntos cardinales, rodeándonos, amenazándonos con una promesa de dolor, muerte y extinción.

Y, con aquel ominoso croar de fondo, el Violador ha mirado nuestra pequeña tropa, fijamente, descaradamente, incluso libidinosamente. En efecto: contemplaba el ejército, en cierta manera, como si fuese una mujer deseable. Y, si alguien esperaba un discurso o una proclama, se equivocaba. Porque se ha limitado a hacer la pregunta más retórica de nuestro siglo:

—¿Sabéis quién soy?

Ante el estupor general, que el Violador ya había previsto, se ha limitado a repetir en voz más alta:

—¿¿¿Sabéis quién soy???

Los hombres han empezado a romper el silencio y la formación militar, con unos *«yes, yes, oh, yes!»*. Algunos incluso se atrevían a sacudir sus fusiles en el aire, sin disciplina. Era exactamente lo que pretendía el Violador: romper el orden existente antes de reemplazarlo por el suyo. Ha seguido atizando los ánimos:

—¿¡Sabéis quién soy!? ¿¡Sabéis quién soy!? ¿¡Sabéis quién soy!?

Y así hasta que un griterío exaltado, y unos ánimos efervescentes, se han apoderado de la explanada. Todo el mundo bramaba y vitoreaba. «¡*Boney, Boney, Boney!*». Ya no sabías si eran soldados o minicripis croando. Se mezclaban y se confundían, de hecho, el croar lejano y las ovaciones soldadescas «*¡¡¡Yesyesyes!!! ¡Boney, Boney, Boney!*». El Violador abría y levantaba los brazos. La Apoteosis. Y, si te soy sincera, Diario Mío, era una Apoteosis justificada: ahí estaba él, el prisionero de Santa Elena, presidiendo la isla donde el mundo había decidido confinarlo, y aclamado por todos sus habitantes, civiles y uniformados, felices y contentos de ser, ahora, esclavizados por el mismo hombre a quien hoy mismo todavía encarcelaban.

Cuando el Violador ha juzgado que la aclamación era más que suficiente, ha pedido silencio. ¿Cómo? Tratando a los hombres como niños. Ya que nadie podía escucharle, porque todo el mundo chillaba euforias, ha inclinado el torso, dirigiéndose solo a los hombres que estaban al pie de la tarima. La multitud, al constatar que el Violador hablaba pero el ruido no les permitía oírlo, ha ido callando progresivamente y por voluntad propia, y así hasta que se ha hecho un silencio total. Entonces él ha emitido una orden militar:

—¡Soldados! Formad en cuadro.

Y así lo han hecho.

Según me explicó F. R., Diario Mío, un cuadro militar es exactamente eso: que los soldados formen dibujando con sus cuerpos un gran cuadro, con los oficiales en el centro de la superficie. Los oficiales y más gente.

Como todo el mundo sabe, durante su campaña de Egipto el Violador dio un grito militar que después se ha hecho muy famoso. Este: «¡Las mulas y los sabios en el centro!». En realidad la frase no tenía ninguna pretensión, ni histórica ni humorística, lo cual no ha impedido que ganase celebridad, tanto para la Historia como para la historia del humor. Y la explicación es de lo más trivial: los mamelucos atacaban, y el Violador ordenó que el ejército formase un cuadro. Normalmente, en los cuadros militares se suelen proteger los bienes más preciados colocándolos en el centro, el lugar más seguro. Las mulas cargaban las provisiones del ejército, y en aquella campaña, además, un grupito de egiptólogos había acompañado a la expedición. Mulas y sabios. Ese es el sentido de la frase, que no iba más allá de su pretensión. Pero, como digo, Diario Mío, la cita se hizo popular, y el Violador ha querido versionarla. ¿Cómo? Insultándonos, ahora que nos tenía en sus manos. Así que ha gritado:

—¡Las putas y los escritores en el centro!

El escritor era Chateaubriand y la puta, naturalmente, mi persona. Los soldados nos han llevado, a la fuerza, al centro del cuadro. Debes saber, Diario Mío, que los cuadros son muy útiles contra la caballería, porque forman un dibujo compacto con las bayonetas, proyectándose hacia fuera. Pero en esta ocasión, ay, las bayonetas apuntaban hacia dentro. Es decir, hacia mí y hacia Chateaubriand, ahora indefensos y rodeados de novecientas bayonetas. Un instante después, el Violador se ha encarado con nosotros. Primero se ha dirigido a F. R. Esto es lo que le ha dicho:

—Los ingleses tienen unas costumbres constructoras tan útiles. Por ejemplo, dentro de sus casas aprovechan el espacio que queda debajo de las escaleras para crear un pequeño armario, donde suelen aparcar los utensilios, escobas y capazos de fregar. Por desgracia, este armarito, en Longwood, tenemos que dejarlo vacío, porque hay tantas ratas, y tan hambrientas, que devoran los utensilios y las escobas, menos el palo; paren dentro de los capazos y se multiplican aprovechando la oscuridad.

—¿Por qué me explica todo eso? —ha dicho un Chateaubriand más ofendido que alarmado.

—Porque en un instante allí estará, dentro del armario para las escobas de Longwood. Preso, encerrado y recluido.

Aquí el Violador ha hecho una pausa, mirando fijamente los ojos de Chateaubriand, disfrutando del momento. Y ha seguido:

—En efecto, bajo la escalera, en un armario. Allí le encierro. Usted, un taburete y un plato diario de garbanzos o lentejas, depende de lo que nos suministre el huerto de Umbé. Allí le encarcelo y allí se quedará. ¿Hasta cuándo? Ahora se lo diré: mientras yo permanezca en Santa Elena, usted estará en la estancia de las escobas, y, si un día puedo abandonar la isla y volver al mundo, ordenaré que le ejecuten. Así pues, viviréis con un pensamiento continuo: ¿qué es mejor para usted? ¿Que su peor enemigo gane la libertad o que continúe preso? En el primer caso, morirá, en el segundo, sus tormentos continuarán en ejercicio hasta el infinito de los tiempos.

Chateaubriand es inteligente; sabía que lo mejor que podía hacer era no decir nada, porque cualquier palabra suya sería una victoria del Violador. Este ha continuado:

—Sí, ya lo sé: dirá que le inflijo un castigo desproporcionado. No lo es. Usted siempre puede alegar que a mí me confinaron en toda la isla, y no en un ínfimo armario. De acuerdo. Pero yo soy un hombre más grande que usted, mucho más, así que las proporciones de los espacios y el dolor infligido son correctas. Porque cuando llegó a Santa Elena no comprendió, ni mucho menos, cómo me he sentido yo todos estos años. Cuando entre en el armario, sí que me entenderá. Cuando se siente en el taburete, se cierre la puerta y le envuelva una oscuridad total y una horda de ratas invisibles y chillonas, entonces sí entenderá cómo me he sentido todo este tiempo.

Aquí Chateaubriand habló, ahora sí, y muy firme, alegando que la injusticia que el Violador cometía era doble, ya que no solo se limitaba a encarcelar de por vida a un hombre inocente, sino que además cometía el crimen de llevar a la prisión al hombre que más le había ayudado a recobrar la libertad y el poder.

El Violador le ha respondido:

—Lo corroboro, porque lo que dice es verdaderamente cierto. Pero yo le encierro y no es solo por un buen motivo, sino por dos. El primero: ¿por qué narices un día de amistad habría de borrar veinte años de enemistad? ¿Por qué demonios una jornada de concordia en común debería hacerme olvidar veinte años de animadversión mutua? Estoy aquí por culpa de hombres como usted. Que, ahora y aquí, haya hecho esfuerzos para liberarme de mis cadenas, y solo por la conveniencia de sus intereses, ¿debe anular el hecho, incuestionable, de que durante dos décadas enteras, dos, hizo todos los esfuerzos para encerrarme? Y para acabar: ¿sabe qué decía el epitafio de aquel viejo romano, Sila? Esto: «Nadie ha hecho tanto bien a sus amigos y tanto daño a sus enemigos». Y usted y yo no somos amigos. Lleváoslo.

Chateaubriand, digno, no ha intentado una réplica inútil, pero no puede evitar ser curioso:

—Me lleva a la mazmorra —se ha interesado—, y ni siquiera me explica el segundo motivo que mencionaba.

—Ah, sí —le ha concedido el Violador—. El segundo motivo es este: que si ha sido tan hábil como para conseguirme el mando de todas las fuerzas armadas de la isla, a mí, que de todos los hombres que la habitan era el único cautivo, ¿cómo puedo estar seguro de que no procederá de la misma manera ayudando a cualquier otro en una situación menos desfavorable que la mía, y en esa nueva ocasión contra mí?

Y dicho esto, ha hecho un gesto con la mano, como quien ahuyenta a un mendigo molesto.

—Encerradlo.

Dos soldados se lo han llevado. Acto seguido, el Violador se ha encarado con mi persona y me ha dicho:

—Por lo que a ti respecta, la cosa es mucho más sencilla. A mí me espera un día movido. Tú haz lo que quieras con el tuyo. Por la noche, eso sí, ordenaré que te lleven a Longwood, a la sala de billar.

O sea, la estancia en la que consumó su crimen contra mi cuerpo. El Violador no podía haber hablado más claro: me dejaba elegir entre el suicidio o el martirio. Y todo un día para que sufriese meditando mi elección, sometida a un dilema imposible.

Yo, naturalmente, no he perdido el tiempo implorando o replicando al Violador. En vez de eso, y cuando ya se me llevaban, me he dirigido a Basil:

—¿Cómo puede tolerar esta infamia? Precisamente usted, que arriesgó su propia vida para salvarme de la prole del Bigcripi. ¿No hace nada? ¡Eso sí que es cobardía, y no que la mala fortuna le haga perder un ejército!

Basil ha abierto la boca sin hablar. Y no por miedoso, sino por desconcertado. Simplemente no entendía nada. Y te diré más:

su confusión, el hecho de que fuese un hombre esencialmente bueno, que no entendiese cómo funcionan complots, intrigas y conspiraciones, contribuía a su actitud agarrotada. Porque, al fin y al cabo, ¿qué podía hacer? Acababa de jurar fidelidad al Violador, y a este le apoyaban novecientos soldados vociferantes.

El Violador me ha dado la espalda, como si yo hubiese dejado de existir, y se ha dirigido a la tropa rugiendo órdenes secas, la voz enérgica y malhumorada. Volvía a ser un general. En cuanto a mí, un soldado se me ha llevado. No tanto en calidad de rea como por el hecho, puramente decoroso, de que parecía inadecuada la presencia de una mujer en un lugar tan exaltado y guerrero.

Yo y el soldado que me llevaba del brazo hemos seguido al pobre Chateaubriand y a sus dos escoltas armados. Y una vez en Longwood, en efecto, lo han encerrado en el armario de las escobas. Yo estaba enfadada con él y no le he dirigido ninguna palabra de consuelo. (Todavía me odio por eso). Pero reseño aquí lo admirable que era el estoicismo de su cuerpo, de su faz, cuando ha entrado en el pequeño armario de pared triangular, se ha sentado en el taburete interior y han cerrado la puerta a cal y canto.

En ese momento me he rebelado, sacudiendo el codo que retenía el soldado:

—¡No le han mandado que me encierre! —he bramado, indignada—. ¡Suélteme!

En realidad, Diario Mío, protestaba porque me parecía pertinente hacerlo, no porque tuviese ninguna esperanza de obtener clemencia. Pero, mientras yo retorcía el brazo, los dos soldados que estaban encerrando a F. R. han dicho, jocosos:

—Venga, va, déjala en paz —reían entre ellos—. Boney tiene una bodega bien abastecida, y ahora que no hay nadie en la casa tendríamos que inspeccionarla, no sea que haya entrado algún minicripi.

Y el soldado que me retenía me ha soltado, mientras decía:

—Estamos rodeados por mil monstruos, y la isla rodeada por mil millas de agua. No creo, señora mía, que vaya usted muy lejos.

Y él y los dos soldados que habían llevado a F. R., buenos compañeros, se han ido juntos a «inspeccionar» la bodega aprovechando que los habitantes de Longwood estaban fuera, apoyando al Violador en su magna Apoteosis.

Y ahora, Diario Mío, quizás te sorprenda lo que he hecho con esta libertad sobrevenida. (Si la palabra «libertad» no es excesiva para alguien que por la noche sería condenada, a muerte o algo peor). No podía liberar a Chateaubriand, encerrado con una llave que yo no poseía. Tampoco soy una damisela que se quede en un rincón, lamentando sus desgracias con florituras sentimentales. Necesitaba saber qué pasaba y cómo acabaría todo esto. De manera que he vuelto. Afuera. A la cola del pequeño ejército. Porque el Violador ya estaba impartiendo órdenes desaforadas. La principal de todas: que los nueve centenares de hombres formasen creando una especie de cuña. El cuadro militar, pues, se ha reconvertido en una punta de flecha: dos hileras oblicuas de hombres que convergían en un punto, como una V.

Así lo han cumplido los soldados, y lo han hecho con una diligencia extraordinaria. Esa es una de las ventajas de los hombres de genio: como todo el mundo estaba convencido de que Napoleón era un gran hombre, todo el mundo se aprestaba a servirle con la máxima eficiencia. ¿Qué soldado, hasta el más indisciplinado, no querría lucirse ante la espada más gloriosa de todos los tiempos? A la inversa, a un mediocre como era el difunto gobernador Lowe, a quien resultaba imposible atribuir ningún mérito ni virtud, los hombres tendían a servirle con desgana, apatía e incluso malevolencia. La misma orden o instrucción, emitida por los dos individuos, tendría como efecto resultados opuestos. Así pues, ¿dónde radica la genialidad? ¿En el hombre genial que ordena o en el hombre común que obedece?

Basil y el Violador, ahora a caballo los dos, estaban dentro de la cuña, justo detrás de la punta de ataque. Pero el Violador tenía más ambiciones. Desde su montura se dirigió a la de Basil, a su lado:

—No hay suficiente tropa, necesito más infantería —ha dicho.

—¿Y qué quiere? —replicó Basil con un tono irritado—. ¿Que la fabrique?

(La frase tenía más ingenio del que aparenta, Diario Mío, porque eso fue, exactamente, lo que Bonaparte dijo a sus generales en Waterloo cuando estos le pedían más hombres para lanzarlos a la batalla, y Basil lo sabía).

Yo estaba a cierta distancia, pero, como ellos estaban montados, los cuerpos un poco elevados, sus voces me han llegado a la perfección. Y el aire molesto de Basil era muy significativo: quizás empezaba a entender su error. Pero ya era demasiado tarde.

—¡Arme a los civiles! —ha bramado el Violador como respuesta—. ¡Con machetes, con horcas, lo que sea! ¡Pero haga venir a cualquier hombre capaz de levantar un garrote o un bastón!

Basil, obediente, ha cabalgado hacia la retaguardia. Ahí estaba yo. Al verme, ha detenido su caballo.

—¿Qué hace aquí, señora mía?

Yo he esbozado un enfado:

—¿Dónde quiere que vaya?

Ha inclinado un poco el torso y me ha acercado una mano. Nos la hemos dado, como simples amigos que cierran un trato. Pero su tacto, sus ojos, su voz, todo estaba lleno de sentimiento.

—Gracias, Delphine.

—Pero ¿por qué? —me he sorprendido yo.

—Por existir.

¿Tú crees, Diario Mío, que habríamos podido llegar a amarnos? ¿Una mujer como yo y un hombre como él? ¿Una marquesa francesa y un sargento diez años menor? Mi respuesta: ya nos amábamos. Pero entre nosotros se erigía una barrera imposible: el Violador.

—¡¡¡Jackson!!! —nos ha gritado el Violador desde su caballo—. ¿Qué hace? ¡Más hombres! ¡Quiero más hombres!

Nuestro Moloc moderno exigía víctimas para el sacrificio. Y Basil, a pesar de todo, le ha obedecido. Ha entrado en el recinto de Longwood y se ha dirigido a los civiles congregados allí, o sea a todos los supervivientes de la isla. Permíteme, Diario Mío, que te resuma el argumento de Basil para convencerlos de abandonar la relativa seguridad de la valla de ramas y seguirlo a la batalla contra el Bigcripi y su prole:

—Es ahora o nunca —ha dicho, los ojos rojos de emoción—. O derrotamos a los monstruos o moriremos aquí, de consunción o aún peor: devorados por el Bigcripi o devorados entre nosotros.

Los hombres honestos suelen ser sinceros, y la sinceridad es el argumento más efectivo que conozco. Todos le han seguido. Con armas improvisadas, pero le han seguido.

El Violador ha situado a esos civiles dentro de la cuña, justo detrás de los soldados:

—Vuestra labor —los ha aleccionado, las dos manos en el pomo de la silla de montar— será rematar a golpes de machete a los enemigos que los soldados abatan a golpe de fusil.

Eso era muy típico del Violador: impartir instrucciones propias de un carnicero, pero hacerlo con una solemnidad imperial.

Y se han puesto en marcha. La cuña de los soldados avanzaba lentamente, y dentro de la V, a caballo, Basil y el Violador, que con su presencia dirigía el ejército, como un labrador el arado.

Nuestro siglo está dedicando torrentes de tinta a debatir y dilucidar qué es la genialidad. Yo, después de tratar al Violador, lo resumiría diciendo que un genio no es gran cosa más que la suma de tres tercios, compuestos por una parte de talento natural, otra de suerte, mucha suerte, y otra de sentido común.

La suerte: la batalla de Bushy Bushes había terminado en catástrofe porque toda la prole estaba agrupada y hambrienta. Ahora, a medida que los soldados avanzaban, solo se encontraban minicripis dispersos, cazando ratas aquí y allá, y que, al ver esa multitud de hombres y bayonetas, no estaban seguros de si debían atacarlos o huir. En realidad, podría describirse ese avance militar como una grandiosa batida de caza. Cuando veían un monstruo, los soldados disparaban por orden, ahora pares, ahora impares, sin detener el movimiento de la gran cuña humana. Detrás de los tiradores, tal como había ordenado el Violador, los civiles remataban a los minicripis a golpes de martillo, machete o hacha. Y, cuantos más mataban y remataban, más se envalentonaban los civiles y más se enardecían los militares. Y, cuantos más minicripis morían, más minicripis venían y más estúpidamente morían. Era como si se alertasen unos a otros: ¡crooc, crooc! ¡Crooc, crooc! Corrían contra los humanos como toros furiosos, los fusilaban y caían muertos a tiros, o se estampaban contra el muro de bayonetas. Pero cada vez venían más minicripis, y más, como una plaga de langostas egipcia. Los soldados estaban muy agrupados, codo contra codo, hombro contra hombro, y en cierto momento la densidad de hombres, de minicripis atacándolos, y de bayonetas, hizo que el avance de la cuña se detuviese. Qué crujidos, Diario Mío, qué crujidos.

Había una pared hecha de casacas rojas, y contra ella otra pared hecha de cabezas de rape y patas de reptil, sacudiéndose con un frenesí animal. A veces, las cabezas más grandes, más sólidas, hacían caer a un par de soldados aquí y allá. Pero en ningún momento he temido que los minicripis pudieran romper la formación militar. La presencia del Violador les proporcionaba firmeza. *«En avant, en avant!»*, gritaba en francés, y no hacía falta traducir nada.

Yo estaba en la parte interior de la cuña, y pronto la pestilencia de tantos cadáveres ha empezado a invadir el ambiente. Son peces, peces muy grandes con patas, pero peces al fin y al cabo, y sus cuerpos abiertos, destripados, apestaban, y mucho, sobre todo porque el contenido de sus estómagos eran ratas en descomposición. Y aquí, Diario Mío, dos observaciones: muertos, los minicripis adquieren un símil de apariencia humana. Sobre todo aquellos que quedan boca arriba, las patas anteriores extendidas como brazos, la desmesurada boca abierta, exhalando un último suspiro en este nuestro mundo. Tienen un vientre suave y pálido, como los cocodrilos.

La segunda observación se refiere a una vieja conocida: Trofy, la gallina atrofiada de Umbé. La última vez que la había visto aprovechó mi presencia para huir del cuchillo de su ama. Y no le había ido del todo mal, como demostraba su plumaje lustroso y la actitud vivaz de la cabeza y el pico. Había seguido al ejército, como yo, y, espabilada como era, estaba disfrutando de lo lindo. ¿Cómo? Pues picoteando los ojos de los minicripis muertos, que por la fruición con que los devoraba debían de ser una auténtica delicia. Y te juro, Diario Mío, que en esos momentos me habría gustado ser una gallina: mientras yo experimentaba la angustia de vivir un conflicto cosmológico, ¿qué hacía ella? Comer, feliz, un aperitivo de gelatina salada.

No sé cuánto rato ha durado ese paroxismo de minicripis abalanzándose contra las hileras humanas. Además, tantos fusiles disparados continuamente levantaban una humareda blanca, muy densa y aún más molesta para los ojos. Solo sé, Diario Mío, que en cierto momento, simplemente, la prole ha aflojado. Cuando la humareda se ha desvanecido, los monstruos muertos se acumulaban formando altas barricadas de cadáveres. Y los minicripis supervivientes ya no estaban; al final, incluso su escasa inteligencia ha entendido que atacar a hombres armados y agrupados no es un buen negocio. Los pocos que quedaban a la vista ya no asaltaban la V de tiradores, huían de ella.

La victoria. Los soldados se han girado, buscando el caballo del Violador. Se han quitado los sombreros, saludándole espontáneamente con unos *«hooray, hooray, hooray!»* muy ingleses. ¡Qué estampa! ¡Él, precisamente él, el archienemigo de Inglaterra, ovacionado por un regimiento inglés! Santa Elena, Querido Diario, es la isla de las paradojas.

Derrotada la multitud monstruosa, la cuña ha retomado su paso, y poco después hemos llegado a las alturas de Bushy Bushes, desde donde podíamos contemplar Jamestown y al Bigcripi, inmóvil como una horripilante ballena varada, repantigado sobre los escombros de la calle principal. Como una ballena digo, sí, pero diez veces mayor que cualquier ballena conocida. Allí seguía. La visión ha conmovido a los hombres. Aquel cuerpo irreal, vasto; unas formas de pesadilla; y su peso de coloso, establecido sobre una suma de escombros y cascotes, una destrucción que hablaba de su fuerza y su poder. Si el Violador también se ha asustado, nunca lo sabremos, porque ha mantenido una actitud impertérrita. Miraba como lo haría un crítico riguroso en una pinacoteca de cuadros mediocres.

Antes, Diario Mío, he mencionado que la genialidad, aparte del talento natural y de la suerte, tiene mucho de sentido común. Y en ese momento se ha hecho evidente que así es, porque Basil, inquieto, ha planteado al Violador las dificultades de la empresa:

—Ya disparamos al Bigcripi con todo lo que teníamos —se ha explicado—, y no le perjudicamos lo más mínimo.

Pero el Violador se ha limitado a levantar los hombros, como diciendo: «¿Y cuál es el problema?», y ha exclamado:

—Pues dispararemos el doble de proyectiles. O cinco veces más, o diez veces más. ¡O los que hagan falta, *diavolo*!

—Pero, *sire* —ha insistido Basil—, su cabeza, que es formidablemente grande, también está acorazada con una piel más dura que los acantilados de Dover. Nada le penetra, afecta o hiere.

Esta vez el Violador se ha dignado mirarlo. Eso sí: como si Basil fuese un cretino sin remedio:

—Pues si su frontal es demasiado duro —ha concluido el Violador—, atacaremos por los flancos.

Y así ha procedido. Los hombres han descendido desde Bushy Bushes, desplegando los dos brazos de la formación en V, dejando al Bigcripi dentro. Y una vez así dispuestos, cuando la enorme bestia ha quedado emparedada por dos hileras en diagonal de tiradores, el Violador ha dado la orden de abrir fuego. Y el Bigcripi, hasta entonces inmóvil, ahora sí que ha sacudido su colosal cuerpo. Las balas impactaban en sus flancos y penetraban en él. Las balas lo herían y le causaban dolor, ya que el gran monstruo movía la cabeza y sacudía la inmensa cola. Pero yo, desde la distancia donde me encontraba, he podido notar la falta de vigor de aquellos movimientos, de aquellos espasmos de dolor. Quizás los bigcripis pierden el impulso vital después de desovar, como los salmones, y aquel tiroteo, más que matarlo, lo estaba rematando.

Los disparos no han cesado, descarga tras descarga. Ahora los movimientos de los hombres estaban dirigidos por una especie de instinto vengativo, sádico y alegre en su crueldad. Hacían comentarios sarcásticos y apuntaban y disparaban como si estuvieran en una feria de pueblo. El espíritu guerrero los había abandonado. Y esta evaporación festiva de la moral de combate se ha presentado en mal momento. Porque los minicripis estaban derrotados y estaban ausentes, en efecto, pero ni estaban exterminados, porque eran muchos, ni podían estar desmoralizados, porque los animales no tienen moral.

Cuando invadió Rusia, al Violador no se le ocurrió prever que podía hacer frío, y, cuando ha atacado al Bigcripi, no se le ha ocurrido pensar que los minicripis podían tener instintos filiales. De repente, a espaldas de los soldados han aparecido centenares y centenares de minicripis.

Se recortaban contra el horizonte, llenaban el horizonte, de hecho, con sus formas irregulares, sus cabezas de rapes gigantes. Incluso desde mi posición, bastante lejana, podía ver cómo aquellas bocas, larguiruchas, se llenaban de burbujas espesas, un poco como los cangrejos. No, no toleraban la visión de los hombres asesinando al ser progenitor.

Y han atacado, ofendidos, exaltados: pugnaban entre ellos por ser los primeros en caer sobre los hombres; se mezclaban como un rebaño compacto. Su frenesí colectivo era propio de los peces, que piensan el espacio en tres dimensiones y, así, unos cuerpos escalaban sobre los otros. Atacaban con unos ¡crooc-croooc-crooooc! más espantosos que nunca; un croar indignado, febril, sagradamente ofendido, por así decirlo. Entre los minicripis se invierte el principio humano, y los hijos son mucho más devotos de la madre que al revés.

Como puedes imaginarte, Diario Mío, esa carga imprevista, y por la espalda, ha derivado en la más confusa de las batallas. Hombres, monstruos y bayonetas se mezclaban en toda la extensión de terreno que rodeaba al Bigcripi. La horda monstruosa estaba tan cerca que los soldados no tenían tiempo de cargar y disparar sus armas. Se han limitado a usar los fusiles con bayoneta como si fueran lanzas, de manera que la estampa, ahora, era la de una humanidad primordial luchando contra unos monstruos primordiales. Cualquier formación militar, cualquier orden de combate, se había disuelto en una marea de cuerpos mezclados, humanos e inhumanos. Ahora todos luchaban por su vida, y la sangre de los hombres se mezclaba con las babas de los monstruos. Incluso el Violador ha dejado de observar la batalla como un científico y bramaba órdenes alarmadas, que Basil no sabía cómo ejecutar. Porque aquello estaba degenerando en lo que más temía un general como él: una batalla desordenada. Y yo y Trofy ahí en medio. Porque mi problema, Querido

Diario, es que yo también estaba por allí. Y que ya no existía una cuña de soldados tras la cual refugiarme y ser espectadora de los hechos, como hasta aquel momento.

¿Qué hacer? Te puede parecer ridículo, pero he visto a Trofy, que también corría alocadamente por allí, entre las patas de los monstruos y las piernas de los hombres, y me he dicho que no perdía nada fijándome en una artista de la supervivencia como ella, un animalito que había sobrevivido a ejércitos de ratas y al cuchillo de Umbé, a hombres y a monstruos. Enseguida he entendido su pretensión: cuando las ratas atacaban el corral de la casa de Umbé, Trofy sobrevivía subiéndose al lomo de la cabra más grande, y ahora quería escalar la grandiosa cabeza del Bigcripi inerte.

La he imitado. Después de todo, no podía ser tan peligroso, porque estaba muerto o expirando. He subido lentamente por su rostro oscuro, húmedo, un rostro que era como una pared de roca que apestaba a pescado; una pared irregular, cubierta de crustáceos adheridos, que actuaban como asideros ásperos, útiles para ascender, pero dolorosos, porque era inevitable que me hicieran cortes en las manos. He escalado la cara del monstruo, ayudando a Trofy cuando lo necesitaba. Aproximadamente una docena de metros de altura. Y una vez allí arriba, en el cenit del cráneo, me he sentido, qué paradoja, relativamente segura. Era como yacer en una roca húmeda, por encima del tumulto de la batalla. Yo y Trofy. Desde allí arriba hemos contemplado el último y terrible acto. Una maraña indescriptible de casacas rojas y rapes gigantes, la pugna entre bocas y bayonetas. Y debo decir, Diario Mío, que no ha habido un clímax decisivo, sino una especie de final de batalla lento, sin fugitivos ni perseguidores. Incluso costaba entender que la batalla se había terminado. ¿El vencedor? Nadie.

Era un fenómeno de lo más extraño: todavía quedaban combatientes de los dos bandos, pero ya no se luchaba. Los pocos, poquísimos, humanos y minicripis supervivientes ya no tenían fuerzas para continuar matándose. Heridos, o con las energías consumidas, hombres y monstruos se arrastraban, con esos movimientos lentos de las tortugas. De hecho, se ignoraban unos a otros. Veías, por ejemplo, a un hombre herido, a cuatro patas y buscando refugio, que se cruzaba, a menos de un palmo, con un minicripi con una bayoneta clavada en el torso, y no se hacían caso. El sonido de la batalla, gritos, disparos y aquel croar, se ha reemplazado por un clamor de quejidos que subían al cielo, siempre gris, siempre indiferente, de Santa Elena. Prácticamente solo ha quedado un hombre en pie, y porque había perdido el caballo. Era él, el Violador.

Su figura se recortaba en el horizonte. Contemplaba la carnicería con las manos a la espalda y la mirada atenta, y a la vez indiferente: sus ojos deglutían una suma de dolores insoportable que su mente procesaba en alguna especie de ecuación matemática que intentaba resolver. Sí, así era: el Violador tenía una gran capacidad para excluir el dolor humano de la ecuación de la vida.

Cuando todo ha terminado, he iniciado el descenso del cráneo del Bigcripi muerto. Porque no podía quedarme allí para siempre, y porque quería buscar a alguien, alguien que me importaba más que nadie: Basil.

¿Dónde estaba? ¿Qué había sido de él? A mi paso los muertos se acumulaban en grandes pilas, tan altas que me veía obligada a sortearlos continuamente. Preguntaba a los supervivientes con los que topaba, todos heridos o muertos de cansancio, pero la gran mayoría estaban demasiado conmocionados como para hablar con coherencia, y los demás no sabían decirme nada positivo.

Solo me había alejado unos pasos del gran Bigcripi cuando ha aparecido una vieja conocida: Umbé. ¿Qué hacía allí? Entonces hemos mantenido un diálogo que solo era posible en un lugar como aquel, en la isla de la demencia y la perdición. Porque yo le he preguntado:

—¿Qué hace usted aquí?

Y ella ha contestado:

—Busco a Trofy.

Así es Umbé, la loca de Umbé, exesclava y examante. Un día me adoraba a mí y a Trofy, al día siguiente quería asesinarnos a las dos, y un tercer día recorría un campo de batalla repleto de cadáveres de dos especies para rescatar a una gallina atrofiada.

Trofy había bajado del Bigcripi conmigo, y Umbé la ha tomado amorosamente en brazos, acariciándola como si fuese un gatito. Después ha mirado a su alrededor, a las pilas dispersas de muertos, humanos e inhumanos, y con su fuerte acento criollo ha sentenciado:

—Yo la había advertido a usted, y no me hizo caso.

Y he tenido que admitir, Diario Mío, que tenía razón.

Acto seguido Umbé se ha fijado en la mole del Bigcripi. Y su mirada, mira por dónde, era compasiva:

—Pobrecita —ha dicho acariciándole el lomo—. ¿Qué culpa tiene ella? Cuando tienes que parir, pares. Todo el mundo la trata de monstruo, nadie se para a pensar que es una madre.

Y ha repetido:

—Es una mujer, como usted y yo. Las mujeres deberíamos ayudarnos.

¡Y eso lo decía ella, que había intentado asesinarme a golpes de tijera! Ni en esas circunstancias me ha abandonado una cierta ironía literaria, porque refiriéndome al Bigcripi no he podido evitar el comentario:

—No sé si es una gran mujer, pero seguro que es una mujer grande —y yo misma he precisado—: Bueno, lo era.

—No, no —me ha corregido Umbé—. Aún está viva. ¿Es que no lo ve, no lo nota? Ponga la mano.

Y, diciendo eso, la vieja y arrugada Umbé ha acercado mi mano a una mejilla antiquísima. Mi palma se ha apoyado en la dura piel del Bigcripi, y, en efecto: mi cuerpo, en contacto con el cuerpo del Bigcripi, notaba alguna cosa. He sentido un latido remotamente lejano, un eco submarino, imposible definirlo mejor. Umbé sonreía. Por un instante, las tres mujeres, las tres hembras más diferentes del universo, nos hemos comunicado, como las tres puntas de un triángulo están indefectiblemente unidas.

Después, Umbé ha cambiado de tono radicalmente, aunque de manera perfectamente coherente con su carácter medio loco:

—Tengo que hacer la colada.

Y se ha ido.

Yo he retomado la búsqueda de Basil Jackson. El cielo era plomo. Empezaba a llover. Una llovizna leve y casi invisible, pero que llenaba el mundo de una pesadez triste. Yo le llamaba: «Basil, Basil», hasta que una voz me ha contestado:

—*Donlifmi..., donlifmi...*

Me ha costado entenderlo. Era inglés, claro: «No me dejes, no me dejes».

Yo buscaba entre los cuerpos caídos, entre minicripis, hombres y caballos muertos. Era él, en efecto.

No quiero, Diario Mío, describir cómo estaba la parte inferior de su cuerpo. Me niego. Sus piernas, chafadas y mordidas, parecían raíces de un árbol bañadas en tinta roja. Se moría, desangrado. He corrido a arrodillarme a su lado y a consolarlo, si es que eso era posible.

Quería decirme algo, algo muy importante para él:

—Te mentí.

Yo no le entendía.

—La batalla de caballería, en el bosque de la casa de Umbé —ha precisado—. No sobreviví por azar; realmente hui, con ignominia.

Para mí no tenía ningún significado lo que él consideraba como cobardía. Pero a Basil le mortificaba. ¿Qué puedo decir, Querido Diario? Que nos llevamos a la tumba nuestros principios, y también nuestros principios errados. Nada más.

Sus últimos momentos en este mundo han sido una comunión entre nuestras manos y nuestros ojos. Yo, la más refinada artista del amor, todavía descubro nuevos ángulos de la faceta a la que he dedicado mi existencia. Porque, de la infinita procesión de mis amantes, él es el único que me ha salvado la vida; de la eterna galería de hombres con los que me he acostado, él es el único que no me ha dado ni un beso. Y, de todos los amantes que he tenido, él es el único que me ha hecho el amor muriendo y sin tocarme. Qué gran pareja de amantes habríamos sido, si nos hubiésemos conocido en cualquier lugar del mundo que no fuese esta isla maldita...

—No me dejes...

No lo he hecho. Ha cerrado los ojos y ha expirado. Ya no estaba. Acto seguido, me han poseído el llanto y el odio a partes iguales. Sí, el odio. Un odio más profundo que el océano que nos rodeaba. Porque, cuando todavía lamentaba la pérdida de Basil, he alzado los ojos y allí estaba. Él, el Violador.

Había venido a Santa Elena con la pretensión de unificar el Amor, la Cultura y el Poder en un ámbito. Lo que no se me había ocurrido era que en él, en la persona del Violador, ya se reunían y concentraban los tres principios, aunque en su peor vertiente: la literatura de más baja calidad, la forma más depravada del amor y el modo más perverso de hacer política. Y me he formulado la siguiente pregunta: ¿qué pueden tener en común las versiones más hórridas, más malvadas y más indignas del Amor, la Cultura y el Poder? Y yo misma me he contestado: la Vanidad; sí, la Vanidad. Una monstruosa Vanidad, eternamente insatisfecha. Y que quizás yo podría usar ahora para mis intereses.

Llorosa, todavía de rodillas ante el cadáver de Basil y medio abrazada a él, me he dirigido al Violador:

—¡Excelencia! —le he apelado—. Lo que queda de ejército, prácticamente todos los habitantes de la isla, le contemplan.

El Violador me ha visto. Se ha parado, me ha escuchado.

—Aquí y ahora solo es usted un hombre que deambula por un cementerio de muertos sin enterrar. ¿Quiere que sea tal la estampa que perdure de esta jornada inmortal? Si posa delante del Bigcripi muerto, en cambio, todos le recordarán como el vencedor de la bestia eterna.

Y así lo ha hecho. Pendiente de alimentar una egolatría insaciable, ni siquiera se ha parado a pensar que le tendían una trampa. Ciertamente, él no veía nada extraño: solo una mujer desanimada y un monstruo muerto. Los dos éramos inofensivos. ¿Qué le podía pasar?

Yo, siempre de rodillas, le he visto avanzar, lento, victorioso y majestuoso, hacia el Bigcripi. Y allí se ha detenido, a tan solo unos palmos de la criatura inmensa, y de espaldas a ella. Sí, qué imagen, qué pose: su cuerpo enmarcado por una boca sin labios, abisal, inacabable; la espalda bien vertical, tensa por la victoria, un retrato destinado a perpetuarse en la memoria de los hombres, para la posteridad de la humanidad. Al fin y al cabo, muchos generales han vencido a otros generales, pero nadie había derrotado a las fuerzas del abismo.

Inflaba el pecho, llenándose los pulmones para lanzar una proclama. Los pocos hombres que quedaban vivos, aunque exhaustos, le cedían su atención. Incluso los minicripis que todavía rondaban por allí se diría que le escuchaban, atentos. Y ha empezado:

—¡Soldados! An...

Y ya no ha dicho nada más. Porque el Bigcripi no estaba muerto, cosa que yo sabía gracias a Umbé, pero él no: de repente, su cabeza inconmensurable se ha proyectado hacia delante y se ha tragado al Violador como un sapo devora una mosca. El Violador ha emitido un grito espontáneo de dolor y de sorpresa. No le ha servido de nada. Y todo ha sucedido tan rápido que creo que no debía de entender lo que pasaba hasta que el Bigcripi se lo ha tragado, entero.

Sí: todo había sucedido deprisa, tan deprisa que los testigos, es decir, los pocos supervivientes de la batalla, a duras penas podíamos creer lo que acabábamos de ver. Y, por mi parte, a pesar de la identidad de la víctima, no podía sentirme alegre de ver un final como aquel. Porque que se zampara al Violador no quería decir que estuviese muerto.

Acercándome al flanco derecho del Bigcripi, he puesto una mano, auscultando su piel con mi palma, en aquella parte del cuerpo no tan dura ni tan espesa como la cabeza. Digo que he apoyado allí la mano abierta, y después la oreja. Y en efecto: él estaba allí dentro, y todavía estaba vivo.

Me llegaban sonidos ininteligibles y lejanos. Unos gritos ahogados, y a la vez unos chillidos de hombre poseído por el horror y el dolor, como una roca lo está por el musgo. Lo que más me ha espantado: que entre él y yo solo había una pared de carne, pero aquella vocecita parecía increíblemente remota. Era como si oyera voces provenientes de otra dimensión, más allá de la ultratumba. Quizás así era.

He recordado las palabras que él, el Violador, me dirigió después de violarme, y lo admito, Diario Mío: no he podido evitar la venganza. Porque le he dicho:

—¿Cómo se siente, con la carne y los huesos diluidos y consumidos lentamente por los jugos estomacales de un monstruo submarino? A pesar de su largo currículum en matanzas de todo tipo y crímenes en masa, todavía no había saboreado unos momentos como estos.

Y he terminado con las palabras que me había dirigido inmediatamente después de violarme:

—Disfrute de la experiencia.

Entonces el inmenso cuerpo del Bigcripi ha empezado a recular. Sus patas hacían marcha atrás. Primero muy lentamente, después a una velocidad considerable. Al fin y al cabo, la bestia quizás no estaba tan herida, ni mucho menos agónica. Y ahora volvía a las seguridades del mar. En su retroceso, la larga y musculosa cola rasgaba las ruinas que todavía quedaban en pie con un eco de trueno continuo. Todos los presentes lo hemos seguido con la mirada. Ha descendido por la calle en ruinas y ha entrado en el mar, primero la cola, después la cabeza, y, finalmente, se ha sumergido pacíficamente, casi dulcemente. Y dentro de él iba el Violador.

En efecto: tal como siempre había deseado, por fin conseguía la inmortalidad.

Extinguida la violencia, agotada la acción y agotados los hombres que tenían que cumplirla, ya solo quedaba una cosa por hacer: volver a Longwood y liberar a F. R.

No he encontrado oposición. Todo lo que necesitaba era robar las llaves de la puerta del armario a tres soldados armados. Y eso, que dicho así parece una proeza o un imposible, no ha sido ni una cosa ni la otra, porque los tres estaban en la bodega de Longwood, y más borrachos que un vikingo, un cosaco y un escocés después de una victoria, un saqueo o una boda.

He abierto el armario de la escalera, sí, pero F. R. ha salido de él con un impulso débil, casi renuente, como si se negase a abandonar aquel agujero oscuro y asfixiante. ¿Qué sucedía?

He hecho una triste constatación: que a algunos hombres la libertad les llega después de la derrota. Porque el Chateaubriand que ha salido de aquel armario ya no era el que había entrado en él. Su cara revelaba el efecto que le había causado la reclusión, como si un torno le hubiese comprimido las facciones. Estaba humanamente deshecho y espiritualmente consumido. Y no exagero. Yo no daba crédito: el encarcelamiento no había sido tan duro, aunque solo fuese por su corta duración.

—¿Por qué estás tan deprimido? —le he preguntado—. Que el Violador te encarcelase ha sido una venganza y una injusticia.

—Sí —ha respondido él—, pero me merecía ambas cosas.

Al principio no he querido otorgar importancia a su desánimo. Le he obligado a salir de la casa, todavía vacía. (Como después he sabido, buena parte de los habitantes han muerto durante la última batalla contra el Bigcripi, precediendo a su amo).

A fin de que le diera el aire, he llevado a Chateaubriand a aquella ronda elevada de la costa, muy apropiada para paseos con el infinito oceánico bajo unos altos acantilados. Desde esas alturas ha hablado, los cabellos movidos por el viento, pálido y consumido como un agónico:

—Fíjate: todo es gris —me ha dicho él, enfermo de melancolía—. Los acantilados son grises, el mar es gris, las nubes son grises. Aquí todo se apaga.

Yo solo quería ahuyentar su mal ánimo. Le he explicado, con todo detalle, todo lo sucedido durante su encierro. Aunque ha sido bastante breve, ciertamente han pasado grandes cosas mientras estaba cautivo, y no todas malas. Como la desaparición del Violador. Y he intentado animarle, con humor:

—Lo último que ha dicho el Violador en esta vida ha sido: «¡Soldados! ¡An...!» —le he explicado con un tono tan divertido como maligno—. Así que a partir de ahora, y hasta el final de los tiempos, las tertulias especularán sobre qué palabra de la lengua francesa que empieza por «an» quería pronunciar.

Pero él me ha cortado, abrupto:

—Nunca saldremos de esta peña desolada.

He entendido que no habría manera de animarle. Era como querer barrer hojas cuando sopla el viento.

—Presta atención —me ha pedido—. ¿Qué oyes?

Le he obedecido. Y en efecto, superponiéndose al sonido de las olas que topaban contra la roca, podíamos oír el croar monstruoso de la prole. Unas voces inhumanas, dispersas, lejanas, perfectamente indiferentes a nuestro destino. E irremediablemente ansiosas por devorarnos.

F. R. se había hecho una idea muy clara de la situación.

—Por muchos minicripis que hayan matado, todavía han sobrevivido más de ellos que de nosotros. Los pocos hombres que quedamos con vida tendremos que refugiarnos aquí, en Longwood, rodeados para siempre por un escudo de monstruos que cazan ratas, y sin fuerza suficiente como para volver a combatirlos. Mientras haya ratas, ellos no volverán al mar; y, mientras ellos estén aquí, nosotros no podremos acceder al mar, ni vendrá ningún socorro hasta nosotros. Y siempre habrá ratas en Santa Elena.

Se ha sentado en la roca, mirando al infinito. Las olas, con espuma, se crispaban y saltaban unas sobre otras, como gatitos juguetones de lomo blanco.

—Nos lo merecemos —ha continuado Chateaubriand—. Sabíamos quién era. Vinimos por voluntad propia y fuimos tan estultos como para creer que seríamos capaces de subyugarlo o enamorarlo. ¡Qué presunción! Hemos querido flirtear con él. Y ahora, en justa correspondencia, acabaremos nuestros días en las ruinas de su casa. Esa es nuestra condena.

Nunca he visto una mirada tan vacía mirando tan profundamente. Las nubes, magníficas en su grisura mate, eran como esponjas del tamaño de castillos. Yo, desanimada, ya no recordaba que transportaba conmigo un objeto: la funda de cuero cilíndrica de Basil. En tan poco rato había adquirido la condición de reliquia. Basil era, de hecho, aquel cuero. Y se trata de un objeto muy bien hecho, muy bien pensado: compacto, estanco, preparado para resistir cualquier contingencia, incluso un naufragio.

Aquí acabo tus páginas, ya es hora.

Querido Diario, nunca cabrías dentro de una botella, y esta funda tiene aspecto de junco, que como todo el mundo sabe puede navegar miles de millas. Quizás te acomode aquí dentro, Diario Mío, quizás te deposite sobre las olas. No sé hasta dónde llegarás, pero siempre será más lejos que nosotros, recluidos por nuestros pecados en este purgatorio.

Miro a Chateaubriand y ya no encuentro consuelo en los ojos de mi viejo amante. Ya no nos une el amor, solo el exilio.

Santa Elena. La isla del monstruo. ¿Cuál ha sido, me pregunto, nuestro crimen imperdonable?

—Venir aquí, venir aquí, venir aquí —proclama Chateaubriand, que llora lágrimas de Boabdil.

Navega, Diario Mío, navega.

Este libro se terminó
de imprimir en
Móstoles, Madrid,
en el mes de
marzo de 2022

«Para viajar lejos no hay mejor nave que un libro.»

EMILY DICKINSON

Gracias por tu lectura de este libro.

En **penguinlibros.club** encontrarás las mejores recomendaciones de lectura.

Únete a nuestra comunidad y viaja con nosotros.

penguinlibros.club

penguinlibros